Wang Meng

Das Auge der Nacht

Erzählungen aus dem Chinesischen
übersetzt von *Irmtraud Fessen-Henjes,*
Gabriele Jordan, Irma Peters, Hannelore Salzmann

Mit einem Nachwort von Wolfgang Kubin

Unionsverlag
Zürich

Dialog Dritte Welt

Die hier vorliegenden Erzählungen Wang Mengs erschienen erstmals in den Jahren 1979–1981 in verschiedenen chinesischen Zeitschriften. *Der Schmetterling* wurde übersetzt von Hannelore Salzmann, *Das Auge der Nacht* von Irma Peters, *Mit bolschewistischem Gruß* von Gabriele Jordan und *Der Traum von der See* von Irmtraud Fessen-Henjes.

Zollikerstr. 138, CH-8034 Zürich, Telefon (0041) 01/557282

Umschlaggestaltung: Heinz Unternährer, Zürich
Umschlagfoto: Adam Woolfitt
Foto des Autors: Sun Shuzhu
Gesetzt aus der Bembo 10˙/12˙
Satz: VA Peter Großhaus, D-6330 Wetzlar
Druck und Bindung: Ebner Ulm
ISBN 3-293-00128-9

Der Schmetterling

Der »Peking«-Jeep raste auf der Landstraße dahin. Die holpernde, schaukelnde Bewegung und die drückende Hitze im Innern des Wagens machten schläfrig. Das Summen des Motors, mal hoch, mal tief, glich einem langen, nicht enden wollenden Stöhnen. Ein Stöhnen vor Schmerz, unter Tränen? Oder ein glückliches, zufriedenes? Auch vor Freude vermag der Mensch zu stöhnen. Hatte nicht Dongdong damals, im Jahre 1956 – er war mit dem fast Vierjährigen in eine Erfrischungshalle gegangen, um Eis zu essen –, glücklich gestöhnt, als er das süß duftende, köstliche, erfrischend kalte Eis kostete? Sein Anblick hatte den Vater an eine kleine Katze erinnert, die zum ersten Mal eine Maus gefangen hatte. Die kleine Katze mit der Maus – hatte sie nicht ebenso zufrieden gemaunzt?

Der Wagen fuhr schneller. Die Berge flogen vorbei. Vor ihnen aufblinkend Dörfer, Häuser, sich wie von selbst aufreihende buntgekleidete Mädchen, die sie, Beifall klatschend, begrüßten, mutwillige, aufsässige Jungen, die, ein Auge zugekniffen, mit Steinen nach dem Wagen warfen. Erfreut oder gleichgültig auf sie blickende Bauern, unzählige, die Hofmauern überragende Heuhaufen, Bäume, Felder, Teiche, Straßen, Hügel und Täler. Plätze sah er, auf denen sich ein Strohhaufen an den anderen reihte, mit Lehm ordentlich abgedeckt, Vieh, gummibereifte Pferdekarren, Handtraktoren mit Anhängern... Die glatte

Asphaltstraße und die im Sommer von den Sturzbächen aus den Bergen ausgewaschene, bloßliegende, fast verwundete Schotterstraße, der Straßenstaub und die – weil der Kutscher aus Faulheit die Dungtasche nicht richtig befestigt hatte – heruntergefallenen Pferdeäpfel, all das stürzte auf ihn und seinen »Peking« mit immer größer werdender Geschwindigkeit zu, erfaßte ihn, um dann hinter dem Wagen zurückzubleiben. Der Tachometer zeigte bereits über sechzig Stundenkilometer an. Die Reifen erzeugten ein Dröhnen, das zornig und zugleich ehrfurchtgebietend klang. Wenn sie sich an den Boden preßten, war ein beschwingtes, leichtes Rauschen zu vernehmen. Dieses Rauschen gehörte dem Frühling, es erinnerte an junge Leute, die auf dem Eis Schlittschuh liefen, auf dem Taiye-Teich ruderten oder in der Morgenfrühe einen Lauf machten. Auch er war nach wie vor nicht von seinem Dauerlauf abzubringen, wobei er einen leichten marineblauen Trainingsanzug trug. Zum Teufel mit dem Auto! Weshalb mußte es ihn von der Erde und der so reichlich vorhandenen und gerechten, reinen und doch gegen die geringste Verschmutzung so wehrlosen frischen Luft trennen? Obwohl, im Auto zu reisen war bequem. Mit einem Auto sparte man viel kostbare Zeit. In Peking galt es als vornehm, auf einem der hinteren Plätze zu sitzen. Der Platz neben dem Fahrer war dem Sekretär, der Leibwache oder dem Dolmetscher vorbehalten. Sie mußten fortwährend das Auto verlassen und sich mit dem Sekretär, der Wache oder dem Dolmetscher der anderen in Verbindung setzen, während er, der hohe Funktionär, unbeweglich im Fond des Wagens saß. Auch wenn alles abgesprochen war und sein Sekretär oder jemand anderes den hinteren Schlag öffnete, den Kopf hereinstreckte und ihm in gebückter Haltung Bericht erstattete, blieb er träge, verzog keine Miene, war müde, als würde ihn das alles überhaupt nicht interessieren. Es kam vor, daß er anhaltend gähnte. Oft mußte sein Sekretär ihm zwei-, dreimal etwas sagen, ehe er kaum merklich nickte oder den Kopf schüttelte und ein zustimmendes oder auch ablehnendes »Hm« von sich gab. Das machte ihn erst so richtig zu einem hohen Funktionär. Aber er tat nicht nur so, er war tatsächlich überlastet. Nur im Auto konnte er sich für einen kurzen Augenblick zurückziehen und über sich selbst nachdenken. Außerdem hielt er es aus Gewohnheit für unnötig, sich um Kleinigkeiten zu kümmern, sich ihretwegen den Kopf zu zerbrechen, eine Hand zu rühren oder auch nur ein Wort zu verschwenden.

Was war das? Seine geschlossenen Lider öffneten sich mit einem Mal. Vor seinen Augen tauchte mitten auf einem zerschundenen Stück Straße eine zitternde kleine weiße Blume auf. Was war das für eine Blume, die so wider Erwarten im frühen Winter blühte und in der Narbe einer Asphaltstraße, die tausendfach strapaziert wurde, wuchs? Oder existierte sie nur in seiner Vorstellung? Als er versuchte, diese weiße Blume noch einmal zu erspähen, waren die Räder des Autos, in dem er saß, bereits über ihr. Ihm war, als sehe er förmlich, wie sie zerdrückt wurde. Er spürte den Schmerz und hörte das Stöhnen der weißen Blume in dem Moment, da sie zerstört wurde. Ach, Haiyun, bist du nicht ebenso zerdrückt worden? Deine vor Liebe, Haß, Glück und Verzweiflung oftmals zitternde zierliche Gestalt, die kindliche Aufrichtigkeit ausstrahlte! Und ich sitze immer noch im Auto.

Er saß bewegungslos da. Wie es in den Bergdörfern üblich war, hatte man ihm den Platz vorn neben dem Fahrer gegeben. Wohin er kam, überall erhielt er heute den Ehrenplatz. Aber nie mehr war er so ruhig und ausgeglichen wie damals, vor über zehn Jahren. Als er das Dorf verließ, hatten Qiuwen und die Dorfbewohner sein Auto umringt, um ihn zu verabschieden. »Alter Zhang, komm wieder mal vorbei!« hatte Bruder Shuanfu lächelnd gesagt und sich dabei über den Bart gestrichen. Und seine Frau hatte ihre Tränen abgewischt, die Hand über die Augen gehalten und ihn tiefbewegt angeblickt. Dabei blendete die Sonne gar nicht. Mit jener Handbewegung brachte sie nur zum Ausdruck, wie ergriffen sie war. Qiuwens teilnahmsvolle Augen, die so viel mit angesehen hatten und alles zu durchschauen schienen, hatten einen erwartungsvollen, in die Ferne gehenden Blick, den er vorher nie bemerkt hatte. Es fiel ihnen schwer, voneinander Abschied zu nehmen, und es fiel ihnen leicht. Wie Qiuwen gesagt hatte, konnte so jeder mutiger seinen eigenen Weg gehen. Was für unterschiedliche Wege! Waren denn jener stellvertretende Minister Zhang Siyuan, der in einer SIM-Limousine durch die hell erleuchteten, zu beiden Seiten von Hochhäusern gesäumten Straßen des Stadtzentrums fuhr, und jener mit gebeugtem Rücken und zusammengebissenen Zähnen eine Kiepe Ziegenmist über holprige Bergpfade schleppende »alte Zhang« ein und dieselbe Person? War er der »alte Zhang«, der sich plötzlich in den stellvertretenden Minister Zhang verwandelt hatte? Oder war er der stellvertretende Minister Zhang, der mit einemmal der »alte Zhang« wurde? Das war eine interessante Frage. Vielleicht war er weder der stellvertretende Minister Zhang noch der »alte Zhang«, sondern nur er selbst, Zhang Siyuan? Ohne den stellvertretenden Minister Zhang und ohne den »alten Zhang«, was blieb da noch von den drei Silben Zhang Siyuan? Stellvertretender Minister oder »alter Zhang« – war das von besonderer Bedeutung, alles entscheidend? Oder war es unwichtig, nicht wert, lange darüber nachzudenken?

Qiuwen hatte gesagt: »Geh und sei ein guter Beamter. Solche Beamte wie dich unterstützen wir, solche wie dich brauchen wir, auf sie haben wir gewartet... du mußt uns nur im Herzen behalten, dann ist alles in Ordnung.« Sie sagte das bedächtig, lächelnd, und in ihrer Stimme war nicht die geringste Spur von Betrübnis. Sie sprach so ruhig und gelassen, so fürsorglich und doch so kraftvoll. Für einen Augenblick war sie Zhang Siyuans große Schwester, die ihren kleinen Bruder tröstete, weil er darüber weinte, daß sein selbstgebastelter Drachen nicht aufsteigen wollte. Dabei war sie doch etliche Jahre jünger als der »alte Zhang«, der ja schon fast sechzig war. Doch jemand, der auf die Sechzig zuging, galt in seinen Kreisen noch als »jung und hoffnungsvoll«. Altes, ehrwürdiges China! In den letzten Jahren hatte man die obere Altersgrenze für »junge Leute« genauso großzügig heraufgesetzt wie in der Enzymdiagnostik den oberen Grenzwert bei der »GPT-Reaktion«. Stellte man früher bei einem GPT-Wert von einhundertzwanzig schon die Diagnose einer Leberentzündung, so gab es heutzutage bei zweihundert noch keinen Krankenschein.

Als er das Bergdorf verließ, verlor er gleichsam seine Seele. Er hatte den »alten Zhang« dort zurückgelassen, Qiuwen und im weiteren Sinne auch Dongdong. Die Steinhütte, die fünfzinkige Mistgabel, den Tragekorb und die große Hacke, den Strohhut und die Petroleumlampe, die langstielige Tabakspfeife und den Hirsebrei mit Ulmenblättern und Süßkartoffeln – das alles hatte er verloren. Qiuwen und Dongdong waren das Licht für ihn, den jungen Alten. Qiuwen war für ihn die überaus gütige Abendsonne gewesen, und er hatte sie dort in den mit

Walnußbäumen bewachsenen Yunxia-Bergen, den Bergen der rosenroten Wolken, zurückgelassen. Die Sonne winkte ihm zu, doch aus weiter Ferne. »Jeder Schritt entfernt mich weiter...«, hatte Wenji gesungen, als sie zu den Han zurückkehrte. Und wenn man einen Jeep hatte, ließen die Räder die Entfernung in rasendem Tempo wachsen. Aber Dongdong? Würde Dongdong ihn jemals verstehen? Jemals zu ihm kommen? Sicher, Strafe hatte er verdient für das, was er Dongdongs Mutter, Haiyun, der zitternden, kleinen, weißen, gebrochenen Blume, angetan hatte. Doch er machte sich Sorgen um Dongdong – ein kleiner Stern, noch lange nicht aufgegangen, von dem vorerst nichts als ein Lichtschimmer am Horizont zu sehen war. Dieser Stern würde am Ende für ihn leuchten. Ihm war völlig klar, daß jede übertriebene Fürsorge und allzu umsichtige Planung der Alten für die nächste Generation und die Schaffung vortrefflichster Bedingungen für sie sowie alle Bemühungen, die junge Generation durch Einschränkung ihrer Bewegungsfreiheit zu behüten, nicht nur von vornherein vergeblich, sondern oftmals schädlich waren. Doch im stillen wünschte er Dongdong Glück, diesem seinem einzigen Sohn, der nicht einmal seinen Namen tragen wollte. Er war beunruhigt über die radikalen Ansichten, die Dongdong hatte, obgleich er wußte, daß ein wenig Radikalismus zu jungen Leuten gehörte, zumal diese Jugend in einer Zeit der Wirren aufgewachsen und zu oft enttäuscht worden war. Sie war voller Skepsis und Bitterkeit. Aber Dongdong trieb es zu weit. Er hoffte, sein Sohn würde die Geschichte begreifen können, die Wirklichkeit, würde China verstehen können und die Bauern, die überwiegende Mehrheit der Bevölkerung. Er hoffte, daß sein Sohn nicht auf Abwege geriet, und er hoffte, der Radikalismus des Sohnes, teilweise gerechtfertigt, würde keine verderbliche Entwicklung nehmen, die ihm selber, anderen Menschen oder dem Land schadete.

Der Himmel hatte sich aufgeklärt. Die helle Abendsonne blendete ihn ein wenig. Er klappte die braungetönte Sonnenblende herunter. Durch das Braun der Blende hatte er den Anblick einer ländlichen Abenddämmerung. Er selbst war in Sonnenlicht getaucht, das sich auf seiner Jacke und auf seinen Knien fortwährend veränderte. Die Zweige der Bäume am Straßenrand zerschnitten die Abendsonne, und unablässig sprühten Lichtsplitter über seine ganze Gestalt. Das gab ihm ein unsagbares Gefühl des Vorwärtsstürmens. Er badete in diesem sich jeden Augenblick verändernden Lichtnetz, und allmählich überkam ihn ein wohliges Gefühl der Zufriedenheit. Mit dem brummenden, rauschenden Ton, mit dem Laufen und Springen der roten und schwarzen Ziffern auf dem Armaturenbrett ließ er das Dorf in den Bergen und den »alten Zhang« immer weiter hinter sich zurück und kam Peking und dem »stellvertretenden Minister« immer näher.

Zu einem Zeitpunkt, da es viel Arbeit gab, hatte er überraschend um zwei Wochen Urlaub gebeten. Dem Minister hatte er sogar gesagt, er müsse ein persönliches Problem klären, sich eine Frau suchen. Man sprach von der Liebe als von der Lösung eines Alltags- oder eines persönlichen Problems, als wäre nur eine solche Ausdrucksweise legitim und schicklich. Hätte er gesagt, er wolle einen Menschen, den er liebe, besuchen, wären ihm sofort schlechtes Verhalten, ungesunde Empfindungen oder ein Abgleiten in den »Revisionismus« vorgeworfen worden. Liebe als ein Problem und die Heirat als Lösung dieses Problems zu bezeichnen, stellte wahrhaftig eine Verschandelung der Muttersprache und eine Verunglimpfung menschlicher Gefühle dar. Dennoch hatte er sich den allgemeinen Gepflogenheiten gefügt und in dieser steifen, versteinerten Sprache um Urlaub gebeten. Er hatte sich von seinem Arbeitsplatz und einer ganzen Reihe dringender Angelegenheiten entfernt. Das beunruhigte ihn sehr. Daß er sich von seinem Büro und seiner Wohnung trennen mußte, an deren Komfort und Zweckmäßigkeit er sich gewöhnt hatte, stimmte ihn nicht gerade froh. Aber ältere Menschen sind auch voller Einbildungen. Jene Einbildungen versetzten ihn so in Erregung, daß es ihm den Atem nahm. Deshalb hatte er sich unauffällig davongemacht.

Er reiste in einem Schlafwagen zweiter Klasse und nahm einen Überlandbus. Nachts schliefen zweiundvierzig Personen in einem großen Raum. Zigarettenrauch, Schweiß und Gestank verpesteten die Luft. Sechs Neonlampen brannten die ganze Nacht über. Er war auch schon mit einem Auto gereist, das man eigens für Funktionäre seines Ranges zur Verfügung stellte. In solch einem weichgefederten, bequemen Wagen wie diesem jetzt wirkte er sogar im Außenspiegel noch frisch, als hätte er sich eben gebadet, eingecremt und das Haar gefönt. In solch einem Wagen sah er vorzüglich aus, wie ein frisch aus dem Ofen kommendes Brot, das nach Weizen, Milch, Eigelb und Zucker duftete und goldbraun gebacken war. Stieg er aus einem solchen Auto, dann wohnte er in einem Hotel, das nur ausländischen Gästen oder hohen Funktionären vorbehalten war. Eine neu installierte Klimaanlage – schaltete man sie ein, so war es, als tanzte ein Schwarm wilder Bienen über einem blühenden Feld. Eine strahlend-weiße Wanne. Eine zierliche, handliche, elektrisch beheizte Dusche. Doch das alles hatte kaum etwas mit ihm zu tun. Das alles hing keineswegs von seinem Willen ab. Er selber würde eher sagen, daß er besser in das entlegene Dorf in den Bergen paßte. Dorthin war er gefahren, um Qiuwen, Dongdong und jenen noch nicht verlorengegangenen »alten Zhang« zu finden – einen glücklichen, unglücklichen Mann, dem die Bauern vertrauten und um den sie sich sorgten. Nun hatte er von dort wieder Abschied genommen. Nach einer Nacht im Luxushotel ein vierstündiger Flug. Dann sein SIM. Sein Sekretär begrüßte ihn auf dem Flugplatz, so daß ihm bewußt wurde, daß er ein stellvertretender Minister war. Wieder die belebten Straßen, schneeweiße Sperrlinien, rote Ampeln. Die Zahl der Einwohner und der Fahrzeuge hatte beträchtlich zugenommen. Sobald sie an eine Kreuzung kamen, mußten sie warten. Nach zweimaligem Abbiegen verlangsamte der Wagen sein Tempo und hielt an. Händeschütteln, Danken. Er bot dem Fahrer an, mit nach oben zu kommen und ein Weilchen zu verschnaufen. Der lehnte dankend ab. Der Sekretär beeilte sich, ihm die wenigen Gepäckstücke abzunehmen. Im hell erleuchteten Fahrstuhl wurde er von dem Mädchen mit Dauerwelle, das den Fahrstuhl bediente, begrüßt. Er war wieder an einen Ort zurückgekehrt, wo ihm alle, die seine Dienststellung kannten, zulächelten. Er steckte den Schlüssel in das Schlüsselloch – er hatte ihn nicht dem Sekretär gegeben – und schloß selber die Tür auf. Er mochte nicht wegen jeder Kleinigkeit andere bemühen. Die Tür ging auf, er schaltete das Licht ein. Die kunststoffbeklebten Wände und Fußböden waren wie gewöhnlich blitzsauber, als hätte jemand sie tagtäglich mit einem Reinigungsmittel bearbeitet. Er war wieder da. Er ließ sich auf dem Sofa nieder.

War es nicht gerade gestern erst gewesen? Haiyuns Stimme – verspürte er nicht noch ihr Beben in seinen Ohren, schwebte sie nicht noch im Raum? Auch fast schon erloschen, würde sie niemals verstummen, wäre sie immer da. Und in welche Winkel des Universums fiel das Licht, das ihre unverwechselbare und zierliche Gestalt ausstrahlte? War sie wirklich nicht mehr da? Vielleicht war sie in einem entlegenen Teil des Universums noch immer deutlich zu sehen? Das Licht, welches ein Stern einer anderen Galaxis in diesem Augenblick ausstrahlt, würden die Menschen erst nach Jahrhunderten sehen. Und das Licht, das von ihr ausging, könnte es nicht ebenfalls fortdauern, wenn sie selbst nicht mehr war?

Doch all das war schließlich ferne Vergangenheit, gehörte einem früheren Leben an. Es mochte wohl eine Art Senilität sein, jedesmal, wenn er an die Geschehnisse der dreißiger, vierziger und fünfziger Jahre dachte, schien es ihm, als hätten sie sich in einer anderen Welt ereignet. War es möglich, daß in einhundert, zweihundert oder fünfhundert Jahren sich jemand an Haiyun oder solche Menschen wie Haiyun erinnerte? War es möglich, daß seine Erinnerungen – so süß, so bitter, so schmerzerfüllt und brennend heiß – fünfhundert Jahre später in einer glücklichen und gerechten Gesellschaft, die durchaus kein Paradies wäre, kaum wahrnehmbar im Herzen eines jungen Burschen wach wurden?

Ein früheres Leben – war er Haiyun in einem früheren Leben begegnet? 1949 hatten sie ganz China befreit und gesungen: »Klar ist der Himmel über den befreiten Gebieten, nach großem Kampf, nach heißem Kampf, vorwärts, ihr Jungen, mit Mao Zedong!« Da war der harte Krieg mit seinen entbehrungsreichen Märschen, Truppenverlagerungen, Rückzügen, zeitweiligen Niederlagen. Opfer, Blutvergießen, Verwundungen, Hungersnöte. Verkleidet gingen sie in die Städte. Stahlhelme und blanke Bajonette der Gendarmen, Wachtürme mit unheimlichen Augen. Bekanntmachungen vom »Hauptquartier für die Ausrottung der Banditen«. Angespannt die Atmosphäre während der »Bewegung der drei Überprüfungen und der drei Verbesserungen«. Wieder und wieder Selbstkritik. Als die chinesischen Kommunisten den höchsten Preis gezahlt hatten, den zu zahlen die Menschheit imstande ist, war die Befreiungsarmee von einer gewaltigen Schlagkraft, konnte ihrem Angriff kein Gegner standhalten. Panzer, Reiterei und Artillerie waren zusammen mit Tanzensembles, die zum Tanz der Roten Seidenbänder die Hüfttrommeln schlugen und Yangge tanzten, auf dem Vormarsch. Und jedesmal, wenn sie in eine Stadt kamen, wurde erst Yangge getanzt, ertönten laut die Hüfttrommeln. Mit roter Seide hatten sie ganz China befreit. Wenn sie Yangge tanzten, konnten sie bis ins Paradies tanzen. Wenn sie die Trommeln schlugen, war es, als würden sie Gerechtigkeit, Moral und Reichtum herbeitrommeln.

Er war damals neunundzwanzig und hatte einen schwarzen Schnurrbart. Er trug einen grauen Kaderanzug, auf dem vorn auf der Brust und auf dem linken Ärmel die Bezeichnung »Militärkontrollkommission der Chinesischen Volksbefreiungsarmee der Stadt soundso« angebracht war. In seinem Blick, seinem Auftreten lag der Ausdruck eines siegreichen, der Menschheit Licht, Freiheit und Glück bringenden Prometheus. Er konnte täglich sechzehn, achtzehn, ja zwanzig Stunden arbeiten. Müdigkeit kannte er nicht. Seine Kräfte waren weltumstürzend, und er war im Begriff, die Welt umzustürzen.

Er war jünger als alle anderen jungen Leute. Vor ihm lag eine unbegrenzte Zukunft. Er war erfahrener als alle Alten, weil er ein »alter« Revolutionär mit außerordentlichen Fähigkeiten war, wie es unter Tausenden nur einige wenige gibt. Er war stellvertretender Leiter der Militärkommission dieser mittelgroßen Stadt. Täglich empfing er Verantwortliche der illegalen Parteiorganisation, die Führung der Garnisonstruppen, Vertreter der Gewerkschaften und der Studentenverbände, Wissenschaftler und Techniker, Kapitalisten, Offiziere und Beamte, die der Guomindang den Rücken gekehrt hatten. Seine Sprache, seine Argumente, selbst Wörter, die er gern gebrauchte – überwinden, Etappe, zu Ende führen, durchsetzen, zusammenschließen, Lösung, Kurs, Durchbruch, Wende –, all das war für die überwiegende Mehrheit der Bewohner dieser Stadt völlig neu. Er war die Verkörperung der Kommunistischen Partei, der Revolution, der neuen Strömung, die Verkörperung des Triumphgesanges und des Sieges, die Verkörperung der gewaltigen, ja grenzenlosen Autorität und Macht, über die sie plötzlich verfügten. Jedes seiner Worte wurde aufmerksam aufgenommen, notiert, studiert und diskutiert, tief begriffen und in die Tat umgesetzt. Und sofort war das Ergebnis, war der Erfolg da. Wir werden die alte Währung umtauschen und die Preise stabilisieren. Es gab eine neue Währung, stabile Preise. Wir werden die öffentliche Sicherheit verbessern, die öffentliche Ordnung schützen. Schon gab es keine Landstreicher und Diebe mehr, Fundsachen wurden abgegeben. Wir werden das Opiumrauchen und die Prostitution verbieten. Im Handumdrehen waren Opiumhöhlen und Bordelle verschwunden. Was wir wollen, wird geschehen, was wir nicht wollen, wird es nicht geben. Eines Tages, als er sich gerade mit den Worten »Wir wollen ... «

an die Mitarbeiter der Stadtregierung gewandt hatte, trat eine schlanke junge Frau in einer schneeweißen Bluse ein. Aus seiner jetzigen Sicht war sie nichts anderes als ein kleines Mädchen gewesen. So wie eine lange, nicht enden wollende Straße, die man als Kind gegangen ist, sich als eine kleine Gasse erweist, wenn man sie als Erwachsener wiedersieht.

Wie alt war sie doch damals? Sechzehn. Nur sechzehn Jahre, dreizehn Jahre jünger als er. Zerbrechlich, mit strahlenden, vertrauensseligen und lebhaften großen Augen. Sie kam herein, und während sie mit dir sprach, heftete sie die Augen fest auf dich, so sehr wollte sie dich sehen, denn du warst die Partei. Sie war damals Schülerin einer Missionsschule und Vorsitzende des Schülerselbstverwaltungsausschusses, später strich man das Wort Selbstverwaltung, wer weiß, warum. Weil ihre Mitschülerinnen an den Festveranstaltungen in den Parks, wo Soldaten und Bevölkerung gemeinsam die Befreiung feierten, sowie an Diskussionen über die Entwicklung der Gesellschaft teilgenommen hatten, war es zu einem Zusammenstoß mit dem Schulvorstand und einigen ausländischen Missionsschwestern gekommen. Aufgeregt hatte ihm Haiyun die ganze Geschichte erzählt, in einer Art, die auch sein Blut zum Wallen brachte.

Als die Angelegenheit dann mit einem überwältigenden Sieg der jungen Leute endete, kam Haiyun wieder zu ihm.

»Alle Schülerinnen hoffen, daß Sie einen Vortrag über die Bedeutung unseres siegreichen Kampfes halten.«

»Alle Schülerinnen? Und du selbst?« fragte er.

Weshalb fragte er so? Seine Frage hatte überhaupt nichts weiter zu bedeuten. Doch es stimmte ihn froh, wenn dieses kleine, große Mädchen in sein Büro stürmte. Sie war wie eine weiße Taube, die den blauen Himmel noch blauer machte, wie ein Fischlein, welches das Wasser des Meeres noch lebendiger werden ließ. Ihm gefielen die glänzenden Augen dieses Mädchens.

»Ich? Von mir ganz zu schweigen, ich möchte Ihnen jeden Tag zuhören«, erwiderte Haiyun.

Weshalb gab sie eine solche Antwort? Sprach daraus nicht Liebe? Natürlich war es Liebe, aber ihre Liebe galt der Partei.

Mit hellem Klang knisterten blaue Funken über ihren Köpfen, als er und Haiyun in der Straßenbahn fuhren. Damals gab es noch nicht so viele Autos, und es war ihm einerlei, ob ein Wagen zur Verfügung stand oder nicht, wenn er das Haus verließ. Damals wurde einem Auto bei weitem nicht die Bedeutung beigemessen wie in späteren Zeiten. Der breitbeinig dasitzende Fahrer der Straßenbahn trat mit dem Fuß auf die Klingel, und in dem Moment, da seine Hand den Hebel losließ, schaltete sich mit einem rasselnden Geräusch der Strom wieder ein. Sie standen und hielten sich jeder an einem weißen Haltegriff fest, der an einem Lederriemen baumelte. Haiyun redete in einem fort.

»Zwei Spitzel aus unserer Klasse sind jetzt in panischer Angst. Sie haben Gerüchte verbreitet, daß Jiang Jieshis Flugzeuge Shanghai dem Erdboden gleichgemacht hätten. Wir haben daraufhin ein Kampfmeeting organisiert. Auf diesem Kampfmeeting haben vier Schülerinnen um Aufnahme in den Jugendverband gebeten. – Wir hatten eine Diskussion über die kommunistische Lebensauffassung. ›Das Kostbarste, was der Mensch besitzt, ist das Leben. Es wird ihm nur einmal gegeben...‹ Diese Worte Pawel Kortschagins haben wir in unsere Wandzeitung übernommen.«

Als er den Saal betrat, wurde er von den Mädchen mit

tosendem Beifall empfangen. Dunkle, glänzende Augen, in denen Tränen der Verehrung und der Freude glitzerten. Das Mikrofon funktionierte nicht. Erst gab es keinen Ton von sich, dann brummte es ununterbrochen. Es dauerte eine halbe Stunde, bis es repariert war. Haiyun stand auf der Bühne.

»Wir singen ein Lied, einverstanden?«

»Einverstanden!« Die Antwort kam einstimmig, besser als im Unterricht.

»Ihr dort drüben singt die erste Stimme, dann der Reihe nach hier herüber die zweite, dritte Stimme...« Mit einer Handbewegung teilte sie die Mädchen in vier Gruppen ein. Nicht einmal Han Xin hätte seinerzeit seine Truppen mit solcher Bravour kommandieren können.

»Die demokratische Regierung liebt das Volk...
Unendliches Lob der Partei, der gütigen...«

Der Saal hallte wider vom rhythmischen Gesang der Mädchen. Es klang, als schleppten sie Balken, hämmerten Steine, trieben Stollen in den Berg, schmiedeten Eisen. Ja, als schmiedeten sie Eisen.

»Wir alle sind Schmiede,
schmieden den Schlüssel zum Glück...
Hoch schwingt den Hammer,
hämmert, hämmert...«

Die einzelnen Stimmen setzten nacheinander ein. Nur aus Mädchenherzen, die so voller Enthusiasmus und Freude, so erfüllt von einem hohen revolutionären Ziel waren, konnten derart bewegende Lieder kommen. Haiyun dirigierte, ihr Haar tanzte wie lodernde Flammen. Zhang Siyuan sah, wie ihr junger Körper vor Begeisterung bebte. Sie war Liu Hulan, sie war Soja, sie war der Frühling der Revolution. Schließlich war das Mikrofon wieder in Ordnung, und er begann seine Rede. »Junge Freunde!« Beifall. »Schülerinnen, ich grüße euch! Ich überbringe euch revolutionäre Kampfesgrüße!« Beifall. »Ihr seid die Herren der neuen Gesellschaft, ihr seid die Herren des neuen Lebens. Mit ihrem Blut haben eure Vorgänger euch einen hellen und breiten Weg geebnet. Auf diesem Weg werdet ihr von Sieg zu Sieg schreiten.« Zustimmendes Kopfnicken. Die Mädchen notierten Wort für Wort in ihren Büchlein. Und immer wieder Beifall. »In der Geschichte Chinas, in der Geschichte der Menschheit hat ein neues Kapitel begonnen. Wir sind nicht länger Sklaven, sind nicht länger armselige Geschöpfe, mit denen das Schicksal macht, was es will. Wir müssen nicht länger klagen, nicht länger Tränen vergießen. Mit unseren Händen werden wir unsere Zukunft schmieden. Alles, was wir verloren haben, werden wir zurückholen, alles, was uns noch fehlt, werden wir schaffen... Nach der Beseitigung und Unterdrückung, nach der Vernichtung alles Selbstsüchtigen, Rückständigen und Ehrlosen haben wir nun unsere Ketten verloren und eine Welt gewonnen...« Stürmischer Beifall. Er gewahrte Tränen der Begeisterung in Haiyuns Augen. Tränen hingen auch an den Wimpern der anderen Mädchen. Durch den Tränenschleier sahen sie rote Fahnen, Leuchtfeuer, Fanfaren und Wasserkraftwerke. Wie kam es, daß er an jenem Tag so beredte Worte von überströmender Leidenschaft gefunden hatte? Vieles davon war nichtssagend und naiv gewesen. Aber er war voller Aufrichtigkeit gewesen, war überzeugt von dem, was er gesagt hatte. Sie alle waren überzeugt. Alles Vergangene war in dem lodernden Feuer der Revolution zu Asche verbrannt. Sie hielten das neue Leben, die künftige Geschichte in ihren Händen wie jenen Haltegriff in der Straßenbahn...

Danach Briefe, Telefongespräche, Verabredungen, Spaziergänge, Bummeln in Parks, Kinobesuche, Eis am Stiel und Eiscreme. Er war mit Haiyun zusammen. Aber das Entscheidende waren nicht der Park, das Kino, das Eis. Das Wichtigste waren die politischen Lektionen. Haiyun stellte Fragen, und er beantwortete sie, gab Ratschläge. Er war wie der allmächtige Gott, konnte, präzise und ohne sich zu irren, auf alle ihre Fragen über die Welt, über China, das Leben, die Geschichte der Partei, die Sowjetunion oder die Arbeit des Jugendverbandes eine Antwort geben. Haiyun schaute ihn dabei mit einem gläubigen, begeisterten, aber ernsten Blick an. Absolut nicht mehr Herr seiner selbst, zog er sie plötzlich an sich und küßte sie. Da war nicht die leiseste Gegenwehr, nicht der leiseste Versuch, sich zu schützen, nicht der leiseste Zweifel. Nicht einmal Scheu. Nur Liebe, Anbetung, Unterordnung. Und hatte er nicht ebenso das Gefühl der Vertrautheit? Hatte er nicht auf den ersten Blick gespürt, daß sie zu ihm gehörte? Alle Mahnungen seiner Vorgesetzten und Kollegen hatte er in den Wind geschlagen, wie auch der heftige Widerstand der Eltern Haiyuns auf sie ohne Wirkung geblieben war. Sie heirateten. Er war dreißig, Haiyun siebzehn. Liebe und Revolution liefen auf einer sonnenhellen Straße. Ihrer Ehe zuliebe schloß Haiyun die Mittelschule nicht ab. Sie wurde Schreibkraft in einem Büro des Parteikomitees.

1950 wurde ihr erstes Kind geboren. Gerade als es zur Welt kam, trat auf dem koreanischen Kriegsschauplatz eine grundlegende Veränderung der Situation ein. Chinesische Volksfreiwillige gingen nach Korea, um an den Kämpfen teilzunehmen. In ihrer Stadt wurde ein konterrevolutionäres Komplott aufgedeckt. Sie mußten die Front unterstützen, Propagandaarbeit leisten und vor allem die Konterrevolution bekämpfen. So war er schließlich über einen Monat lang kein einziges Mal zu Hause gewesen, obwohl sie nur drei Kilometer entfernt von seiner Arbeitsstelle wohnten.

An jenem Tag, mitten in einer wichtigen Beratung, rief Haiyun ihn an und sagte ihm, daß das Kind hohes Fieber habe und in Lebensgefahr schwebe. »Ich bin im Augenblick stark beschäftigt!« erwiderte er und hängte auf. Ihm war, als hörte er ihr Schluchzen. Das Herz klopfte ihm, und er machte sich Vorwürfe. Nach der Sitzung fahre ich heim, sagte er sich. Dabei wäre er längst einmal zu Hause gewesen, wenn er wirklich gewollt hätte. Doch alle steckten tief in der Arbeit. Sogar der Abteilungsleiter und sein Referent arbeiteten täglich bis in die Nacht hinein und waren tagelang nicht zu Hause gewesen. Nicht nur jeden Sonnabend und Sonntag, sondern zu Neujahr oder zum Frühlingsfest arbeiteten sie. Die Revolution kennt keine Konventionen. Konvention und Revolution schließen einander aus. Eine Minute länger arbeiten bedeutete, daß die Weltrevolution eine Minute eher siegte, daß die Sonne eine Minute eher auf die Slums von New York scheinen würde und die Not, von welcher der koreanische Vertreter auf der Konferenz zum Schutze des Friedens gesprochen hatte, eine Minute eher ein Ende hätte.

Die Sitzung dauerte bis nachts ein Uhr vierzig. Er hatte sie bewußt vorfristig beendet. Eine konterrevolutionäre Clique, in die ausländische Agenten verwickelt waren, war aufgeflogen. Blitzschnell hatte man ein riesiges Netz gespannt, aus dem es kein Entrinnen gab. Zwei Stunden später sollte die Aktion beginnen. Er packte die Gelegenheit beim Schopfe und fuhr nach Hause. Als er das Haus betrat, blickte er noch auf die Uhr an seinem Handgelenk. Doch... das Kind, sein und Haiyuns erstes Kind, war schon tot.

Haiyun war wie betäubt. Ihr verlorener Blick traf Zhang Siyuan wie ein eisiger Hauch. Er fragte, redete auf sie ein, versuchte, sie zu trösten. Sie war wie versteinert. Er klagte sich selber an, er weinte, er wollte vor dem toten Kind und der erstarrten kleinen Mutter niederknien. Sie blieb versteinert. »Aber du kannst nicht nur an dich denken, Haiyun! Wir sind keine gewöhnlichen Menschen, wir sind Kommunisten, Bolschewiki! In dieser Sekunde bombardieren amerikanische B 29 Pyongyang. Tausende koreanischer Kinder sterben im Hagel von Brandbomben und Splitterbomben...« Auf einmal wurde er heftig. Viele seiner Worte kamen ihm später hochtrabend und töricht vor, aber zum damaligen Zeitpunkt waren sie ganz ernst gemeint. Es war an der Zeit, sein Begleiter drängte. Überstürzt verließ er das Haus.

Von da an wurden sie einander fremd. Haiyun war wohl doch eine kleinbürgerliche Intellektuelle, unerfahren und nicht in ausreichendem Maße umerzogen und gestählt. Oft hatten solche Intellektuellen keinen seelischen Halt, waren wankelmütig in ihrem Tun. Sie war ein mittelmäßiger und unbedeutender Mensch. Und Haiyun sah in ihm vielleicht immer mehr einen gefühllosen, selbstsüchtigen Menschen, der große Worte im Munde führte. Er war sich seiner Schuld bewußt, machte sich Vorwürfe, sie von ihrem Studium abgehalten und somit auch ihr Glück zerstört zu haben. Dank seiner Bemühungen konnte Haiyun an einer bedeutenden Shanghaier Universität ein Studium der ausländischen Literatur aufnehmen – ein Fach, welches sie besonders liebte. Auf dem Bahnhof – als die Dampfsirene ihren dreimaligen Pfiff ausstieß, die Guangdong-Melodie »Vergnüglicher Friede« ertönte und die Lokomotive ein gewichtiges Fauchen von sich gab, als die wie eine Studentin zurechtgemachte, einfach gekleidete Haiyun, das Haar von einem Gummiband zusammengehalten, den Kopf aus dem Fenster steckte und ihm zuwinkte – gewahrte er ein Leuchten in ihrem lächelnden Gesicht. Liebe, Ehre, das auf ein Minimum beschränkte Familienleben, die Geburt und der Tod des Kindes, das alles schien nicht wirklich passiert zu sein. Haiyun war noch immer die Vorsitzende des Selbstverwaltungsausschusses der Missions-Mädchenschule. Wie früher würde sie auch an der Shanghaier Universität dirigieren können, wenn an die tausend Studenten aus voller Kehle »Klar ist der Himmel über den befreiten Gebieten« sängen. Er aber war noch immer ein junger, alter Revolutionär, ein selbstlos arbeitender Führungskader. Noch immer waren die Beziehungen zwischen ihnen so ungezwungen, rein und erhaben. So wie es ohne die zufällige Begegnung keine Freundschaft und Liebe gibt, gibt es ohne Trennung keine Sehnsucht. Haiyun war fort. Er sehnte sich nach Haiyun, litt unter der Trennung.

Es war eine bewegte Zeit. Die Kampagne gegen die »drei Übel und fünf Übel«, der Kampf gegen die »Tiger«. Die ihm unterstehenden Dienststellen, welche die Kampane leiteten, hatten vierzehn große »Tiger« entlarvt, die Gelder im Werte von über hundert Millionen (alte Yuan) unterschlagen hatten. Eine erneute Überprüfung hatte zwar ergeben, daß nur bei zweien die Anschuldigung aufrechtzuerhalten war, doch ungeachtet dessen erfüllte ihn Siegesfreude. In der Bewegung zur Ausrottung der Konterrevolutionäre ging ihr Studium des Kommentars zu den »Materialien über die konterrevolutionäre Clique Hu Feng« einher mit Entlarvungen, Anzeigen, Übergaben, Untersuchungen, Kampf. Sie stöberten Gewehre und Funkstationen auf und faßten einen Konterrevolutionär nach dem anderen. Bei einer großen Anzahl von Personen wurden Ermittlungen über deren Vergangenheit angestellt. Eine Bewegung löste die andere ab. Sie waren dabei, den Unrat der alten Gesellschaft hinwegzuspülen. 1956 wurde er zum Sekretär des Stadtparteikomitees ernannt. Seine Art, schnell zu handeln und Worte in die Tat umzusetzen, wirkte sich auf die ganze Stadt mit ihren dreihunderttausend Menschen aus. Selbst sein Stirnrunzeln oder sein Lächeln, sein Mienenspiel und seine Gesten, seine Blicke und seine Schritte fanden allseitig Beachtung. Er war die Stadt, er war das Parteikomitee. Er war das Hirn, das Herz, der Wille. Er zerbrach sich über die Arbeit der ganzen Stadt den Kopf, gleich, ob es sich um die Vernichtung der Fliegen oder um den Bau von Fabriken handelte. Sie gingen in allem, was sie taten, mit gutem Beispiel voran. Er wurde Teil einer großartigen, riesigen Maschine, und durch das Funktionieren dieser Maschine fühlte er sein eigenes Ich, seine Intelligenz, seine Tatkraft und sein Verantwortungsgefühl, spürte er seinen eigenen Anteil und den Sinn seines Daseins. Wäre nicht das Stadtparteikomitee, wäre er nicht Leiter dieses Komitees, gäbe es auch ihn nicht.

Doch in seiner Beziehung zu Haiyun standen die Dinge trotz allem nicht zum besten. Nach einem Semester an der Universität kehrte Haiyun während der Winterferien zurück. Die Trennung hatte ihre Liebe zu neuem Leben erweckt. Sie sprachen über Flaubert und Maupassant. Er verstand ebensowenig von französischer Literatur wie Haiyun von der Leitungsarbeit im Parteikomitee. Mit seinen Fragen und Äußerungen brachte er sie zum Lachen, und Haiyun durchschaute, daß er sich aus Zuneigung zu ihr nicht scheute, unwissend dazustehen. In Erwiderung darauf interessierte sie sich für die Wahlen und den Finanzhaushalt der Stadt. Einmal brieten sie auch zusammen einen Fisch, wobei er die Entdeckung machte, daß Haiyuns Kochkünste die der besten Köche in den Restaurants übertrafen. Es blieb ihr Geheimnis, womit sie die Soße gewürzt hatte.

Den Fleischtäschchen zum Frühlingsfest folgten Yuanxiao zum Laternenfest. Danach fuhr Haiyun wieder fort. Wegen einer wichtigen Sitzung war es ihm nicht möglich, bei ihrer Abreise auf dem Bahnhof zu sein. Von Haiyun kam ein Brief, sie sei wieder schwanger. Er runzelte die Stirn, schlug Haiyun eine Schwangerschaftsunterbrechung vor. Darüber empört, schrieb sie ihm vier Monate lang nicht. In den Sommerferien kehrte sie hochschwanger nach Hause zurück. Sie hatte eine Studienbefreiung erwirkt. »Wir haben schon einen Sohn verloren.« Ihr trauriger Blick klagte an. Er fühlte sich schuldig. Nach der Entbindung fand er nicht nur eine sehr gute Kinderfrau, auch der leitende Arzt des neuen Kinderkrankenhauses wurde ständiger Gast in der Familie des Sekretärs. An und für sich wollte Haiyun das Studium für ein halbes Jahr unterbrechen, doch es wurde ein Jahr daraus. Sie konnte sich nicht von ihrem zweiten und einzigen Sohn trennen. Zhang Siyuan war der Meinung, sie müsse ja nicht weiterstudieren, wenn sich die Sache so verhielte. Es sei für sie ohnehin belanglos, ob sie die Universität besuche oder nicht. Sie würde auch so hinreichend respektiert und fände eine angemessene Arbeit. Aber nein, Haiyun bestand darauf, das Studium fortzusetzen, und war auch nicht bereit, an eine hiesige Schule überzuwechseln. So fest entschlossen war sie, und doch vergoß sie in der letzten Nacht vor ihrem Weggehen Tränen auf das Köpfchen des fast einjährigen Dongdong...

Wind kämpft gegen Wind. Wasser stürzt gegen Wasser. Mensch und Mensch sind unvereinbar. Auch mit sich selber kommt man nicht aus. Wie sind die Welt und das Leben doch voller Widersprüche! Der Mond nimmt ab und wird doch wieder rund. Kannst du daraus wirklich den Schluß ziehen, dieser Vollmond sei derselbe Mond wie die einstige schmale, blasse Mondsichel? Ist der Seidenspinner erstarrt, sind schon wieder viele, viele kleine, gierige Maulbeerblätter fressende Seidenraupen da. Natürlich weißt du, diese Raupen sind nicht mehr jener Seidenspinner. Flüsse fließen dahin, Welle folgt auf Welle. Doch wo ist der Unterschied, wo die Verbindung zwischen der vorigen und der nächsten?

Haiyun, Haiyun, verstehe ich dich? Verstehst du mich? Weshalb verzeihst du mir nicht? Wie könntest du mir auch verzeihen!

Gerede. Gutgemeintes, böswilliges und hinterlistiges. Zhang Siyuan schäumte. Sollte ich einige hunderttausend Menschen einer ganzen Stadt beherrschen können und dich als einzige nicht? Wie ein despotischer Schrei kam es aus seinem Innersten... Doch weshalb war in ihm alles leer, sobald Haiyun vor ihm stand und er sah, daß sie nur ihre alten Sachen trug und all die schönen Kleidungsstükke, die er für sie gekauft hatte, verschmähte, daß ihm kein hartes Wort über die Lippen kam? »Unserem Kind zuliebe...« Wer da bat, warst schließlich du selber. Haiyun schwieg, heulte, gab das Studium auf. Willigte ein, die Beziehungen zu dem Kommilitonen abzubrechen. Obwohl sie keinen Abschluß hatte, wurde sie Assistentin an einer pädagogischen Fachschule der Stadt. Wenig später ernannte man sie zum stellvertretenden Sekretär der Parteigrundorganisation der Fakultät. So war Zhang Siyuan beruhigt, zumal der Wagen des Stadtkomitees Haiyun zur Arbeit brachte und sie auch wieder abholte. Dann ein Blitz aus heiterem Himmel. 1957 wurde Haiyun als »Rechte« angeklagt. »Ich hätte wirklich nicht gedacht, daß es so weit mit dir kommen würde. Wieso begeisterst du dich auf einmal für parteifeindliche Romane? Wer bist du denn? Wer bin ich? Hast du das vergessen?« Die Hände auf dem Rücken, schritt er auf und ab, fest in seinem Standpunkt, unerbittlich und streng. »Da gibt es nur eins: seine Schuld eingestehen, sich von Grund auf ändern und ein neuer Mensch werden!« Bei jedem seiner Worte zuckte Haiyun zusammen, als bohrten sich Nadeln in ihren Körper. Dann hob sie den Kopf. Zhang Siyuan erschauerte. Ihn traf ihr eiskalter Blick... Einen Monat später reichte Haiyun die Scheidung ein. Er versuchte immer noch einzulenken, aber die Scheidung war wohl nicht mehr zu vermeiden. Als er Haiyun, die die Scheidungsformalitäten schon erledigt hatte, das letzte Mal sah, bemerkte er sogar Freude auf ihrem Gesicht. Damals war er außerordentlich entrüstet darüber. »Sie ist verkommen, wirklich verkommen«, sagte er sich.

Du Blatt am Zweig des Baumes, alljährlich im Frühling bist du so voller Leben. Beglückt trinkst du den Frühlingsregen und die Morgensonne. Du wiegst dich im warmen Frühlingswind. Du rufst das Gezwitscher der Vögel herbei. Du schmückst Höfe, Straßen, Felder und den Himmel. Und du willst auch reden, Gedichte aufsagen, willst den jungen Verliebten in deinem Schatten deinen Segen aussprechen. Kann man nicht deine zärtliche Stimme vernehmen, wenn man sich dir in der Abenddämmerung nähert? Du erwartest den Reichtum des Sommers. Auch die Unerbittlichkeit des Herbstes wirst du auf dich nehmen. Wenn du am Ende herniederschwebst, gibst du nicht einmal einen Seufzer von dir. Weil du dein Leben gelebt hast, gewachsen bist, geliebt hast. Wenn du auch nur ein einziges Blatt warst, doch für den großen Baum, für die Vögel, für die Liebenden hast du alles getan, was in deiner Macht stand. Wärest du aber unerwartet im Frühling, als der sonnendurchflutete Sommer eben anbrach, abgerissen worden, was dann? Hättest du etwa keine Tränen vergossen? Hätte es dir nicht weh getan? Obwohl an dem Baum noch Tausende und aber Tausende von Blättern sind, obwohl im nächsten Frühling genauso wieder Tausende und aber Tausende von Blättern den Baum schmücken werden, obwohl dieser große Baum in absehbarer Zukunft nicht sterben wird, vielleicht niemals, wirst du, dieses eine Blatt, doch für immer und ewig verloren sein. Nie wieder, selbst wenn dieser Erdball versänke und die Sternennebel des Universums aufs neue eine Erde nach der anderen hervorbrächten, wirst du die Liebkosungen der Sonne und des Frühlingsregens empfangen können, und auch niemals mehr wird dein gutmütiges, endloses Geschwätz zu hören sein.

Doch Autos eilen dahin. Sechzig Kilometer in der Stunde. Züge brausen durchs Land. Hundert Kilometer in der Stunde. Flugzeuge zerteilen den Himmel. Neunhundert Kilometer in der Stunde. Künstliche Satelliten werden gestartet. Achtundzwanzigtausend Kilometer in der Stunde. Tempo, begleitet von machtvollem Donnergetöse.

Meilan

Meilan war ein Fisch. Meilan war ein schneeweißer Schwan. Meilan war ein Drachen.

Kaum war Haiyun gegangen, war Meilan schon zur Stelle. Mit großer Wahrscheinlichkeit war das auf die vereinten Bemühungen vieler um ihn besorgter Menschen zurückzuführen. Sie hatten seit langem etwas dagegen, daß der Sekretär des Stadtkomitees mit einer Frau zusammenlebte, die einem Schulmädchen glich. Meilan, strahlend und duftend, mit einem Gesicht wie ein Vollmond, füllte mit einer solchen Selbstverständlichkeit die Lücke, die Haiyun hinterlassen hatte, als sei alles so vorherbestimmt gewesen. Sie trat das Amt der Sekretärsgattin mit der gleichen Zuversicht und ebenso ohne Bedenken an, wie er das Amt des Sekretärs übernommen hatte. Mitunter, wenn sie tief in Gedanken versunken war, nahm ihr Gesicht einen unergründlichen Ausdruck an, und auf ihrer Stirn wurden zwei steile, finstere Falten sichtbar. Erblickte sie jedoch Zhang Siyuan, verschwanden die Falten sofort, und ein bezauberndes Lächeln trat auf ihr Gesicht.

Ihre Ankunft brachte gewaltige Veränderungen in das Leben von Zhang Siyuan. Kleidung, Essen, Wohnen, die Art der Fortbewegung, alles erfuhr eine stürmische Entwicklung. »Im Interesse deiner Arbeit...« Mit diesen Worten, die sie ständig im Munde führte, überzeugte ihn Meilan davon, daß alles seine Richtigkeit hatte. Das alte Sofa wurde gegen ein neues, bezogen mit glänzender goldgelber Atlasseide, eingetauscht. Es war bequem und zugleich ermüdend, darauf auszuruhen. Ihm kam der leise Verdacht, daß Meilan bei jeder Kleinigkeit die Verwaltung bemühte, sich für diese oder jene Sache zu verwenden.

Er protestierte dagegen: »Stell nicht immerzu Forderungen! Es muß nicht alles auf das feinste sein. Das alte Sofa war gut genug. Weshalb denn ein neues?«

Meilan lächelte gewinnend: »Was du nur hast! Du steckst so tief in der Arbeit, daß du alles darüber vergißt, daß du verbraucht sein wirst, ehe du alt bist. Wie oft kommt es denn vor, daß du dich zu Hause ein Weilchen ausruhst? Ist es da nicht recht und billig, es etwas bequem zu haben?«

Er hatte nichts darauf erwidert. Sein ganzes Denken galt gerade dem Stahlschmelzen. Viele Familien stampften ihre Kochtöpfe ein. Kampf gegen die »Rechten«, Kampf gegen »rechte Abweichungen«, Kampf gegen den Konservatismus. Die Umstände zwangen zum Handeln, seine Nerven waren in ständiger Anspannung. Ein neues, glänzendes, weiches Sofa war für ihn durchaus kein Luxus, ebensowenig wie eine neue, strahlende und liebevolle Frau. Nur zufällig empfand er mitunter undeutlich, daß sich sein Leben nach Meilans Plänen richtete und daß sie ihn manchmal einfach an der Nase herumführte. Und noch zufälliger tauchte vor seinem Auge die Gestalt der zierlichen, dünnen, unschuldigen Haiyun auf. Sein Herz klopfte jäh, er riß die Augen auf. Nichts. Als wäre ein Bäumchen am Fenster des Wagens vorbeigeglitten, das der Wagen in dem Moment, da er genauer hinsah, schon längst weit hinten zurückgelassen hatte. Er hatte keine Zeit, Vergangenem nachzuhängen, er hatte keine Zeit zu seufzen.

Die Verwandlung

Wie sind die Beziehungen zwischen dem Menschen und seiner Umwelt? Wie groß war eigentlich der Unterschied zwischen dem Sekretär Zhang, der auf einem mit gelbem

Satin bezogenen Sofa saß, eine Filterzigarette »Panda« rauchte und in langgezogenem Ton redete – äh, dieser, dieser –, bei dem jedes seiner Worte von etlichen Leuten um ihn herum notiert wurde, dem jedermann ein ehrerbietiges, man kann sagen, mitunter devotes Lächeln entgegenbrachte und der sich zu jeder Zeit – ob im Auto, im Theater, beim Essen oder beim Einkaufen – seines besonderen, ehrenvollen Platzes im Leben bewußt war, wie groß war der Unterschied zwischen ihm und jenem früheren Kulturinstrukteur der Achten Marscharmee in Wickelgamaschen, zwischen ihm und jenem neu ernannten Politinstrukteur, der zwei Tage und zwei Nächte lang auf allen vieren durch das Dickicht kroch, um der Säuberungsaktion der Feinde zu entgehen? Waren sie ein und derselbe? War das Ziel des harten Kampfes nicht gerade die Eroberung und Ausübung der politischen Macht, die Umgestaltung Chinas, die Umgestaltung der Gesellschaft? Ob er nun im Unterholz nächtigen mußte oder auf dem warmen Kang eines Bauernhauses, auf einem Drahtbett oder gar auf einem Schlaraffiabett sein Nachtlager fand, hatte er nicht immer seinen Leib und seine Seele, seine Kraft, alle seine Tage und Nächte der einen großen Sache der Partei gewidmet? Und dachte er nicht immer wieder an jene harten und entbehrungsreichen Jahre, an jene hohen revolutionären Ideale? War er nicht stolz darauf? Jener kleinbürgerliche Anarchismus, jene »Revolution« in der Art Guevaras, nach welcher Sieg gleichbedeutend war mit Untergang, was hatten sie letztendlich mit unserer Wirklichkeit, mit unserem Volk zu schaffen? Waren sie identisch? Und weshalb hatte er denn solche Angst, das Sofa, das Schlaraffiabett und das Auto zu verlieren? Könnte er noch mit dem gleichen Gefühl der Geborgenheit auf dem Kang eines Bauernhauses schlafen?

Auf keinen Fall fürchtete er den Verlust seiner leitenden Stellung nur wegen der großzügigen Lebensbedingungen, rechtfertigte er sich selber. Er fürchtete, die Partei zu verlieren, seinen Kampfposten, seine wichtige Position in dieser ruhmreichen Garde. Position, Position, die Position schien wichtiger zu sein als der Mensch. In all den Jahren hatte er eine Kampagne nach der anderen geleitet. Er hatte mit eigenen Augen das jämmerliche Bild gesehen, das jene, die ihre Position verloren hatten, abgaben. Entlarvung und Schuldigsprechung, das war eine ungehemmte, furchtbare Kraft, tausendfach stärker als ein Gebot Gottes, als ein Pakt mit dem Teufel, als der Wunsch und der Wille und die Gefühle eines beliebigen einzelnen oder noch so vieler Menschen. Er war damals Sekretär des Stadtkomitees und fühlte sich als Herrscher über die ganze Stadt. Aber als Haiyun »entlarvt und verurteilt« worden war, erwies er sich als völlig hilflos. Eigenhändig veranlaßte er eine Entlarvung nach der anderen. Über Nacht wurde aus einem selbstsicheren Führungskader ein Hundedreck, von dem niemand etwas wissen wollte. Die hochgezogenen Brauen fielen zusammen, der stechende Blick wurde ach so kläglich, der gerade Rücken war gebeugt, und das blühende Aussehen war einer Totenblässe gewichen. Man hatte für dieses leidgeprüfte Aussehen einen groben Vergleich gefunden: Wie von einem Furz geräuchert, sagte man dazu. Es war ein reiner Zaubertrick, eine Art Magie, genauso, wie wenn ein Kind, das die Unwahrheit sagte, in einen Esel verwandelt wurde, eine schöne Prinzessin in eine Kröte oder ein stolzer König in einen aussätzigen Bettler.

Allerdings hatte er nicht damit gerechnet, daß diese Magie auch auf seine Person Anwendung finden könnte. In allen früheren Kampagnen hatte er seinen Untergebenen und den Volksmassen stets erklärt: »Im Kampf verspürt das Proletariat die Freude des Sieges, der Kampf ist unser Element. Nur die dem Verfall geweihten Klassen stehen am Vorabend ihres Untergangs dem Kampf voller Furcht und Schrecken gegenüber.« Warum also bekam er Herzklopfen, als er 1966 die Gongs und Trommeln der Rotgardler vernahm?

Im nachhinein erinnerte er sich oft daran, wie dieser Tag herannahte. Unmittelbar nach der Herausgabe des »Rundschreibens 516« verspürte er wie in den vorangegangenen Kampagnen neben der Anspannung auch Begeisterung. Er wußte, solche Kampagnen waren zwar eine gnadenlose, aber auch großartige und heilige Sache. Aber diese schien von besonderer Wucht zu sein. Auch ein gewaltiger Sturm hatte nichts Furchterregendes an sich, er mußte ihm nur mutig entgegentreten. Und er war fest davon überzeugt, das alles geschah, um den Revisionismus zu bekämpfen und zu verhindern. Alles war eine historische Notwendigkeit, um mit revolutionären Mitteln die Gesellschaft zu verändern, China zu verändern. Ihm war klar, wieder würden etliche leitende Funktionäre zu Fall kommen. Doch im Interesse der Partei konnte er keine Nachsicht üben. Ohne auch nur im geringsten zu zaudern, erhob er das Schwert des Klassenkampfes. Er billigte die Verurteilung des für die Zeitungsbeilage verantwortlichen Redakteurs, die in Wirklichkeit ein Akt politischer Willkür war. Danach wurde der Vorsitzende des Verbandes der Literatur- und Kunstschaffenden angeklagt, Anführer einer geheimen Clique zu sein. In den Zeitungen forderte man beharrlich zur Wachsamkeit gegenüber den Ränken derjenigen auf, die den kapitalistischen Weg gingen. Sie würden den Turm und den Springer opfern, um den König und die Dame zu retten. Aber ein Vorsitzender des Verbandes der Literatur- und Kunstschaffenden war zu unbedeutend, so rang er sich dazu durch, den Leiter der Abteilung Propaganda im Stadtkomitee an den Pranger zu stellen. Der nächste war ein für Kultur und Erziehung zuständiger stellvertretender Sekretär. Je mehr konterrevolutionäre Cliquen, Rinderteufel und Schlangengeister entlarvt wurden, desto mehr wurden es, und desto weiter rückte er selbst in die vorderste Linie. Schließlich – strömendes Wasser gräbt sich mit der Zeit ein Bett – mußte er, wenn es so weiterginge, selbst an die Reihe kommen.

Dennoch, es kam überraschend für ihn, war für ihn unvorhersehbar. Er glaubte, ein anderer Zhang Siyuan würde entlarvt, bekämpft, angespuckt, zum Wegbereiter des Kapitalismus, zum Verräter und zu einem Element der »drei Übel« abgestempelt. Er hatte das Empfinden, es müsse noch einen Zhang Siyuan geben, der sein eigentliches Wesen darstellte. Jener Zhang Siyuan saß im Sekretärbüro in der Villa des Stadtkomitees (die als Dienstgebäude für Mitglieder des Ständigen Ausschusses und noch höhere Leitungskader genutzt wurde). Vor dem Eingang des Gebäudes standen bewaffnete Wachposten. Sein Büro bestand aus zwei Zimmern. Das vordere, geräumig, war mit einem schon etwas abgeschabten Teppich ausgelegt. An der Wand hingen eine Karte des Stadtgebietes, ein Stadtbebauungsplan, ein Begrünungsplan und ein Plan der Bewässerungsbauten der Außenbezirke. Ein Schreibtisch, rechts mit Schubfächern, darauf Telefonapparate. Ein Sofa. Am Schreibtisch saß sein Sekretär, aufmerksam, verantwortungsbewußt, peinlich genau. Das hintere Zimmer gehörte ihm. Es war ausgestattet mit geschmackvollen Schreibtisch- und Deckenlampen, einem funkelnagelneuen Teppich, einem großen schwarzlackierten Schreibtisch aus Hartholz, lederbezogenen Drehsesseln und einem Messingbett, auf dem er mittags oder während der kurzen Sitzungspausen ein Nickerchen machen konnte.

Er sah Akten durch, machte kritische Anmerkungen, strich durch oder hakte ab. Er telefonierte, murmelte vor sich hin, dachte angestrengt nach, traf kurzerhand Entscheidungen. Beauftragte dann den Sekretär mit der Erledigung der Angelegenheiten. Rangmäßig stand ihm als Parteisekretär einer Provinzstadt kein Sekretär zu, doch das Verwaltungsbüro hatte ihm einen geschickt, und in all den Jahren waren andere, er selbst und auch der Sekretär der Auffassung, er sei sein persönlicher Mitarbeiter. Abgesehen von der Arbeit, die die ganze Stadt betraf, hatte er keine persönlichen Interessen, Gelüste oder Neigungen. Beinah siebzehn Jahre lang war er nicht in Urlaub gewesen. Nicht einmal die von Kindheit an so geliebte Lokaloper konnte er in Ruhe genießen. Eilbotschaften wurden ihm bis ins Theater gebracht und Telefongespräche dorthin weitergeleitet. Es gab keinen Zhang Siyuan ohne diese leitende Tätigkeit. Ebenso konnte er sich nicht vorstellen, daß das Stadtkomitee ohne ihn auskommen könnte.

Nun aber war da noch ein Zhang Siyuan, ein sich duckender, mit gesenktem Kopf seine Schuld bekennender, vorzeitig gealterter, abstoßender Zhang Siyuan, ein gegen die Beschimpfungen, Schläge, Verleumdungen und Peinigungen anderer so wehrloser Zhang Siyuan, der nicht frei atmen konnte, ein Zhang Siyuan niedrigster Herkunft, ein Verbrecher, den niemand bemitleidete, der nicht ausruhen, nicht heimgehen konnte (oh, wie gern wäre er jetzt zu Hause, um zu schlafen!), dem es nicht erlaubt war, zum Friseur zu gehen oder ein Bad zu nehmen, einen Anzug aus reiner Wolle anzuziehen, Zigaretten zu rauchen, die etwas teurer waren als die üblichen – ein herrenloser Hund Zhang Siyuan, von der Partei, dem Volke, der Gesellschaft im Stich gelassen. Bin ich das? Bin ich Zhang Siyuan? Ist Zhang Siyuan ein Konterrevolutionär, ein Element der »drei Übel«? Habe ich vor nur zwei Wochen noch die Arbeit des Stadtkomitees geleitet? Dieser gekrümmte Rücken, ist das der Rücken vom Sekretär Zhang Siyuan, mein Rücken? Bin ich es, der diese ganz und gar mit dünnem Kleber übergossene Wattejacke trägt (als die Rotgardler das Plakat auf seinen Rücken klebten, hatten sie ihm gleich einen ganzen Eimer voll heißen Klebers in den Halsausschnitt geschüttet)? War dieser schwerfällige entkräftete Körper, den man selbst auf der Toilette nicht aus den Augen ließ, die hohe energiegeladene Gestalt des Sekretärs Zhang? Diese ächzende Kehle, gleich der eines Malariakranken, sollte das kristallklare, achtunggebietende Stimmorgan des Sekretärs Zhang sein?

Wieder und wieder stellte er sich diese Fragen und fand trotz allen Grübelns keine Antwort darauf. Er kam zu dem Schluß: Es konnte nur ein schrecklicher Traum sein. Ein Mißverständnis, ein Fehler oder einfach ein böser Scherz. Nein, er glaubte nicht, daß er ein Feind der Partei und des Volkes sein sollte, daß er ein solches Ende finden sollte. Wir müssen den Massen vertrauen, wir müssen der Partei vertrauen, das sind zwei Grundprinzipien. Dieses reaktionäre, einem räudigen Hund gleichende Element der »drei Übel« Zhang Siyuan, der lieber tot als lebendig wäre, das war auf keinen Fall er, das war eine rätselhafte sterbliche Hülle, die gewaltsam von seinem Körper Besitz ergriffen hatte. Auf dem Plakat stand: »Im Zauberspiegel der revolutionären kleinen Generäle wurde die wahre Gestalt von Zhang Siyuan sichtbar.« Nein, das war nicht seine wahre Gestalt, das war ein Zerrbild. Er mußte standhaft sein, mußte diese Prüfung bestehen.

Doch die Ohrfeigen von Dongdong nahmen ihm den seelischen Halt.

Dongdong

Die Gefühle eines Vaters für sein Kind sind anders als die einer Mutter. Von dem Augenblick an, da es mit einem Schrei das Licht der Welt erblickt, nein, von der plötzlichen Nachricht des Lebens im eigenen Leib an, berührt jedes Lachen oder Weinen, jede Bewegung oder Reglosigkeit, jeder Ton, jedes Stillsein des Kindes das Herz der Mutter. Zhang Siyuan vermochte anfangs nicht zu empfinden, welche untrennbare Beziehung ihn mit diesem zarten, zerbrechlichen, nach Urin riechenden und fortwährend mit geschlossenen Augen schreienden kleinen Leben verband. Der Tod ihres ersten Sohnes war der Grund dafür, daß seine Haltung zu Dongdong, der im Winter 1952 in sein und Haiyuns Leben trat, von einer besonderen Vorsicht und Fürsorge geprägt war. Es war ein Gefühl der Verantwortung, es gehörte sich so – ein Vater hatte seinen Sohn zu lieben. Doch es war nicht Liebe. Seine Liebe galt vorerst noch nur Haiyun. Er wußte, wie sehr sie sich ängstigte, wie abgöttisch sie das Kind liebte, und in der ersten Woche nach ihrer Niederkunft gab er sich ihretwegen sogar notgedrungen den Anschein, als wäre er ganz vernarrt in Dongdong. Er schämte sich deshalb und fand es unnatürlich.

Zehn Monate später war Haiyuns Studienurlaub zu Ende, und sie reiste ab. Dongdong konnte bereits stehen und ein paar Schritte gehen, wenn er sich dabei an der

Wand festhielt, und er konnte mit undeutlichen Lauten »Onkel« sagen. Ein wenig verdroß es Zhang Siyuan, daß sein Sohn ihn immer Onkel nannte. Dongdong hatte schon acht Zähne. Er aß Kekse und hatte einmal sogar einen ganzen Stengel Zwiebellauch gekaut, wobei ihm Tränen übers Gesicht gekullert waren. All das machte Dongdong zu einem Menschen. Ein neuer Mensch war in Zhang Siyuans Leben getreten und würde ihn auf seinem Lebensweg begleiten. Ein warmes Gefühl stieg bei diesem Gedanken in ihm auf. Zuweilen geschah es, daß er mitten in der Arbeit zum Hörer griff und sich nach dem Kind erkundigte.

Dann kam das Gerücht auf, Haiyun habe »abnormale« Beziehungen zu einem Kommilitonen ihrer Klasse. Ein in höchstem Maße unwürdiger und verabscheuenswerter, erschreckender Gedanke durchzuckte ihn: Ist Dongdong mein Sohn? Wo habe ich denn Zeit, mich um solche Dinge zu scheren? Ich bin für das Schicksal von dreihunderttausend Menschen verantwortlich. Er steckte so tief in der Arbeit, daß ihm die Zeit fehlte, sich Dongdong genau zu betrachten.

Aber er verzieh Haiyun, denn er war großzügig, und, mehr noch, er liebte sie. Wer liebt, verzeiht, ist imstande, alles zu verzeihen. Er konnte nicht mit ansehen, wenn das kindliche Antlitz Haiyuns von Tränen überströmt war. Lieber erlitt er selber Demütigungen. Doch wenn nun gerade seine Liebe die Quelle ihres Unglücks wäre? Wie das? Haiyuns Tränen, Regentropfen auf einem Lotosblatt, eine Dachtraufe während der Schneeschmelze, erster Frühlingsregen, der den durstigen Boden nicht einmal anfeuchtet! 1954, im Frühling, hatte er einmal durch einen Regenschleier hindurch Dongdongs fest an die Fensterscheibe gepreßtes Gesicht gesehen, die plattgedrückte Nase grün, weiß und herrlich komisch. Überall waren

Kühle und Nässe, ein Labsal für die dürstende Seele. Ewig junger Frühling, ewig frisches Grün, Regen – in endloser Bewegung, niemals erstarrend! Der kleine Dongdong war auf den Tisch geklettert und betrachtete, das Gesicht an die Fensterscheibe geschmiegt, unverwandt dieses Wunder der Natur. Überall hingen glitzernde Regenfäden, ungewöhnlich, merkwürdig, berauschend und verwirrend. Ein Mensch genoß zum ersten Mal in seinem Leben den Regen. Zhang Siyuan, vielbeschäftigt mit Versammlungen und Dokumenten wie eine Seidenraupe mit den Maulbeerblättern, war von dem Bild des den Regen bewundernden Dongdong tief berührt und aufgerüttelt. Der Frühling, grüne Blätter und Regen – sie waren da für die Jungen. Nur Kinder konnten jene erstaunliche Schönheit, die zu sehen er nicht imstande war, wahrnehmen, nur die junge Generation konnte den Zauber des Lebens, den er nicht erfaßte, verstehen. Das ständig voranschreitende Leben würde die Welt davor bewahren, im Schmutz unterzugehen. Er hatte seinen geliebten Sohn nicht gestört. Geliebter Sohn!

Eine Erinnerung war in ihm wach geworden oder eigentlich keine Erinnerung. Er hatte nur dunkel empfunden, daß auch er selbst als Zweijähriger, vor einunddreißig Jahren, in derselben Haltung mit plattgedrückter Nase den ersten Frühlingsregen in seinem Leben genossen hatte. Dongdong und er, waren das nicht zwei Punkte auf einer Lebenslinie? Er war gegangen, gewillt, für Tausende und aber Tausende von Kindern jede Bürde zu tragen und seine ganze Kraft der größten und schwierigsten Sache der Menschheit, der er sich von Jugend an verschrieben hatte, zu widmen. Wenn Dongdong erwachsen war, dann würde sein Leben um vieles besser sein als das unsrige. Ich wünsche dir Glück, mein Sohn!

Seither hatte er den Wunsch, in jeder freien Minute mit seinem Sohn zusammenzusein. Wenn er, den Jungen an der Hand, langsam die Straße entlangging (sein Sohn aber schon im Trab lief), war dann an seiner Seite nicht ein richtiger Mann, so wie er oder bald so wie er? Wenn er den Sohn auf den milchweißen Korbstuhl in der Erfrischungsbar hob, saß er dann nicht gleichberechtigt mit einem anderen selbständigen Menschen – nun sein Gast – gemeinsam bei einem Erfrischungsgetränk? Wie glücklich, ja, wunschlos glücklich, war er, wenn sein Sohn, das Gesicht über eine Riesenportion Arktik-Eiscreme gebeugt, vor Vergnügen krähte! Hatte Dongdong sein Eis verzehrt, dann hob er ihn hoch, so hoch, daß er seinen Kopf überragte. Seht nur, mein Sohn ist ja wohl größer als ich? Die Liebe zwischen Vater und Sohn, eine Männerliebe, wieviel mehr ist sie Freundschaft als durch Blutsbande bestehende Vertrautheit!

Doch ein Sturm brach über diese Freundschaft herein, natürlich von der Mutter des Kindes verursacht. 1957 ging Haiyun so weit, einige Erzählungen, in denen unter dem Vorwand der Bekämpfung des Bürokratismus die Partei angegriffen wurde, in der Fakultät zu verbreiten. Zwanzig Jahre später erst las Zhang Siyuan diese Erzählungen. Weshalb nur habe ich damals nicht daran gedacht, sie mir zu beschaffen und zu lesen? Freilich, selbst wenn ich die Zeit dazu gefunden hätte, wäre es sinnlos gewesen, denn es waren Zeiten, in denen man Überzeugung und Begeisterung weitaus mehr schätzte als Realitätssinn und Vernunft. So wurde Haiyun zu einem parteifeindlichen und antisozialistischen »rechten Element« und zu einer »Agentin des Imperialismus«, die von innen her die Festung zu nehmen versuchte, zu einem Wolf im Schafspelz, einer giftigen Schlange in Gestalt einer Schönen (du lieber

Himmel!), einem Feind, der mit ihm das Bett (!) teilte. Sie spielte eine so gefährliche und scheußliche Rolle, wie sie Jiang Jieshi nicht spielen konnte. Das Ergebnis war natürlich, daß Haiyun die Scheidung wollte. Er bot alle Kräfte auf, machte die größten Anstrengungen, umsonst. Ich habe doch mein menschenmögliches getan, sagte er sich vor und nach der Scheidung immer wieder. Gerade die Tatsache, daß er so fest davon überzeugt war, schuldlos zu sein, und sich das immer wieder einschärfte, machte ihm seine gewisse Unsicherheit bewußt. Wie jemand, der bei Nacht laut singend seinen Weg geht, seine Angst um so mehr bekundet, je lauter er singt.

Was sollte mit Dongdong geschehen? Sie redeten darüber nicht lange. »Ich bin noch immer sein Vater, und du bist seine Mutter«, das verstand sich von selbst. Parteimitglieder waren Kommunisten, sie teilten ihre Kinder nicht auf, wie man privates Vermögen aufteilt. Zu Beginn lebte das Kind bei ihm. Aber sehr bald kam er doch zu der Einsicht, ein Kind ohne Mutter sei wie ein Kleidungsstück ohne Mensch, während ein Kind ohne Vater höchstens wie ein Mensch ohne Kleid war. Als Dongdong dann bei Haiyun lebte, schickte er, sobald er frei hatte, einen Wagen und ließ ihn holen. Aber Dongdong war schon zu verständig. Weder Arktik-Eis noch rosafarbene Erdbeereiscreme, noch Ananaseis in hochstieligem Silberbecher, das es in erstklassigen Restaurants für europäische Speisen gab, konnten ihn fröhlich machen und zum Jauchzen bringen, ja nicht einmal ein Lächeln auf seinem Gesicht hervorrufen.

Später nahm Meilan seine gesamte Freizeit in Anspruch, obwohl sie keine Kinder hatten. Unmerklich hatte er sich auf das bequeme und vernünftige Leben, das sie ihm einrichtete, eingestellt und liebte es. Meilan hatte gewiß Operationsforschung betrieben, das wichtigste Kriterium ihres Lebens war auf keinen Fall das Vergnügen, sondern die Vernunft. Morgens gab es Tee, abends alkoholische Getränke. Morgens wusch man sich das Gesicht mit lauwarmem Wasser, abends nahm man ein heißes Bad. Wenn sie im Wolga ins Kino fuhren, schickte sie den Fahrer während der Vorstellung zum Markt, frische Bambussprossen kaufen. Alles war wohldurchdacht. Nur, dieses geordnete und behagliche Leben spornte Zhang Siyuan nicht an. Alles, was sie ihm bot, war Bequemlichkeit, war ein behäbiges Glück, eine satte, einförmige Welt, die dazu noch abgeschmackt war.

Mehrere Male schickte er nach Dongdong, der schon zur Schule ging. Ohne Erfolg. So fuhr er eines Tages, es war 1964, selbst im Auto zu der Schule in der Vorstadt und besuchte Dongdong. Er wollte Haiyun nicht begegnen, er konnte nicht in ihre Wohnung gehen. Zudem hatte Haiyun auch wieder geheiratet, jenen Kommilitonen aus ihrer Universitätszeit. Diese Heirat zeigte einmal mehr, daß er ohne Fehl und Tadel war. Das befreite ihn von seinen Gewissensbissen.

Dongdong war 1964 dünn und blaß und offensichtlich unterernährt. 1960, in der schweren Zeit, hatte Zhang Siyuan einige Male jemand mit teuren Kuchen und guter Schokolade zu Dongdong geschickt. Durch Kuchen und Schokolade war der Sohn jedoch nicht kräftiger geworden. Hingegen hatte Zhang Siyuan danach das Gefühl einer größeren Entfremdung zwischen sich und seinem Sohn. Bei dieser Begegnung im Jahre 1964 hatte Dongdong immer wieder betont: »Papa behandelt mich sehr gut!« Er nannte den Stiefvater »Papa« und seinen leiblichen Vater Zhang Siyuan »Vater«. Doch immer redete er ihn mit »Sie« an, dabei war er erst zwölf. Seine respektvolle und wachsame Miene hatte Zhang Siyuan an einen seiner Untergebenen erinnert. Hinzu kam noch ein unsichtbarer Druck, den Meilan auf ihn ausübte, nachdem sie erfahren hatte, daß er bei Dongdong gewesen war – alles war wie sonst, nur auf ihrer Stirn hatten sich jene beiden steilen Falten gezeigt, und ihr Lachen hatte einen besonders unnatürlichen Klang gehabt. Bei diesem Lachen war ihm ein Schauer über den Rücken gelaufen. So besuchte er Dongdong nicht mehr.

1965, zum Frühlingsfest, sandte er wieder jemanden zur Schule, der verzierte Kuchen für Dongdong mitnahm. Wer hätte gedacht, daß die Schachtel Kuchen ungeöffnet zurückkam. Ein Zettel von Dongdong lag dabei: »Vater, ich danke Ihnen. Schicken Sie mir nicht wieder etwas zu essen. Seien Sie bitte nicht böse.« Er war wütend. Ihm war es immer mehr zur Gewohnheit geworden, die Menschen in Vorgesetzte und Untergebene einzuteilen. Die Untergebenen verhielten sich ihm gegenüber ehrerbietig. Bedenkenlos ließ er seinen Ärger an ihnen aus, ohne daß das irgendwelche negativen Folgen gehabt hätte. Außerdem war Zorn ein unverzichtbarer Bestandteil von Würde und Macht. Und Dongdong (der wahrlich nicht sein Vorgesetzter sein konnte) behandelte ihn derartig. Wirklich unerhört!

Wenn er erst erwachsen ist, wird er das alles verstehen, wird er selber zu mir kommen, wird er begreifen, was für eine Ehre und welch ein Glück es ist, einen alten Revolutionär, den Sekretär des Stadtparteikomitees zum Vater zu haben! So dachte Zhang Siyuan.

Zwei Jahre später stand er mit gekrümmtem Rücken auf dem Podest und wurde öffentlich zur Rechenschaft gezogen. Nieder mit dem Hochverräter und Agenten Zhang Siyuan! Wenn Zhang Siyuan nicht kapituliert, soll er zugrunde gehen! Zerschmettert die Hundefratze Zhang Siyuans! Nur schamlose Menschen führen schamlose Reden. Ultrakonservative Elemente... können nur als ein von der Menschheit verachteter Haufen Hundedreck enden... Ohrenbetäubender Lärm, als ob ein Kessel brodelte, ein Sturm daherbrauste, es war, als hörte er nichts mehr. Man zerrte an seinem Haar, bis er kein Gefühl mehr hatte. Sein Rücken wurde so gebeugt, daß ihm schien, er bestünde aus zwei Teilen. Aber das alles würde schließlich einmal vorübergehen – es war ja nicht das erste Mal, daß er öffentlich gebrandmarkt wurde. Da, er hob gerade die Lider, um einen verstohlenen Blick zu wagen, stürzte plötzlich ein Jugendlicher herauf zu ihm. Himmel! Dongdong! Er holte aus und versetzte ihm zuerst einen Schlag aufs linke Ohr. Das war in der Tat ein brutaler Hieb. Nur jemand, der töten wollte, der Blut sehen wollte, konnte andere so schlagen. Mit diesem einen Schlag bewirkte er, daß Zhang Siyuan aus den Händen des kleinen Generals, die seine Arme festhielten, hochschnellte. In seinem Kopf war ein Summen, als wäre er elektrisch geladen, und der stechende Schmerz im Trommelfell betäubte ihn halb, so daß ihm zum Erbrechen übel wurde. Der erhobene Arm sauste noch einmal herab, und der Handrücken traf nun sein rechtes Ohr, diesmal relativ leicht, aber er empfand den Schmerz deutlicher. Beim dritten Schlag war er schon ohnmächtig.

In der Bewußtlosigkeit vernahm er die Stimme des Jungen, der ihn schlug – kein Zweifel, es war Dongdong! Er schien zu weinen.

Klassenrache! Das alles ließ sich nur mit den Auffassungen vom Klassenkampf erklären. Haiyun war bereits ein Klassenfeind, das offizielle Urteil war am Brett angeschlagen. Doch Zhang Siyuan, wenngleich er gegenwärtig von den Massen überprüft wurde, war vom Provinzparteikomitee offiziell in seine Funktion berufen worden und in der Organisationsabteilung des Zentralkomitees in die Akten eingetragen. Er hatte nach wie vor den Status eines leitenden Funktionärs des Parteikomitees einer Stadt. Die revolutionären Massen wollten ihn stürzen und warfen ihm viele Vergehen vor, aber über das alles war kein Urteil ergangen. Es gab einen grundsätzlichen Unterschied zwischen seinem Fall und dem Haiyuns, den Klassenunterschied. Dongdong beharrte starrsinnig auf dem reaktionären Standpunkt seiner Mutter. Vielleicht war er von ihr aufgehetzt, an Zhang Siyuan Klassenrache zu üben, ihn zu töten! Hieß es denn nicht, »nur den Linken ist Rebellion gestattet, nicht aber den Rechten, Rache zu üben«? Hieß es nicht, in der beispiellosen »Großen Proletarischen Kulturrevolution« sei es unvermeidlich, daß sich Gutes und Schlechtes miteinander vermischten, das Wasser schlammig und trübe würde und allerlei zwielichtiges Gesindel auftauche? Was Dongdong tat, war ein Racheakt der Rechten, war das Hervorkommen solchen Gesindels. Er mußte eine Gelegenheit finden, um den revolutionären Massen, die ihn bewachten, dieses Problem zu erläutern und ihnen zu sagen, daß sie den neuen Trend im Klassenkampf aufmerksam verfolgen müßten und auf keinen Fall Nachsicht gegenüber jenen üben dürften, die tatsächlich einen tiefen Haß gegenüber der Partei und dem Sozialismus hegten.

Er selbst aber gab als erster auf. Einige Tage später erreichte ihn die Nachricht, daß Haiyun sich erhängt hatte. Fast zur selben Zeit erfuhr er von der offiziellen Erklärung Meilans, in der sie sich von ihm lossagte. Die zweite Nachricht berührte ihn jedoch kaum.

Ich bitte, mich schuldig zu sprechen.
Du bist unschuldig.

Nein. Das Knistern der Funken über der Straßenbahn war der Grabgesang für den Frühling und das Leben Haiyuns. Von dem Tage an, da sie in mein Büro kam, war sie dem Untergang geweiht.

Sie hat dich aufgesucht. Sie hat dich geliebt. Du hast sie damals glücklich gemacht.

Noch mehr habe ich sie ins Verderben gestürzt. Ich habe mich nicht genügend um meinen ersten Sohn gekümmert, ich kann mich heute nicht einmal daran erinnern, wie sein kleines Gesicht ausgesehen hat. Ich habe Dongdong gekränkt. Jetzt erst verstehe ich, daß die Schokolade und die verzierten Kuchen, die ich ihm schickte, nur dazu angetan waren, ihm die unterschiedlichen Verhältnisse, in denen ich und seine geliebte Mama lebten, vor Augen zu führen. Als sie weinte, hätte ich ihr die Tränen mit einem Taschentuch, nein, mit den Fingern abwischen sollen. Doch ich habe es nicht getan. Ich habe ihr gegenüber eine Amtsmiene aufgesetzt. Aber das allerwichtigste sind nicht einmal diese Dinge. Wäre ich nicht gewesen, hätte sie unbesorgt die Universität besuchen können. Sie hätte Professorin, Spezialistin werden können und sich nach Beendigung ihres Studiums und nach einigen Erfolgen in der Arbeit völlig unbelastet nach einem altersmäßig, im Charakter und von der Stellung her zu ihr passenden Gefährten umsehen können. Durch mich war das alles unmöglich. So litt sie unter Depressionen und sagte 1957 manch bitteres Wort.

Aber du liebtest sie, nicht wahr?

Wir alle müssen einmal sterben. Bevor ich diese Welt

verlasse, möchte ich im letzten Augenblick noch einmal sagen: Haiyun, ich liebe dich! Doch wenn ich sie wirklich liebte, dann hätte ich sie 1950 nicht heiraten dürfen, hätte ich sie 1949 nicht mit meiner Liebe behelligen dürfen. Wir glauben nicht an die Seele. Aber angenommen, wir kämen noch tausend-, zehntausendmal auf die Welt, so wollte ich mich tausendmal, zehntausendmal vor Haiyun niederwerfen und sie anflehen, mich zu verurteilen, mich zu strafen.

Du bist ein Mensch. Deine Stellung hat dich doch nicht des Rechtes beraubt zu lieben, und noch weniger kann sie dir das Recht nehmen, die Liebe eines Mädchens zu erwidern.

Nur, ich war der Reifere, ich hätte vernünftiger sein sollen, verantwortungsvoll. Ich hätte nicht in eine so reine und kindliche Seele eindringen dürfen.

1949, warst du da nicht rein? Nicht kindlich? Es waren die Kinderjahre unserer Republik und auch unser aller Kinderjahre.

Aber weshalb habe ich denn nicht daran gedacht, sie zu beschützen? Selbst unter Aufopferung meines Lebens hätte ich an ihrer Seite bleiben müssen.

Doch später war sie es, die dich nicht mehr liebte. Sie war zu leichtfertig, sie hatte Fehler. An der Universität hatte sie einen Geliebten. Zu tadeln ist nur sie, nicht du.

Das ist ja mein Kummer. Letztendlich ist da niemand, der mich bestrafen kann.

Doch.

Wer?

Dongdong.

Im Traum sah sich Zhuangzi in einen Schmetterling verwandelt, der sorglos unherflatterte. Wieder erwacht, konnte er sich nicht klar darüber werden, was er nun war. War Zhuangzi die Wirklichkeit und der Schmetterling ein Traumgebilde? Oder war die Wirklichkeit der Schmetterling und Zhuangzi ein Traum? War er Zhuangzi, der im Traum zu einem Schmetterling geworden war? Oder war er einfach ein Schmetterling, der sich nur, weil er träumte, als ein Mensch, als ein Zhuangzi erkannte?

Eine amüsante Geschichte. Eine interessante, doch ein wenig trostlos anmutende Vorstellung. Die Ursache war ein merkwürdiger, wunderbarer Traum, den er geträumt hatte. Menschen, die so träumen können, sind glücklich. Wenn man im Traum aber kein Schmetterling wurde, sondern ein Verbrecher, von der Außenwelt getrennt, ohne jede Erklärung, selbst ohne Verhör, ohne die Möglichkeit, zu leben oder auch nicht zu leben, sogar ohne das Recht zu sterben. Genauer betrachtet, war das Gefängnis ja unter seiner Aufsicht gebaut und von ihm inspiziert worden und diente dazu, Klassenfeinde einzusperren... Was wollte er denn noch?

Auch aus solchen bleiernen, dumpfen Träumen gibt es ein Erwachen. 1970 wurde Zhang Siyuan plötzlich entlassen, auf ebenso rätselhafte Weise, wie er drei Jahre vorher überraschend zur Einzelhaft »befördert« worden war. Was ihn noch mehr auf den Boden der Tatsachen zurückbrachte, war sein Zuhause. Er hatte kein Zuhause mehr. Während seiner Gefängnishaft hatte Meilan auf dem Gericht offiziell die Scheidung vollzogen und seinen gesamten ihm noch verbliebenen Familienbesitz mitgenommen. Für einen, der aus dem Gefängnis kam, war eine solche Nachricht geradezu wie ein Bad in einem Gebirgsquell, angenehm und klar, beruhigend und abkühlend.

Wieder ein Schmetterling, aber kein unbekümmert umherflatternder. Er hing in der Luft. »Ihre Angelegenheit ist noch nicht spruchreif«, meinte der Leiter der Sonderuntersuchungsgruppe zu Zhang Siyuan. Ein aus einer Bergschlucht kommender Kader der Achten Marscharmee verwandelte sich in einen allgewaltigen Führer, einen Regierenden, um dann eine der Willkür der revolutionären Massen ausgesetzt lebende Zielscheibe zu werden, ein verlassener Sträfling, der nun ein einsamer Schmetterling geworden war, an den sich niemand mehr erinnerte. Werde ich all diese Verwandlungen überstehen?

Anders als manche von ihrem hohen Roß gestürzten erbärmlichen Kreaturen sah er den Sinn seines Lebens, den Zweck seines Daseins, nicht darin, auf ein Urteil, in dem von »Widersprüchen im Volke« die Rede war, zu warten. Hat ein langjähriges Mitglied der Kommunistischen Partei Chinas, der Sekretär eines Stadtparteikomitees, ein solches Urteil nötig? Wie lächerlich! Er mußte weiterleben, mußte nachdenken, mußte seinen Sohn finden.

So machte er sich zu Frühlingsanfang des Jahres 1971 auf in das entlegene Bergdorf, wo Dongdong in einer Produktionsbrigade arbeitete. Wie Wolken prangten am Fuße der Berge die Aprikosenblüten. Bäche, die sich tänzelnd ihren Weg hinabbahnten, schlängelten sich durch die Täler, munter plätschernd und silberne Nebel versprühend. Überall war Leben, selbst im Schatten, unter dünnem Eis, rieselte Wasser, tummelten sich Schwärme von kleinen Fischen. Ganz zu schweigen von den sonnenbeschienenen Stellen. Saftiges Grün, wohin man blickte, das Gras hatte auch im Winter nicht aufgehört zu wachsen. Unverzagt sprangen Eichhörnchen von Ast zu Ast. Auf den großen grünen Steinen lagen die Schalen von Aprikosenkernen, die sie fein säuberlich geknackt hatten. Buntgefleckte Schlangen wanden sich durch dürres Laub. Hasen flitzten vorbei. Zhang Siyuan erinnerte sich, wie einmal, als er nachts bei einer Inspektionsreise durch die Vororte im Auto fuhr, ein kleiner grauer Hase in die Lichtkegel der Scheinwerfer seines Jeeps geraten war. Der war auf einmal so erschrocken, links und rechts von ihm war alles tiefschwarz, und hinter ihm das schnelle, ihn verfolgende, entsetzliche Ungeheuer – das Auto. Er hatte nur den einen Weg nach vorn, ihm blieb nur, in der von den Scheinwerfern gewiesenen Richtung verzweifelt zu rennen. Der Fahrer begann zu lachen, er ging aufs Gas und beschleunigte das Tempo. Damals hätte Zhang Siyuan dem Fahrer gern befohlen, den Wagen anzuhalten und die Scheinwerfer auszuschalten, damit der Graue weglaufen konnte. Aber es war ihm peinlich gewesen, so sentimental zu sein. Jeden Moment mußte der Wagen den Grauhasen überfahren. Zhang Siyuan sah die zitternden Langohren des Kleinen. Plötzlich, wer weiß, woher er den Mut nahm, schlug er einen Haken und rannte davon, war gerettet. Erleichtert hatte Zhang Siyuan aufgeatmet.

Bergpfade sind unwegsam. Noch unwegsamer sind die Wege eines Menschenlebens. Aber Berge sind Berge, und Menschen sind Menschen. Wie groß auch die Leiden sein mögen, die das Land erduldet, der Frühling bleibt der Frühling der Heimat, der Frühling der Berge, der Frühling der Menschen. Wie gerne hätte er sich in einen Schmetterling verwandelt, der von schneebedeckten Berggipfeln in die Täler mit plätschernden Wassern flöge, aus dichten Wäldern voller wilder Früchte auf die Terrassenfelder. Eine Gruppe junger Leute pflügte auf den Feldern. Vorn der junge Bursche, die kurze Wattejacke schräg über die Schultern gehängt, pfiff eine Melodie. Dann begann er unvermittelt aus voller Kehle eine Volksweise zu singen:

»Sage dem Bruder das schreiende Unrecht,
Schwesterlein, nimm es nicht gar so schwer,
nicht in den Fluß sollst du gehen...«

Haiyun war nicht in den Fluß gegangen. Sie hatte den Kopf in die Schlinge gelegt. Zhang Siyuan empfand die Qual des Momentes, als sie den Schemel wegstieß und der Strick ihr ächzend wie eine eiserne Zange die Kehle zuschnürte. Sobald seine Gedanken hier angelangt waren, brachte er lange Zeit keinen einzigen Ton mehr heraus. Seine Stimme hatte Schaden genommen. Aus diesem Grund hatte er auch darum gebeten, nicht auf die Kaderschule zu gehen, sondern dorthin, wo sein Sohn arbeitete.

Er war als »einfacher Mann« in das Bergdorf gekommen. Ohne Amtstitel, ohne Macht, ohne guten oder schlechten Ruf. Außer seinem nackten Ich besaß er nichts. Ganz so, wie er vor fünfzig Jahren auf diese verlockende und doch auch betrübliche Welt gekommen war. Ist der Mensch bei seiner Geburt nicht auch ohne alles, selbst ohne ein Kleidungsstück, das ihn umhüllt? Als er, der Habenichts, sich im Dorf niederließ, zog sein Sohn sofort in ein anderes Dorf. Er lernte seinen Sohn durchaus nicht so bald kennen. So lernte er sich selbst erst einmal kennen, entdeckte sich selbst.

Als er die Berge hinaufstieg, entdeckte er seine Beine. Seit vielen Jahren hatte er niemals mehr auf seine Beine geachtet. Er half den Bauern, das Getreide zu worfeln, und machte dabei die Entdeckung, daß er zwei Arme hatte. Beim Wassertragen nahm er seine Schultern wahr, so wie er, als er einen Korb auf dem Rücken trug, sein Kreuz verspürte. In den Verschnaufpausen, auf den Hackenstiel gestützt, reckte er den Hals, um die in riesige Staubwolken gehüllten Autos auf der Landstraße zu sehen, und entdeckte, daß er Augen hatte. Früher hatte er auf dem weichen Sitz eines staubaufwirbelnden, dahineilenden Autos gesessen und die am Feldrand arbeitenden Bauern durch eine durchsichtige Kunststoffscheibe betrachtet.

Er entdeckte sogar, daß er noch immer ein ganz ansehnlicher, charmanter Mann war. Weshalb sonst scherzten die verheirateten Frauen der Kommune, Frauen im besten Alter, so gerne mit ihm? Die verheirateten Bauern und Bäuerinnen machten untereinander so derbe Späße, in einer so vulgären Sprache, daß es ihm einfach zuviel war. Aber das konnte man entschuldigen. Sollten sie sich in den Pausen etwa nicht einmal über sich selbst lustig machen können? Sie hatten schließlich kaum ein Vergnügen und mochten nicht auch noch, wenn sie sich am Feldrain ausruhten, »alles, was der Feind bekämpft...«, lesen oder Lieder schmettern wie »Den Wolken entgegen« oder »Hoch zum Firmament«! Sie hofften einfach, daß der Boden etwas mehr hergeben würde, sie wollten nicht zu den Wolken, nicht zum Firmament. Er, Zhang Siyuan, hingegen war früher des öfteren in einer AN 24 oder in einer IL 18 durch die Wolken und zum Firmament geflogen.

Und auch sein Wissen, sein Bewußtsein, sein Ansehen entdeckte er hier. Siebzehn Jahre lang war ihm überall Respekt entgegengebracht worden. Über Nacht hatte sich dieser Respekt in Verleumdung, Brutalität und Zerstörung verwandelt. Selbst Meilan und sein Sohn hatten sich von ihm losgesagt. Ihm war schlagartig klargeworden, daß dieser Respekt nicht Zhang Siyuan, sondern dem

Sekretär des Stadtparteikomitees gegolten hatte. Mit dem Posten des Sekretärs hatte er das alles verloren. Jetzt aber war es anders. Daß die Bauern ihm ihre Sympathie entgegenbrachten, ihm vertrauten, ihn aufsuchten, wenn sie etwas auf dem Herzen hatten, lag daran, daß er wirklich aufrichtig war, Bewußtsein hatte und Moral, nicht schwerfällig war, sondern klug und sehr gut in der Lage, sich um andere zu kümmern und ihnen zu helfen.

Nur vor Dongdong konnte er nicht bestehen. Als er ihn zum ersten Mal besuchte, war Dongdong gerade dabei, Schuhe zu nähen. Er nahm ein Stück Leder in die Hand, sprühte etwas Spucke darauf, um dann unter Zuhilfenahme einer Ahle die Nadel durchzustechen. Er merkte, daß Dongdong sich bemühte, wie einer vom Fach dazustehen, der an Erfahrung und Können denen, die in der Stadt an den Kreuzungen ihren Schusterstand hatten, in keiner Weise unterlegen war. Aber gerade weil er sich zu große Mühe gab, machte er nicht den Eindruck eines Menschen, der tatsächlich etwas davon verstand.

»Warum sagst du nichts...?« fragte er Dongdong.

»Es gibt nichts zu sagen. Weshalb bist du hergekommen? Ich habe doch sogar den Familiennamen geändert, ich heiße nicht mehr Zhang.«

»Das bleibt dir überlassen. Aber schließlich sind nur wir beide übriggeblieben. Ich habe außer dir und du hast außer mir keine anderen Familienangehörigen mehr.«

»Wenn Sie wieder Ihren früheren Posten haben, bringen Sie wohl erst eine Reihe Leute um? Der stellvertretende Oberbefehlshaber Lin hat uns gelehrt: Die politische Macht ist die Macht der Unterdrückung. Bin ich nicht der erste, der umzubringen ist?«

»Werd nicht... frech! So ein Unsinn!«

»Warum sagen Sie denn nicht, daß Sie mich hassen?

Haben Sie mich damals nicht erkannt? Ich habe Sie an jenem Tag geschlagen. Seien Sie ehrlich, was haben Sie eigentlich damals gedacht? Klassenkampf, Klassenrache... nicht wahr?«

Zhang Siyuan bebte.

»So ist es schon besser. Was ich brauche, ist Ehrlichkeit. Ehrlicher Haß ist mir lieber als falsche Liebe.« Dongdong war erregt. Er hatte sich mit der Ahle in einen Finger der linken Hand gestochen. Er steckte den Finger in den Mund und leckte das Blut ab. Diese Gebärde erinnerte sehr an seine Mutter. Als Zhang Siyuan jung verheiratet war, nein, wahrscheinlich war es noch vorher gewesen, hatte sich Haiyun, wenn sie ihm seine Knöpfe annähte, auch die Hände zerstochen.

»Kannst du mir etwas über die letzten Tage deiner Mutter erzählen?«

»Ich weiß nichts.«

»Was sagst du da?«

»An dem Tag, als ich dich schlug, wurde ich zum Amt für Öffentliche Sicherheit gebracht. Es war ja nur den Linken gestattet, zu rebellieren, nicht aber den Rechten. Das war eine von euch ausgegebene Losung.«

Wieder ein Zittern... die Qual, wenn der Strick in den Nacken einschneidet... ein grausames Geräusch...

»Was ist Ihnen?«

»Eh... eh...«

Dongdong half ihm aufs Bett und goß ihm ein Glas Wasser ein.

»Warum gehst du mir aus dem Wege?« Zhang Siyuans Stimme war brüchig und klang wie ein kaputter Blasebalg oder ein altes Windrad, das sich drehte.

Dongdong hatte ihn verstanden. Lange Zeit sagte er nichts. Dann fragte er: »Können Sie mir verzeihen?«

»Vielleicht bin ich es, der um Verzeihung bitten sollte.«

»Was meinen Sie, weshalb wollte ich... Sie... schlagen?«

»Wegen deiner Mutter...«

»Nein, nicht deshalb«, unterbrach ihn Dongdong, ohne abzuwarten, bis der Vater zu Ende gesprochen hatte, aus Furcht, er könnte jene grotesken, entsetzlichen Worte sagen. »Ich schlug Sie... wirklich und wahrhaftig, um revolutionäre Rebellion zu machen. Die Anführer unserer Fraktion hatten mich dazu ermuntert... Ganz im Gegenteil, nach Ihrer Entlarvung hat Mutter oft zu mir gesagt, Sie seien nicht so einer, wie er in den Wandzeitungen dargestellt wurde... Vielleicht hat zu Mutters Tod auch beigetragen, daß ich nicht auf sie hörte. Natürlich, der Hauptgrund war, daß man sie so fürchterlich schlug. Sie konnte es nicht ertragen. Ich...«

Heiße Tränen flossen. Der Schmerz überwältigte sie. Sie söhnten sich aus.

Es war keine Versöhnung. Nachdem Zhang Siyuan engere Beziehungen zu seinem Sohn hergestellt hatte, fiel ihm einmal ein Tagebuch von ihm in die Hände. Was da stand, war düster, einfach dekadent: »Genug der Lüge und Heuchelei, der schönen Worte der Täuschungen«, »der Mensch ist die selbstsüchtigste und verabscheuungswerteste Kreatur«, »das Leben ist ein Irrtum, eine Qual«. Zhang Siyuan las und las, und die Hände begannen ihm zu zittern. Hat unsere Generation dafür einen so erbitterten Kampf geführt, ihr Blut vergossen, Tag und Nacht bis zur Erschöpfung geschuftet, damit ihr in diese lächerliche Gefühlsduselei verfallt? Erregt machte er Dongdong Vorwürfe. Auch Dongdong ereiferte sich.

»Standpunkt? Standpunkt?« argumentierte Dongdong. »Was, glauben Sie, ist mein Standpunkt? Ihr steht selbstverständlich auf dem Standpunkt der Partei, ihr opfert euch. Was ihr von der Partei bekommen habt, ist durchaus nicht weniger, als ihr gegeben habt. Selbst jetzt, wo Sie im Gefängnis waren und sich ungerecht behandelt fühlen, ist euer Monatseinkommen noch höher als das Jahreseinkommen eines Bauern. Ihr seid natürlich voller Zuversicht, wenn nicht heute, dann doch morgen werdet ihr wieder auf dem Throne des Stadtparteisekretärs sitzen!«

»Halt den Mund!« Zhang Siyuan schäumte vor Wut. »Du kannst zwar mich beschimpfen, aber verunglimpfe nicht unsere Partei und all die Revolutionäre unserer Generation! Li Dazhao, Fang Zhimin... sie haben für das Volk ihr Leben gegeben...«

»Für uns, damit wir leiden sollen?«

»Es ist zu gefährlich, so zu sprechen! Zu reaktionär!«

»Wollen Sie mich ins Gefängnis stecken? Eigentlich haben Sie das Gefängnis ja auch nicht gebaut, um Ihre eigenen Leute einzusperren?«

»Du...«, Zhang Siyuan war sprachlos vor Wut. Hätte er vor fünf Jahren derartige Äußerungen vernommen, gleich, von wem, er hätte mit ihm gebrochen, hätte mit aller Kraft zurückgeschlagen, ihn bekämpft und unterdrückt. Ihm war einfach, als müsse er bei diesen Worten explodieren. Mit gepreßter Stimme stieß er undeutlich einen Fluch aus und entfernte sich mit einer ärgerlichen Handbewegung.

Auf dem Weg zu seiner Behausung überraschte ihn ein Gewitter. Blitze zuckten über den Wipfeln der Bäume, Donnerschläge krachten über seinem Kopf. Der Regen prasselte, wie wenn ein gewaltiges Heer unter Schlachtrufen dahinjagte. Unter seinen Füßen strömte das Wasser, als sei der Bergpfad ein Bach, den er durchwatete. Die Schuhe wurden schwer und naß. Wie wünschte sich

Zhang Siyuan in diesem Augenblick, selbst ein dunkles Donnergrollen zu sein, ein Blitz, wie wünschte er sich, er könne aufleuchten und zerbersten. Er dachte sogar, wie erlösend es wäre, wenn ihn ein Blitz träfe.

Er glitt aus und schlug hin.

Wieder im Amt

»Ich weiß nicht, weshalb mich
Kummer verzehrt,
Tag für Tag flehe ich
den Himmel an,
der Liebe Einsamkeit
von mir zu nehmen...«

Ein Schlager aus Hongkong, der überall im Lande Mode war. An und für sich verstand er überhaupt nichts davon. Er hatte einmal so etwas gehört, daß sich viele Jugendliche Hongkonger Lieder überspielten. Daraufhin hatte er nur geringschätzig gelächelt. Für die Hongkonger Kultur hatte er von jeher nichts übrig gehabt. Erst als er sich heimlich inkognito auf die Reise begab an den Ort, wo er als der alte Zhang sechs Jahre lang gearbeitet, sechs Jahre Schweiß und noch mehr Herzblut vergossen hatte, und Quartier in einem Gästehaus für gewöhnliche Funktionäre nahm, bevor er in einen anderen Bus umstieg, erst da hatte er aus dem Rekorder eines mit ihm im selben Zimmer untergebrachten Einkäufers einer Handelsgesellschaft ganz genau und immer wieder dieses Lied gehört.

Wie sollte er es ausdrücken? Er war kein Musiker. In der Armee hatte er Noten gelernt und gelernt, den Takt zu schlagen. Die Soldaten der Achten Marscharmee sangen alle gern. Wenn jemand zum ersten Mal in das Grenzgebiet kam, dann fiel ihm als erstes auf, daß viel gesungen wurde. Ein Lied begann mit den Worten: »Klar ist der Himmel über den befreiten Gebieten, fröhlich das Volk...« Und weiter hieß es: »In den befreiten Gebieten geht die Sonne nie unter, endlos tönen die Lieder...« Während der Zeit des Befreiungskampfes brauchte man nur das in den von Jiang Jieshi kontrollierten Gebieten gängige Lied »Verrückte Welt« zu hören und das überall in den befreiten Gebieten gesungene »Wir sind die demokratische Jugend«, und man wußte, wem die Zukunft Chinas gehörte.

Und heutzutage? Was war da? Nach dreißig Jahren Erziehung, dreißig Jahren Schulung, nachdem man dreißig Jahre lang »Sozialismus ist gut« oder »Jugend, glühende Herzen« gesungen hatte, sogar einige Jahre noch »Nicht nur die Kämpfer müssen die drei klassischen Schriften studieren... auch die Kader...«, erobert sich »Einsamkeit der Liebe« das Land!

Er hätte den Rekorder des Einkäufers zertrümmern können. Er war aufgestanden, umhergelaufen, hatte die Fäuste geballt, daß sich die Fingernägel schmerzhaft in die Handflächen gruben. Das war unecht, frivol von Anfang bis Ende! Jene flirtenden Jünglinge und Dämchen, die in Bars mit dem Hintern wackelten und das lange Haar schüttelten, die Zigaretten rauchten und Champagner schlürften, jene Idioten, die sich die Lippen leckten, sobald vom Ausland, von Hongkong oder selbst von Taiwan die Rede war, aber keine Schule besuchten, keinen Schweiß vergossen, keine Nachtschicht machten, nur den ganzen Tag von elektrischen Kühlschränken, stromlinienförmigen Möbeln und Schlaraffiabetten träumten, wußten sie etwa wirklich, was Liebe hieß, was Kummer hieß, was Einsamkeit hieß? Das alles war nur ein ekelhaftes Sich-in-Positur-Werfen wie beim Fotografieren in einem drittklassigen Fotoatelier!

Ein gekünsteltes Lied. Ein Lied falscher Gefühle. Ein seichtes und obendrein vulgäres Lied. Die Stimme nicht so gut wie die von Guo Lanying oder Guo Shuzhen, nicht so gut wie die vieler anderer Sängerinnen, ob sie nun Guo hießen oder nicht. Aber dieses überaus selbstgefällige Lied hatte unzählige Widersacher besiegt. Selbst wenn man es verbieten würde – solche Dummheiten werden wir doch wohl nicht wieder machen, wer weiß? –, es ließe sich nicht verbieten.

Es war auch ein einschläferndes Lied. Vielleicht reagiert die Großhirnrinde auf die durch lautes Geschrei verursachte Erschöpfung und Apathie zwangsläufig mit Schläfrigkeit?

Doch nein, der stellvertretende Minister Zhang konnte nicht schlafen. Seit man ihn im April 1975 wieder in sein Amt eingesetzt hatte, fand er Nacht für Nacht keinen ruhigen Schlaf mehr.

Im April 1975 war Zhang Siyuan gerade dabei gewesen, in der Hütte mit den aus Steinen gemauerten Wänden und dem Dach aus Steinplatten, die er mit seinem Sohn in dem Bergdorf bewohnte, Lauch zu putzen. Mit Hilfe von Doktor Qiuwen hatten er und sein Sohn sich schon längst ausgesöhnt. Nun verlas er den Lauch und hatte vor, mit dem Sohn zusammen Jiaozi zu essen, wenn dieser heimkehrte. Er wollte auch Qiuwen und ihre Tochter zum Abendessen einladen. Wenn man nach einem Winter mit Rüben und Weißkraut ein Bund saftiggrünen Lauchs in der Hand hielt, auch wenn an ihm noch Erde und Pferdemist hingen, dann hatte man sofort das Gefühl, der Frühling habe mit neuer Lebenskraft Einzug in die steinerne Hütte gehalten. Der weißstenglige, grünblättrige Lauch stand in untrennbarem Zusammenhang mit dem monatelang entbehrten lauen Wind, dem Gezwitscher der Vögel, den Rinnsalen tauenden Schnees, den immer länger werdenden hellen Tagen, den frischen Trieben des Weizens, dem immer häufiger zu hörenden Wiehern und Schreien von Pferden und Eseln, mit jener kraftvollen und doch zarten Macht der Liebe, die in jedem Winkel der Natur schlummerte und zu keimen begann. All das rührte an die Seele eines jeden Menschen. Auch wenn schmerzhafte Wunden aus mancher Seele eine rissige Trommel gemacht hatten, gab sie doch immer noch einen leisen Ton von sich und machte den Menschen ein wenig Hoffnung. Wie sehr traf das auf Zhang Siyuan zu. Armut und Unterdrückung hatten seine Kindheit geprägt, Blut und Feuer seine Jugend rot gefärbt, die Partei und ihr Führer ihm den Weg gewiesen, die Achtung, das Vertrauen und die Erwartungen des Volkes ihn vorangetrieben. Er hatte sich angewöhnt, optimistisch zu sein und voller Hoffnung. In diesem Frühling erfüllte ihn wieder aufs neue die Vorahnung einer Wende. Es konnte schließlich nicht immer so bleiben. Recht und Unrecht, das selbst Kinder unterscheiden konnten, sollte die Partei nicht klären können? Wenn er Rückschau hielt auf sein Leben, auf alles, was dazugehörte, auf die Geschichte und die Wirklichkeit, auf Chinas Gestern und Heute, und den Blick auf das Morgen richtete, dann war die Partei am Ende doch eine große Partei, eine ruhmreiche Partei, die schließlich den richtigen Weg ging.

Ist das tatsächlich Vorahnung? Oder hält man es erst im nachhinein für eine Vorahnung? Hatte er nicht vom ersten Tage seiner »Entlarvung« an im Jahre 1966 jene vor sich gehenden Ereignisse angezweifelt und auf die Widerrufung des Geschehens gewartet? War er nicht der Meinung gewesen, das Gestern sei wirklicher als das Heute und das Morgen würde neben allem Unbekannten auch eine an das Gestern anknüpfende Hoffnung bringen? Und dieses Wort »entlarven«, was hieß es denn? Im »China«-Lexikon, dem »Meer der Wörter«, findet man »packen«, »festnehmen« als Erklärung. Das ist eine konkrete und anschauliche Tätigkeit. Aber das heute gebräuchliche Wort hat sowohl eine klar umrissene als auch eine verschwommene Bedeutung! Besondere politische Umstände lassen eine besondere politische Terminologie entstehen. Die letzten Jahre waren geradezu eine Herausforderung an die Regeln der Sprache. Waren Stalins Darlegungen über die Stabilität der Sprache letztendlich noch anwendbar? Würden unsere Nachfahren diese heute so in Mode gekommenen Wörter in neuem Gewande verstehen? Solche Ausdrücke wie »unter Feuer nehmen« und »in siedendem Öl braten«, »beiseite treten« und »zu Brei stampfen«, »sich einreihen« und »die Volksmassen halten die Hüte in den Händen«?

Deshalb brauchte er die Wende. Er war voller Ungeduld wie ein Rennpferd vor dem Rennen. Denn das alles betraf ihn. Er war mit alldem aufs engste verknüpft. Allerdings hatte ihn das Leben in dem Bergdorf auch sichtlich verändert. Er verspürte echte Freude über ein Bund Lauch, das er im Frühling putzte, ebenso wie über die kreisende, singende Lerche, den ersten Singvogel dieses Frühlings, nach dem er ungeachtet des gleißenden Sonnenlichtes Ausschau gehalten hatte. Sorgfältig las er welke Blätter und Unkraut aus dem Lauch heraus. Vor allem entfernte er die unsauberen Ränder in Wurzelnähe. Er roch den scharfen und aromatischen Duft des frischen

Lauches. Es verdroß ihn, daß er keinen Entschluß fassen konnte, ob er Qiuwen nun einladen sollte oder nicht.

Ein Geräusch. Nicht das Geräusch eines Büffels, des Windes oder der Kinder des Dorfes. Ein Traktor? Ein Dieselmotor? Wieso kam es immer näher? Ein Auto? Welches Auto hatte sich hierher verirrt? Den Menschen, die im Auto fuhren, brachte man Respekt entgegen, doch sie hatten sich von den Massen gelöst. Aber immer wird es Menschen geben, die in Limousinen fahren. Ein Klopfen war zu hören. So zeitig begannen sie das Fleisch zu hacken? Fleisch? Woher? Zwei genügen, goldgelbe Eier und dunkelgrüner Lauch. Nur, für eine Füllung aus Eiern brauchte man viel Öl, und die Ölzuteilung auf dem Dorf war zu gering. Wieder das Klopfen, doch es war ja an der Tür.

Ein junger Bursche. Olivgrüne Uniform, ein blitzender roter Stern. Er stand stramm, salutierte. Der Lauch fiel auf den Boden. Als er sich erhob, stieß er polternd den Schemel um.

»Genosse Zhang Siyuan,

bitte kommen Sie bis zum 25. April zum Bericht in die Organisationsabteilung des Provinzkomitees.

Mit revolutionärem Gruß!«

Was hatte das zu bedeuten? Genosse, sie erkennen mich als »Genossen« an? Die Organisationsabteilung, diese geheime und zugleich wichtige Abteilung, war stets von den zuverlässigsten, erfahrensten und besonnensten Genossen geleitet worden. Mit Gruß – deshalb hatte der dieser mächtigen Bastion angehörende Soldat die Hand an den Mützenschirm gelegt. Das Siegel allerdings war vom Parteiführungskern der Politischen Arbeitsgruppe des Revolutionskomitees. Niemand fand sich in den Bezeichnungen dieses Apparates und in dem, was sich dahinter verbarg, zurecht. Niemand wußte, wann, von wem und weshalb der Parteiapparat zerschlagen worden war und warum der Parteiführungskern des Revolutionskomitees in ein Parteikomitee umgewandelt wurde. Niemand wußte, ob die Organisationsabteilung, vor der er jetzt Bericht erstatten sollte, die Schlüsselabteilung des Parteikomitees im ursprünglichen Sinne war, geleitet von ihm vertrauten Parteimitgliedern und Funktionären.

Aber immerhin sollte er zur Organisationsabteilung kommen. Bis heute nahm er noch nicht wieder am Parteileben teil. Doch er überwies monatlich seinen Parteibeitrag. Da er keine Disziplinarstrafe erhalten hatte, stand ihm das Recht zu – die Pflicht war zum Recht geworden –, den Parteibeitrag zu zahlen, und weder die Politische Arbeitsgruppe noch der Parteiführungskern konnten das ablehnen. Und er bezahlte entsprechend seinem früheren Rang und Gehalt, obwohl sein derzeitiges Unterhaltsgeld pro Monat weniger als ein Drittel des ihm zustehenden Gehaltes betrug. Das war auch eine Herausforderung von ihm: Ich bin immer noch ein hochgestellter Kader, ein Drittel meines Gehaltes ist nicht weniger, als ihr verdient!

»Nehmen Sie Platz«, bat er herzlich und zuvorkommend den Genossen von der Armee, der ihn abholen sollte. Seine Art zu sprechen, sein Lächeln, sein gebeugter Rücken paßten mehr zu einem alten Bauern aus den Bergen. In den letzten Jahren hatte er sich angewöhnt, jenen in den Organen der neuentstandenen roten Staatsmacht arbeitenden linksorientierten Menschen Respekt entgegenzubringen. Sie bekamen zwar nur halb soviel Lohn wie er, genossen aber ein zehnmal, ja hundertmal größeres Ansehen. Wenn man den Funktionären der roten

Staatsmacht mit Respekt gegenübertrat, bedeutete das, daß man gleichberechtigt war mit den Bauern und den Kämpfern des »7. Mai« und den Jugendlichen, die zur Umerziehung auf das Land geschickt worden waren. Das war ein gutes Gefühl. Doch der junge Soldat der Volksbefreiungsarmee, dem gerade der erste Bart wuchs, wollte sich nicht setzen. »Draußen steht ein Wagen, Genosse Zhang Siyuan, könnten Sie es einrichten, daß wir am Nachmittag losfahren? Der Vorsitzende meinte, je schneller, desto besser ... « Der junge Mann sprach mit warmem und höflichem Ton, der Zhang Siyuan an gestern, an den Sekretär und Chauffeur von damals, an seine langjährige Parteizugehörigkeit und an seine Stellung denken ließ. »Daaas ... « – er zog das Wort in die Länge. Der Grad der Dehnung stand oftmals in direktem Verhältnis zur Höhe der Funktion des Sprechenden. Neun Jahre lang hatte er nicht mehr so gedehnt gesprochen. In dem Augenblick, da das Morgen die Hoffnung in sich barg, an das Gestern anzuschließen, war sofort, gänzlich unbeabsichtigt, diese alte Gewohnheit wieder da. Er wurde rot.

In den letzten Jahren hatte sein Herz einem stillen See geglichen. Zwar gab es in den Tiefen des Sees auch Strudel und Bewegung, brachen sogar Vulkane aus und erloschen wieder, doch seine Oberfläche war immer ruhiger geworden. Ein stiller See ist schön. Er zeigt jedem Menschen sein eigenes Spiegelbild, und das ist oftmals anziehender als er selbst.

Der Soldat und das Auto, das ihn abholen sollte, hatten den See nur angehaucht. Auf seiner Oberfläche erschienen flache konzentrische Kreise. Daraufhin fühlte der See sich anders, ob er es nun zugab oder nicht.

Er kehrte in seine Stadt zurück. Er kehrte zurück in das kleine Haus des Stadtkomitees. Man ernannte ihn zum zweiten Mann des neuen roten Stadtkomitees. »Aber ich bin doch noch nicht wieder in das Parteileben eingegliedert!« brachte er vor. »Übernehmen Sie erst mal Ihre Funktion!« gab ihm der zuständige Leiter zur Antwort. Derselbe Weg. Dasselbe Haus. Tünche und Ölfarbe verdeckten die Wunden von neun Jahren.

Im allerersten Moment traten ihm beim Anblick des Parkettfußbodens und der großen, von der Decke herabhängenden hellen Lampen Tränen in die Augen. Zum Glück hatte es niemand gesehen. Es war absurd, aber ihm kam das Wort vom verlorenen Paradies in den Sinn. Die letzten neun Jahre hatten ihn Parkett und große helle Lampen vergessen lassen. In den letzten fünf Jahren kannte er nur die unwegsamen, mit Steinen befestigten Bergpfade, die schattenspendenden Bäume, aus Steinen und Steinplatten errichtete Hütten, deren Fußboden das nackte Erdreich bildete und den man ständig mit der richtigen Menge Wasser besprengen mußte, damit nicht Staub aufwirbelte oder der Boden schlammig wurde. Sobald die Dunkelheit hereinbrach, zündete er die Petroleumlampe an, bei der es darauf ankam, den Schirm so blank zu putzen, daß er glänzte. Ganz zu Anfang hatte er es mit der Methode versucht, den Schirm anzuhauchen und mit einem weichen Taschentuch zu polieren. Dabei hatte er einmal das Glas zerdrückt und sich beinahe in die Hand geschnitten. Später lernte er, daß man das Taschentuch in Schnaps eintauchen mußte, wodurch das Glas tatsächlich blitzblank wurde, so daß die Steinhöhle taghell erleuchtet war, um so mehr, wenn bei klarem Wetter der Himmel sternenübersät war. Auf dem Lande hatte der Himmel viel mehr Sterne als in der Stadt, und da die Berge dem Himmel näher sind als das ebene Land, sind auch die Sterne den Bauern der Bergdörfer viel näher als den

Bewohnern der Stadt. Doch trübe Tage und Regen mochte er nicht. Und wenn damals nicht Doktor Qiuwen gewesen wäre, wäre er vielleicht schon nicht mehr am Leben.

Nun hatte er trübe, regnerische Tage nicht mehr zu fürchten und auch nicht die Dunkelheit der Nacht. Es wurde nicht Nacht in der Stadt und nicht regennaß im Auto. In seinem Dienstgebäude und in seiner Wohnung mit Zentralheizung gab es keinen Winter. Doch ohne Nacht gibt es auch keine Sterne, ohne Regen nicht die aufs neue entstehende Freude über den Sonnenschein, wenn der Regen vorüber ist. Ohne Winter gibt es nicht die Reinheit der durch die Luft wirbelnden Schneeflocken. Ein Gewinn bringt immer auch einen Verlust mit sich.

Viele alte Genossen, Freunde, Untergebene und frühere Schulkameraden suchten ihn auf. So plötzlich, wie damals ein überaus einsamer und verlassener Mensch aus ihm geworden war, zu dem man keinen Kontakt haben durfte, wurde er nun zur Hoffnung der Menschen, zum Mittelpunkt ihrer Aufmerksamkeit. »Ich wollte dich schon seit langem besuchen. Etliche Male habe ich mich inzwischen nach dir erkundigt«, sagte jemand, und es war offensichtlich nicht geheuchelt. »Ich habe lange gezögert und mir gesagt, jetzt, da er wieder in seinem früheren Amt ist, sprechen viele Leute bei ihm vor, ich sollte ihn nicht behelligen..., doch schließlich, wir kennen uns lange, sollte sich Sekretär Zhang da nicht an uns erinnern können?« So ging es fort. Besonders seine alten Kollegen aus dem Stadtkomitee setzten ihre Hoffnungen in Zhang Siyuan. Seine Wiedereinsetzung in eine führende Position im Stadtkomitee war für sie der Auftakt ihrer Rückkehr in das ehrenvolle Gestern.

Indessen, es war unmöglich, das vom Heute zerstörte

Gestern in seiner ursprünglichen Gestalt morgen wiederherzustellen. Nicht nur, daß von einer gewissen Fraktion herausgegebene Parolen, wie: »Seid wachsam, die Verfechter des kapitalistischen Weges kehren zurück« oder etwas gemäßigter: »Wir sind dagegen, mit neuen Schuhen den alten Weg zu gehen«, ihn ständig zur Vorsicht gemahnten. Hinter allem ihm Vertrauten gewahrte er überdies widersprüchliche neue Dinge. Die Busse drängten sich an den Endstationen und wollten nicht losfahren. An den Haltestellen bildeten sich Schlangen von Menschen, die mit gereckten Hälsen nach den Bussen Ausschau hielten. Wie es hieß, hockten die Fahrer zusammen und pokerten. Wer verlor, hatte eine Fahrt zu machen. Überall Losungen, Parolen, große Kritik, begeisterte Ovationen. Auch wenn ein Süßwarenladen eine revolutionäre Leitungsgruppe gebildet hatte, sprach man von einem »großen Sieg der Mao-Zedong-Ideen«. Unter den auffälligen großen Losungen, deren rote Schriftzeichen auf gelbem Papier gemalt waren (diese beiden Farben versinnbildlichen doch frohe Ereignisse, während schwarze Zeichen auf weißem Papier öffentliche Verurteilung und Bestrafung bedeuten), lag nicht weggekehrter Müll und streckten bettelnde Kinder die Hände aus. Auch die Straßenkehrer arbeiteten nicht ordentlich. Und die Bettelei wuchs mit den leeren Versprechungen. Überall Trinkerei, Festgelage, Knobelspiele. Man erzählte, daß während der Kampagne der »Kritik an Lin Biao und Konfuzius« ein Linker die beim Knobeln um Wein gebräuchlichen Ausdrücke als konfuzianisch beanstandet hätte, wodurch sich ein anderer Linker veranlaßt sah, neue Knobelformeln zu erfinden: »Eins für einheitlich, drei für Dreierverbindung, fünf für Fünfsternbanner, acht für Achte Marscharmee...« Das Groteske wurde Wirklichkeit, die Wirklichkeit ein Alptraum. Konnte es sein, daß Hunderte Millionen Menschen eine Arznei gegen Fußpilz oder eine Salbe zur Heilung von Mastdarmfisteln als Stärkungsmittel schluckten?

Das Stadtkomitee war nicht mehr das alte. Jeden Tag, wenn er zur Arbeit ging und durch die Tür des Stadtkomitees trat, klopfte sein Herz: Ich habe mich doch nicht verirrt? Bin ich wirklich wieder hier? Wo bin ich denn, werde ich jetzt auch nicht geschlagen? Das Schild am Eingang des Stadtkomitees war jetzt nobler – das alte, so hieß es, hatte irgend jemand entfernt und daraus einen großen Schrank gefertigt, es war ja aus Sperrholz, das knapp war – und man hatte die Wachen verstärkt. Scharfe Bewachung, das war gewiß notwendig. Sogar vor den Eingängen vom Stadtkomitee des Jugendverbandes und der Frauenföderation standen Posten mit Gewehr. Einmal hörte Zhang Siyuan zufällig, wie zwei Soldaten des Wachzuges, die im Moment nicht im Dienst waren, den Dialog einer Modelloper nachahmten: »... welche zwei Kostbarkeiten?« – »Ein gutes Pferd, ein scharfes Schwert.« – »Was für ein Pferd?« – »Ein großmäuliges.« – »Was für ein Schwert?« – »Ein Schwert, das Zungen spaltet.«

»Neue Dinge« gab es noch mehr. Die Anzahl der Autos hatte sich verdreifacht und reichte immer noch nicht aus, weil die Zahl der Stellvertreter sich verfünffacht hatte. Von den vier Abteilungsleitern der Organisationsabteilung arbeitete nur einer. Überall Gerede, Lügenmärchen, Gerüchte: von einer Pflaumenblütenfraktion, von Banditen, die man auf der großen Jangtse-Brücke geschnappt hatte, von Nixen, von Leichen, die sich in den Särgen bewegten... von Cliquen und Sekten, die in aller Öffentlichkeit agierten. Das Organisationsleben der Partei war völlig ausgelöscht, ganz zu schweigen von einer

Möglichkeit der Kritik oder Selbstkritik. Öffentliche Angelegenheiten wurden privat geregelt, Privatangelegenheiten auf dienstlichem Wege erledigt. Leute, die in dienstlichen Angelegenheiten kamen, mußten Empfehlungsschreiben von Privatpersonen vorlegen. Unter allen nur denkbaren Vorwänden waren Dienstreisen für private Zwecke möglich. Unverhüllt und unverfroren streckte man die Hand aus nach Parteimitgliedschaft, nach Beamtenposten, nach Macht...

Wenn es so weiterginge, bedeutete das nicht das Ende unserer Partei, unseres Staates? Bei diesem Gedanken angelangt, fühlte Zhang Siyuan sich wie von einem Schüttelfieber gepackt. Mal fror er, daß er am ganzen Leibe zitterte und mit den Zähnen klapperte, mal kochte er vor Wut und war von unerträglicher Sorge gequält. Zumal über ihm wieder ein Erster Sekretär aufgetaucht war, ein Neuadliger, der nichts anderes konnte, als die Fehler anderer als Waffe gegen sie zu benutzen und Intrigen zu spinnen.

Auch Meilan spielte sich auf und forderte, daß sie wieder heirateten. Sie schrieb mehrmals. Zhang Siyuan antwortete nicht. Sie wollte sich telefonisch mit ihm verabreden. »Nicht nötig«, erwiderte er und hängte auf, ungeachtet des Geredes, das aus dem Hörer drang. Eines Tages, als er von der Arbeit kam, saß, du lieber Himmel, Meilan in seiner Wohnung. Wahrscheinlich hatte sie das Schloß abgeschraubt, und die Leute hatten nicht gewagt, sie daran zu hindern. Sie war ganz die »rehabilitierte« Herrin mit allen Rechten, hatte die Bettlaken abgezogen, um sie zu waschen, und im Schlafzimmer zwei neue Sträuße künstliche Blumen hingestellt. Zhang Siyuan hatte kein Wort gesagt und war in sein Büro zurückgekehrt. In dem Moment war er aus tiefstem Herzen dankbar für die strenge Bewachung am Eingang vom Stadtkomitee.

Er nahm einen Stapel Akten, überall nur »große Kritik fördert große Veränderungen« – oder vielleicht »große Verrichtungen«? Nichts als Schlagwörter – sich gegen die Strömung stellen, gesetzliche Gewalt, allseitige Diktatur, Theorie vom Primat der Produktionskräfte, ausgezeichnete und immer bessere Situation in der Erziehungsrevolution. Er hatte einen sauren Geschmack im Mund. Sein Magen krampfte sich zusammen. All die neuen Bezeichnungen, dazu die Hintertreppengerüchte, die revolutionären Knobelformeln und Meilans Vollmondgesicht, das einer getrockneten Persimone glich, kreisten um ihn wie Schwerter und Bomben, wie Nebel und Rauch, wie Sturm und Blitze, wie Warenzeichen und Heilpflaster, wie der aus Rohrkolbenblättern geflochtene Fächer des Lebenden Buddha Ji Gong.

Die Rückkehr in das Gestern war unmöglich. Sein ihm verbleibendes Leben gehörte dem Morgen. Die Rettung des Morgen war das Gebot.

Qiuwen

Damals im Gewitter war er hingestürzt. Als er zu sich kam, fand sich Zhang Siyuan in einem Krankenzimmer des Kommunekrankenhauses wieder. Die weit und breit gerühmte große Ärztin Qiuwen behandelte ihn persönlich. Nicht genug, daß bei dem Sturz sein Lendenwirbel verletzt worden war, er hatte sich, vom Regen völlig durchnäßt, eine Infektion der Atemwege mit nachfolgender Lungenentzündung zugezogen. Wenige Tage nach seiner Ankunft in dem Bergdorf hatte Zhang Siyuan Qiuwen kennengelernt, eine ehemalige Absolventin der Medizinischen Hochschule Shanghai, etwas über vierzig, von hoher Gestalt, mit großen Augen, einem ovalen Gesicht und lackschwarzem, glänzendem Haar. Wie die alten Bauersfrauen hatte sie es im Nacken zu einem Knoten gesteckt, was bei ihr jedoch besonders natürlich und charmant wirkte. Ihre Kleidung war immer blitzsauber. Wenn sie in den Bergen unterwegs war, schritt sie schnell und kräftig aus. Im Dorf war sie eine außergewöhnliche Erscheinung, und sie war von überwältigender Freundlichkeit. Sie hatte nicht nur für jedermann im Dorf ein nettes Wort, sondern brachte es sogar fertig, wenn ihr die Bauern die Tabakspfeife hinhielten, ein paar Züge daraus zu nehmen und auf Hochzeiten oder Trauerfeiern einen Schluck aus ihren Gläsern zu trinken.

Wie man sagte, war sie von ihrem Mann geschieden und lebte nun mit einer Tochter allein in diesem Bergdorf. Für eine alleinstehende Frau war es an und für sich sehr schwierig, auf dem Dorf zu leben, aber sie hatte zu Männern und Frauen gleichermaßen guten Kontakt, und niemand redete auch nur das geringste hinter ihrem Rücken über sie.

Anfangs kam sie Zhang Siyuan etwas eigenartig vor, und zugleich empfand er rein gefühlsmäßig eine gewisse Abneigung ihr gegenüber, wenn er auch anerkennen mußte, daß sie eigentlich recht hübsch war. Sie erschien ihm ein bißchen prahlerisch. Was sie täglich sagte, wie sie ging, der Zug aus der Tabakspfeife und der Schnaps, den sie trank – alles ging über das notwendige Maß hinaus. Aber sie war eine ausgezeichnete Ärztin, und sie hatte ein gutes Verhältnis zu den Bauern. Deshalb grüßte auch Zhang Siyuan sie jedesmal höflich, wenn er ihr begegnete. Später erfuhr er auch noch, daß Dongdong ein häufiger Gast bei Doktor Qiuwen war, um, wie er sagte, sich medizinische Bücher von ihr auszuleihen. Das Leben verschloß nie alle Fenster und Türen.

»Sie haben viel wirres Zeug geredet«, sagte Doktor Qiuwen leise in einem Tonfall, der sich gänzlich von ihrem üblichen Geplauder unterschied. »Sie machen sich vielleicht über zu viele Dinge Gedanken. Sie sind eben ein hoher Funktionär.« Es war Zhang Siyuan, als sähe er durch den Mundschutz von Doktor Qiuwen hindurch ein Schmunzeln in ihren Mundwinkeln. Auch ihre Augen lächelten. In diesem Lächeln lag so viel Verständnis, so viel Traurigkeit, so viel kühles Selbstvertrauen, das die Traurigkeit erstarren ließ – gleichsam ein Lagerfeuer im Schnee, ein weißes Segel zwischen Himmel und Meer, ein alter Walnußbaum im Mondlicht. Von der immer mit dem Strom schwimmenden großen Ärztin mit ihrem etwas männlichen Gehabe und ihrem Geschwätz war nichts mehr geblieben.

»Eigentlich war es doch gar nicht so verkehrt, euch mal herunterzuholen und wie das einfache Volk leben zu lassen«, sagte sie ein andermal, ohne im geringsten Rücksicht auf die Anwesenheit der anderen Patienten im Krankenzimmer zu nehmen. »Sonst würdet ihr euch doch in euren Villen verkriechen und hättet keine Lust herauszukommen, selbst wenn die Zeitungen noch so wild dazu aufriefen, in die Dörfer und an die Basis zu gehen. Sagen Sie selbst, habe ich nicht recht? Alter Zhang!«

Zhang Siyuan wollte widersprechen, er hatte überhaupt keine Villa. Er hatte jetzt nicht mal mehr ein Zuhause. Aber die Anrede »alter Zhang« gab ihm ein Gefühl von Geborgenheit, wie damals, als er noch klein war und die Mutter ihn »Steinchen« rief. Erst sein Vorname Siyuan – der in die Ferne Denkende (auf dem Dorf nannte man solche Namen »Beamtennamen«, was besagte, daß sie nur gegeben wurden, wenn jemand für eine Beamtenlaufbahn vorgesehen war) – war wirklich hart wie Stein. Der

Mensch braucht eine Mutter, braucht Zuneigung, braucht Fürsorge, Verständnis und Mitgefühl. Deshalb fühlte er sich jedesmal besonders wohl, wenn Doktor Qiuwen zu ihm sagte: »Nehmen Sie schön diese Medizin, trinken Sie viel, dann werden Sie bald wieder auf den Beinen sein.«

Dongdong brachte ihm jeden Tag Reis, Nudeln, gebratene Eier, Kräutersuppen, Hirsebrei. »Seien Sie mir nicht so böse«, sagte Dongdong. »Ich jammere ja nur in meinem Tagebuch. Leute, die sich immer beklagen, taugen in Wirklichkeit nicht viel. Damals war ich im Unrecht, Li Dazhao und Fang Zhimin werde ich immer verehren. In letzter Zeit habe ich oft gedacht, das Leben ist eigentlich gar nicht so schön, wie es mir immer vorkam, als ich klein war, und deshalb ist es eigentlich auch nicht so schlecht, wie es mir jetzt vorkommt.«

»Du? Du hast deine Meinung geändert?« Zhang Siyuan war freudig überrascht.

»Von Meinungsänderung kann nicht die Rede sein. Ich werde Sie sicher nie ganz verstehen, so wie Sie mich nie ganz verstehen werden. Die Mißverständnisse zwischen den Menschen werden wohl auch niemals aufhören. Deshalb wird es schließlich dahin kommen, daß wir uns gegenseitig auffressen.«

»Warum bringst du mir dann jeden Tag was zu essen?«

»Tante Qiuwen hat mich aufgefordert herzukommen. Sie hat gesagt...« Dongdong zögerte einen Moment, als wisse er nicht, ob er weitersprechen solle. »Tante Qiuwen hat gesagt: Für deinen Vater ist es auch nicht leicht...«

»Hast du mit ihr über mich gesprochen?«

»Ja.«

»Habt ihr über deine Mutter gesprochen?«

»Ja.«

»Worüber noch?«

»Über alles. Na und? Habe ich die Geheimhaltungsvorschriften verletzt?« sagte Dongdong schon wieder in dieser bissigen Art.

»Nein. Ich meine, das ist sehr gut.«

Zhang Siyuan – nein, der alte Zhang erfuhr von Dongdong einiges über Qiuwen. Der frühere Mann von Qiuwen war 1957 als »Ultrarechter« abgestempelt worden und lebte noch immer in einem Umerziehungslager auf dem Lande. Dongdong meinte, daß Qiuwen sich nur wegen der Zukunft ihrer Tochter von ihrem Mann hatte scheiden lassen und in Wahrheit noch immer auf seine Freilassung warte. Der Arbeitsgruppe in der 1964er Bewegung der »Vier Säuberungen« kam sie anfangs ebenso verdächtig vor wie dem Propagandatrupp bei der »Säuberung« im Jahre 1970, und sie wollten gesonderte Untersuchungen gegen sie einleiten. Aber alle Kommunemitglieder und die Funktionäre des Dorfes stellten sich hinter sie. Sie ging aus eigenem Antrieb zur Arbeitsgruppe und zum Propagandatrupp und berichtete alles über sich, heiter und rückhaltlos, und zerstreute so den gegen sie gehegten Argwohn.

War es vielleicht eine Schutzfarbe? Unverkennbar war sie ein aus einer anderen Gegend hierher verpflanzter Baum, der sich gut an die neue Umwelt angepaßt, zugleich aber seine von der hiesigen Pflanzenwelt völlig verschiedene Eigenart bewahrt hatte. Hinter ihrer Freundlichkeit verbarg sich Stolz, hinter ihrem Geschwätz Gedankentiefe, hinter ihrem fröhlichen, optimistischen Lachen (das etwas albern wirkte) die Bereitschaft, ihr Kreuz zu tragen.

Aber all das war nicht nur eine Schutzfarbe, denn hinter ihrem Stolz verbarg sich eine aus tiefstem Herzen kommende Uneigennützigkeit, hinter ihrer Gedankentiefe Tatkraft und Mut, und sie, die ihr Kreuz trug, empfand noch immer Freude am Leben. Man denke nur daran, welchen Anteil sie an den Liebes- und Eheangelegenheiten der jungen Leute im Dorfe nahm. Sie war schon beinahe eine moderne, zuverlässige, unermüdliche und unbekümmerte Heiratsvermittlerin. Hätte ihr Lachen so aufrichtig und so albern sein können, wenn es ihr nur darum gegangen wäre, sich selbst zu schützen?

Aber es war offensichtlich, daß sie im Gespräch mit Zhang Siyuan einen anderen Ton anschlug: »Lernen Sie unser Leben gründlich kennen, und vergessen Sie ja die Menschen in den Bergen nicht, wenn Sie wieder in Ihrem alten Amt sind!«

Zhang Siyuan machte eine abwehrende Handbewegung, womit er sagen wollte, daß es ihn nicht im geringsten danach verlangte, sein altes Amt wieder einzunehmen. Aber Qiuwen war unbarmherzig: »Sie brauchen gar nicht abzuwinken, ich an Ihrer Stelle würde mich bemühen, so bald wie möglich zurückzukehren. Sie könnten in einem Monat soviel Geld verdienen und reißen sich darum, hier die Hacke zu schwingen? Sie würden doch nicht nur in Ihr altes Amt zurückkehren, sondern könnten eine steile Karriere machen!«

»Je mehr Sie reden, um so weniger treffen Sie den Kern der Dinge.« Zhang Siyuan schüttelte wieder mit dem Kopf.

»Selbstverständlich. Durch den natürlichen Tod und die endlosen Ausrichtungsbewegungen gibt es heute immer weniger wirklich erfahrene, fähige Führungskader mit Niveau. Und nicht nur ihr werdet immer weniger, auch solche Hochschulkader wie wir werden immer rarer. Wenn wir noch zehn Jahre Revolution im Bildungswesen machen, sind alle Chinesen Analphabeten geworden. Dann wird der Sechstkläßler ein Weiser sein! Und ihr großen Funktionäre seid dann noch mehr zu Kostbarkeiten geworden, die auch mit keiner Wunderlampe aufzufinden sind. Jedenfalls, sagen Sie, was Sie wollen, den Staat können Sie weder in der Tasche forttragen, noch können Sie ihn irgendeinem Bauern anvertrauen, der nichts anderes kann als die Hacke schwingen! China muß von euch regiert werden. Und wenn ihr es schlecht regiert, werden euch die Menschen in den Bergen und im flachen Land voller Wut verfluchen!«

Für Zhang Siyuan war das wie eine Erleuchtung. Das Land regieren, die Partei führen, das war ihre heilige Pflicht. Immer können sich die Dinge verändern, können sich in ihr Gegenteil verkehren. Er hätte nicht gedacht, daß Qiuwen auch noch eine Politikerin war. Aber kann ich bis zu dem Tag warten? Haben wir nicht immer gesagt, daß sich die Erde auch ohne uns weiterdreht? Bin ich nicht schon viele Jahre aus den Bahnen des gesellschaftlichen Lebens heraus?

Es dauerte nicht lange, und Qiuwens Prophezeiung wurde wahr. 1975, Zhang Siyuan putzte gerade seinen Lauch, wurde er zurück ins Stadtparteikomitee geholt. 1977, nach der Zerschlagung der »Viererbande«, wurde Zhang Siyuan zum stellvertretenden Sekretär des Provinzparteikomitees befördert. 1979 wurde er nach Peking versetzt und zum stellvertretenden Minister in einem Ministerium des Staatsrats berufen.

Endlich hatte er für eine Weile das noble »Ministerhaus« hinter sich gelassen. Ministerhaus wurde dieses als Wohngebäude für stellvertretende Minister und höhere Kader errichtete Hochhaus im Volksmund genannt. Ständig parkten hier unzählige Autos. Vor dem Haus stand eine Wache, deshalb kamen die normalen Sterblichen nicht in seine Nähe. Hatte man sich daran gewöhnt, im Ministerhaus zu wohnen, war es gar nicht so einfach, dieses zu verlassen. Obwohl Zhang Siyuan diese Reise zurück in das Bergdorf schon ewig geplant und seit langem beschlossen hatte, konnte er sich bisher nicht dazu aufraffen. Sobald er nur daran dachte, seine gewohnte, ihm zum Bedürfnis gewordene Umgebung zu verlassen, fühlte er sich unruhig und sogar etwas beklommen. Wie ein Mensch, der täglich pünktlich seine drei Mahlzeiten einnimmt und plötzlich zweimal oder viermal am Tag essen soll; wie ein Fisch, dem es auf einmal einfällt, einen Ausflug an Land zu machen. Heute abend schlafe ich hier, wo aber werde ich mich morgen abend, übermorgen abend und all die Abende nach übermorgen zur Ruhe legen? In der Nacht vor seiner Abreise wälzte sich Zhang Siyuan von einer Seite auf die andere, immerzu war da eine Stimme, die ihm abriet, zupfte ihn etwas an der Hand, am Fuß, am Kleiderzipfel. Quäl dich nicht, geht es dir jetzt nicht ausgezeichnet? Du bist schon bald sechzig, bekleidest ein hohes Amt in der Partei und im Staat. Leidenschaft, Einbildung und Launen sind für dich nicht nur überflüssig, sondern sogar eine unverzeihliche Sünde. Warum willst du dir selbst das Leben schwermachen?

Trotzdem hatte er schließlich das Ministerium verlassen. Außerdem hatte er darauf bestanden, nicht mit dem

Flugzeug oder dem Schlafwagen erster Klasse zu reisen, und hatte seinem Sekretär ausdrücklich untersagt, die örtlichen Dienststellen vorab mit einem Ferngespräch auf seinen Besuch vorzubereiten. Der Sekretär hatte mehrmals versucht, ihn zu überreden, hatte ihm zu verstehen gegeben, daß diese Art von Prinzipienfestigkeit nicht nur kindisch und sinnlos sei, sondern sogar lebensfremd und abnormal. Es hätte nur noch gefehlt, daß der Sekretär ihn gefragt hätte, ob er verrückt sei.

Mit seiner Unzugänglichkeit hatte er den Sekretär bezwungen. Jetzt setzte sich der Zug beim Klang eines Trinkliedes in Bewegung. Der Sekretär, der Kraftfahrer und der schwarze SIM, an den er sich gewöhnt hatte, blieben hinter ihm zurück. Die Dampfsirene stieß einen hellen fröhlichen Pfiff aus. Das stampfende Geräusch der Räder war voller Kraft, die metallischen Stöße rüttelten seine Lebensgeister wach. Mitten in Li Guangyis »Freunde, laßt dies Glas uns leeren« hinein ertönte die barsche, hastige Frage der Schaffnerin: »Wem gehört dieses Gepäck?« Zhang Siyuan schloß für einen Moment die Augen. Eine wütende Mutter gab ihrem ungezogenen Kind ein paar Schläge auf den Hintern, worauf das Kind mit Li Guangyi um die Wette schluchzte. Als Zhang Siyuan die Augen wieder öffnete, war das Abteil von Sonnenlicht durchflutet. Der Wind spielte in seinen schlohweißen Haaren. Jemand hatte das Fenster geöffnet. Er fühlte sich gelöst und frei. Bin ich wieder ein Schmetterling geworden?

»Geben Sie mir Ihre Fahrkarte!« sagte die Schaffnerin im Befehlston und hielt ihm ihre Hand entgegen. Unter der blauen Eisenbahnermütze schaute ein junges, ungeduldiges Gesicht hervor. Im Schlafwagen erster Klasse hätte sie sicher in einem anderen Ton gesprochen. Das war doch eigentlich eigenartig. Zhang Siyuan zog seine Fahrkarte heraus. Ihm schien, die Eisenbahneruniform ebenso wie die Armeeuniform sollten mal etwas modernisiert werden. Die Leute kleideten sich in den letzten Jahren immer besser, nur die Uniformen waren immer noch genauso altmodisch. Diese Uniformen, besonders die Armeeuniform, sollten eigentlich eine starke Anziehungskraft haben...

Ein großer Dicker mit roter Nase und freier Brust ließ sich phlegmatisch neben ihm nieder. Unter der ungeheuren Last des Fettwanstes ächzte die Bank. »Machen wir ein Spielchen?« Der Dicke sprach im Shandong-Dialekt. Seinem Mund entquoll der beißende Geruch von frischem Lauch. Wenn er im Schlafwagen erster Klasse...

Wenn er im Schlafwagen erster Klasse gefahren wäre, hätte er es bedeutend angenehmer gehabt als hier. Natürlich! Aber solche Gedanken überkamen ihn nur für einen kurzen Moment. In seinen Augen glänzte das Sonnenlicht. Es gefiel ihm in diesem Abteil. Ihm gefiel die Schaffnerin, dieses Mädchen mit dem mißmutigen, angespannten Gesicht – da kam sie ja schon wieder, um den Fußboden zu wischen. Was mußte sie sich plagen! Ihm gefielen die Soldaten auf dem mittleren und oberen Bett, die sofort eingeschlafen waren, als der Zug losfuhr. Was haben die jungen Leute doch für einen festen Schlaf! Ihm gefiel der Funktionär, der ihm gegenübersaß, einfache Zigaretten rauchte und ihn mit aller Gewalt drängte, eine anzunehmen, so daß er sie schließlich nicht mehr ablehnen konnte. Warum waren Tabak und Alkohol eigentlich so verpönt? Dieser Genosse wollte ihn mit der Zigarette ganz gewiß nicht veranlassen, etwas für ihn zu regeln. Dann war da noch die Mutter, deren Kind im Abteil hin und her rannte und dem fremden »Onkel« eine Vorstellung gab. Mit Kindern machte das Leben viel mehr Freude. Dongdong sprach gern von den Mauern zwischen den Menschen, aber es konnte doch auch Zuneigung und Liebe zwischen ihnen geben.

Ja, seit er 1975 wieder in seine alte Arbeit zurückgekehrt war, waren nun schon mehr als vier Jahre vergangen – das schwere, angsterfüllte und hoffnungslose erste Jahr mit seinen großen Erschütterungen; das zwischen Verzweiflung und Hoffnung, überschäumender Freude und bitteren Tränen wechselnde zweite Jahr; die komplizierten letzten beiden Jahre mit ihrem ewigen Hin und Her, in denen es dennoch unbeirrbar vorwärtsging. Dachte er zurück, so mußte er unwillkürlich das Ausmaß und die Schnelligkeit der vor sich gegangenen Veränderungen bewundern. Andererseits war er angesichts der vielen versäumten Dinge, die nachgeholt werden mußten, voller Unduldsamkeit gegenüber denen, die wie gelähmt im alten Trott verharrten. Er war sehr beschäftigt. Er hatte sehr selten Gelegenheit, mit solchen einfachen Menschen wie hier im harten Schlafwagenabteil zusammenzusitzen. Selbst wenn er an die Basis, unter die Massen ging, war er immer in einer besonderen Position. Aber so konnte er nicht zurückkommen in sein Bergdorf. Er konnte nicht mit großem Gefolge und allem Pomp als hoher Funktionär vor Dongdong und Qiuwen erscheinen. Wenn er das täte, würde er sie beleidigen und sich von Dongdong und Qiuwen entfernen, obschon er wußte, daß es kein Vergehen war, weder von ihm noch von sonst einem Menschen, mit dem Auto zu fahren oder im »Ministerhaus« zu wohnen, und daß es durchaus nicht verwerflich gewesen wäre, das weiche Schlafwagenabteil zu benutzen. Die Gleichmacherei war von jeher eine wirklichkeitsfremde Illusion, aber er konnte und wollte und wagte und durfte nicht auf irgendeine Art und Weise in das Bergdorf zurückkehren, die ihn über das einfache arbeitende Volk stellte.

Genaugenommen konnte auch die harte Schlafwagenklasse einen Gleichmacher nicht beruhigen. Noch viel mehr Leute fuhren in der harten Sitzklasse. Vom Ausgangsort bis zum Ziel ihrer Reise dauerte die Fahrt über siebzig Stunden, und viele mußten diese siebzig Stunden im Sitzen verbringen. Die Geduld, die Ausdauer und die Fähigkeit der Chinesen, Entbehrungen zu ertragen, suchen ihresgleichen. Aber warum konnten sich so viele Menschen noch immer nicht einmal die harte Schlafwagenklasse leisten? Nach dreißig Jahren – treibt dir das nicht die Schamröte ins Gesicht? Mußt du da nicht deine Anstrengungen in der Arbeit verdoppeln? Schau dir die Menschen an, wie sie auf jedem Bahnhof mit ihren Bambuskörben an den Tragestangen, große Bündel auf dem Rücken, die Alten stützend, die Kinder an der Hand, aus den Zügen quellen und in die Züge drängen!

Das sind sie, die alten Zhang, die alten Li, die alten Wang und die alten Liu. Nun konnte er wieder zwei Wochen lang der alte Zhang sein. Nachdem er seine Arbeit wiederaufgenommen hatte, mußte er oft an das Leben des alten Zhang in dem Bergdorf zurückdenken. Mitunter fragte er sich selbst: Gab es vielleicht doch einen anderen Zhang Siyuan, ein anderes Selbst? Dieses andere »Ich« mit dem Namen »alter Zhang« lebte vielleicht immer noch in jenem fernen, schönen, schnee- und regenreichen Bergdorf mit den vielen Bäumen, dem üppigen Gras, all seinen Vögeln, Bienen und Schmetterlingen? Stieg jener alte Zhang nicht gerade unter Vogelgezwitscher die Berge hinauf, um Reisig zu sammeln, während er mit eingezogenem Kopf in seinen SIM kletterte? Machte jener alte Zhang nicht gerade bei der Rast am Feldrain seine Späße mit den Bauern und Bäuerinnen, während er auf einer Konferenz eine mit vielen gedehnten »Also« gespickte Rede hielt? Diese langatmige Sprechweise war keineswegs Wichtigtuerei. Wenn er seine Ansichten zu äußerst komplizierten Fragen der Arbeit, der Ideologie, der Erkenntnistheorie darlegte, mußte seine Sprache klar und genau sein. Er mußte jedes seiner Worte, jedes Satzzeichen verantworten können. Er mußte sprechen und zugleich konzentriert überlegen. Außerdem mußte er seinen Zuhörern Zeit lassen zum Erfassen, Begreifen, Durchdenken und Verarbeiten seiner Darlegungen beziehungsweise dessen, was sie Weisungen des stellvertretenden Ministers Zhang nannten. Aus alldem ging hervor, daß die gedehnten »Also« in seiner Rede notwendig und ganz natürlich waren. Der andere Zhang Siyuan, der alte Zhang, zog das »Also« niemals in die Länge. Er sprach schnell und wortgewandt. Jener alte Zhang war wohl jünger und gesünder als der stellvertretende Minister Zhang. Während dieser gut gekleidet auf einem Empfang für ausländische Gäste höflich und zuvorkommend Speisen anbot und nach Belieben zwischen »Fünf-Stern«-Bier und »Arktik«-Limonade, zwischen Rotwein aus Tonghua und Maotai-Schnaps aus Guizhou, zwischen Mineralwasser vom Laoshan-Gebirge und Reiswein aus Shaoxing wählen und soviel trinken konnte, wie er wollte, mochte da nicht sein anderes »Ich« gerade in der verräucherten Steinhütte beim flackernden Licht der Petroleumlampe auf der kleinen schief zusammengenagelten Bank neben dem glutwarmen Herd sitzen, in den Händen die bei den Bergbewohnern so beliebte Schale aus grober Keramik haltend, das seit langem eingelegte Salzgemüse essen und in großen Schlucken den verführerischen, Leib und Seele erwärmenden dicken Hirsebrei mit den verschiedenen Bohnen darin schlürfen? Das seit langem eingelegte Salzgemüse war eben wegen seines »Alters« der Stolz des Bauern. Bruder Shuanfu sagte, daß er dieses Faß Salzgemüse schon im achtzehnten Jahr der Republik angesetzt habe. Das bedeutete, seit 1929 jeden Sommer die Sole aufzukochen, jeden Herbst neues Gemüse, Salz und Wasser zugeben – und das bis zum heutigen Tage. Während der stellvertretende Minister Zhang sich mit einer Kaderfrage beschäftigte (Kaderfragen beanspruchen ihn heutzutage in solch einem Maße, daß es einfach kaum noch zu ertragen war), jedes Wort abwägte und sich das Hirn zermarterte, um einen Vorschlag zu finden, der sowohl den Prinzipien gerecht wurde als auch die Beziehungen berücksichtigte, der der Arbeit dienlich war und zugleich die von verschiedenen Seiten kommenden offenen und versteckten Angriffe abwehrte, lauschte jener alte Zhang da nicht vielleicht gerade voller Interesse der Erzählung von Bruder Shuanfu über die lange Geschichte seines eingelegten Salzgemüses?

Jetzt aber hatte er den stellvertretenden Minister Zhang in Peking zurückgelassen. Sollte der doch diese endlosen Sitzungen abhalten und diese Berge von Akten lesen. Nach den zehn Jahren Chaos leistete der stellvertretende Minister Zhang nun eine angespannte Arbeit im Sinne der Partei und des Volkes. Er hatte keineswegs vergessen, seine Arbeit noch mehr auf das Wohl des Volkes, des Bergdorfes, des alten Zhang und des Bruders Shuanfu zu richten. Ungeachtet aller Mängel konnte er sich keine bessere Politik als die jetzige und kein für die Menschen nützlicheres Vorgehen als das jetzige denken. Wenn der stellvertretende Minister Zhang mit dem alten Zhang ein Gespräch führen müßte, konnte er dem ganz beruhigt entgegensehen. Er nahm eine von den kratzenden Zigaretten, die ihm sein Gegenüber anbot. Etwas beschämt zog er seine »Zhonghua«-Filterzigaretten hervor. Das löste aber keinerlei Verwunderung aus, denn heutzutage hatte jeder Lehrling zwei Schachteln guter Zigaretten bei sich, wenn er unterwegs war. Das hieß den starken Mann markieren. Durch den geräumigen unteren Liegeplatz im harten Schlafwagenabteil war seine gesellschaftliche Stellung ohnehin bestimmt, da gab es keinen Zweifel. Er nahm die Einladung des aus dem Mund nach Lauch riechenden Dicken zu einem Kartenspiel an. Karten- und Schachspielen hatte er erst gelernt, als man ihm den Hut des Verräters und reaktionären Elements aufgesetzt hatte. Wie die anderen zur Untätigkeit verurteilten Reisenden studierte und durchforschte er intensiv den Fahrplan, als ob er im Anschluß an diese Reise als Auskunftsbeamter zur Eisenbahn versetzt werden sollte. Er hielt die hin und her rennenden Kinder auf, gab ihnen Bonbons zu essen und spielte mit ihnen. Eigentlich hatte er sich vorgenommen, auf der Fahrt viel zu lesen, aber kaum hatte er sein Buch aufgeschlagen, wurde er schon wieder gestört. Auch gut. Der alte Zhang hatte die gleichen Rechte wie alle anderen Menschen, so wie sie trug er keine größere Verantwortung und war deshalb auch in keinerlei Hektik. Bruder Shuanfu hatte eine Theorie aufgestellt: Alle Menschen müssen sterben – wer alles in Eile erledigt, stirbt auch schnell, wer alles ohne Hast vollbringt, läßt sich auch mit dem Sterben Zeit. Wahrlich, eine erhabene Theorie. Wenngleich der alte Zhang sorglos und frei, offenherzig und naiv war, konnte es wiederum doch sein, daß er mit dem Strom der Ereignisse dahintrieb und die Hände in den Schoß legte. Für jeden Gewinn muß man mit einem Verlust zahlen, aber dieser Preis war ziemlich hoch.

Es gab auch manch anderen winzigen, nicht erwähnenswerten, aber dennoch ziemlich lästigen Preis zu zahlen. Bei jeder Gelegenheit mußte der alte Zhang sich anstellen: am Bahnhofseingang, beim Einsteigen in den Zug – eine Schlange, beim Essen im Speisewagen – eine Schlange, vor der Toilette, beim Waschen, beim Zähneputzen – überall mußte er anstehen. Das für den alten Zhang zwangsläufig zur selbstverständlichen Gewohnheit gewordene Schlangestehen rief den Widerspruch des stellvertretenden Ministers Zhang hervor. Außerdem mußte er eine unhöfliche Behandlung über sich ergehen lassen und menschenunwürdige Bedingungen ertragen. Ein pausbäckiger Junge von fünf, sechs Jahren drängelte sich fortwährend von einem Ende des Waggons zum anderen durch und rempelte dabei alle Leute an. Der alte Zhang hielt ihn auf und reichte ihm ein Bonbon hin, bloß um ihn dazu zu bringen, etwas zu spielen. Der Junge aber schlug ihm wie ein kleiner Despot das Bonbon aus der Hand und sagte frech: »Leck mich am ...!« Diese Grobheit löste bei allen Mitreisenden dröhnendes Gelächter aus. Das Lachen war voller Anerkennung, geradeso als hätten sie eine der hingeworfenen Pointen in einem Sketch von Hou Baolin gehört. Zhang Siyuan und zum guten Teil auch dem stellvertretenden Minister Zhang schoß im selben Augenblick das Blut in den Kopf, sein Gesicht war bestimmt puterrot. Als schwarzes Element hatte er bei allen Beschimpfungen nur mit gesenktem Kopf seine Verfehlungen eingestehen können, aber als stellvertretender Minister Zhang war er außerstande, solch eine Beleidigung hinzunehmen. »Was fällt dir ein, andere Leute zu beschimpfen?« fragte er vorwurfsvoll und ein bißchen streng. Das fünf-, sechsjährige Dickerchen hob trotzig den Kopf: »Ich schimpfe eben! Ich schimpfe eben! Wart nur, ich werd's meinem Papa sagen, dann kriegst du nichts zu essen...« Ach so, sein Vater war Koch im Speisewagen. Wieder lachten die Mitreisenden schallend, und noch im Lachen kamen sie zu dem Schluß: »Ein aufgewecktes Kerlchen, so klein und hat schon begriffen, was ›Macht‹ bedeutet!«

Aber es kam noch schlimmer. Nach der Eisenbahnfahrt ging es noch zwei Tage mit dem Überlandbus weiter. Der Busfahrer behandelte die Passagiere wie eine Herde Schweine. Wenn er unterwegs anhielt, herrschte er die Leute grob und nachlässig an, ohne irgend jemanden dabei anzusehen: Pinkeln! Essen! Pause! Aussteigen! Einsteigen! Dieser Ton war einfach haarsträubend. Doch das mußte man in Kauf nehmen.

Als sie nach dem ersten Tag übernachteten, kam er zusammen mit zweiundvierzig Mann in einen großen Raum, in dem man vor Tabakdunst, Schweißgeruch und Gestank kaum atmen konnte. Sechs Leuchtstoffröhren brannten bis zum Morgen. Mitten in der Nacht kam ein Angestellter der Herberge und kontrollierte, ob sich auch niemand eingeschlichen hätte, ohne seine Übernachtungsgebühren zu bezahlen. Es war, als hätte man eine Schar Hühner aufgescheucht. Er tat die ganze Nacht kein Auge zu. Jetzt bereute er diese Reise, bereute seine Weltfremdheit. Er hätte doch auf seinen Sekretär hören sollen. Wenn das hiesige Provinzkomitee ihm ein Auto geschickt hätte, würde er für diese Zweitagesstrecke nicht mehr als einen guten halben Tag benötigen. Er war eben doch alt geworden, war nicht mehr der alte Zhang jener beiden Jahre...

Aber am nächsten Tag war er wieder recht guter Dinge. Als er in den Bus stieg, war ihm zumute, als habe er eine siegreiche Schlacht geschlagen. Er fühlte sich wie ein harter Mann, der die guten Eigenschaften des einfachen

Werktätigen nicht verloren hatte. Aber er spürte hinter seinem eigenen Lächeln im Unterbewußtsein immer noch ein nicht zu verdrängendes Gefühl der Überlegenheit. Undeutlich vernahm er eine warnende Stimme: Die Erlebnisse dieser Tage sind für den stellvertretenden Minister Zhang nichts weiter als eine Spielerei... Er runzelte die Stirn.

Ein Ereignis brachte ihn jedoch völlig aus der Fassung. Als er am zweiten Tag in einer langen Schlange nach Marken für das Mittagessen in der Raststätte anstand und fast an der Reihe war, kam auf einmal ein Riesenkerl mit langen Haaren, in Bergsteigerkleidung, etwa einsneunzig groß, auf ihn zu, schob ihn mit dem Ellenbogen ein Stück zurück und drängte sich vor. Das Problem bestand nicht darin, daß er sich dazwischengedrängt und sich nicht angestellt hatte. Es bestand darin, daß der Hüne eine ganze Weile am Schalter, wo die Essenmarken verkauft wurden, gestanden hatte und sich ausgerechnet in dem Moment dazwischendrängte, als Zhang Siyuan an der Reihe war. Es war offenkundig, daß er in Zhang Siyuan einen alten, gebrechlichen, leicht einzuschüchternden Mann sah. Das war eine eigens gegen Zhang Siyuan gerichtete Schikane und Beleidigung. »Genosse, warum stellen Sie sich nicht an?« Zhang Siyuans Stimme zitterte. Keinerlei Reaktion. »Stellen Sie sich hinten an!« stieß Zhang Siyuan mit lauter Stimme hervor und versuchte, den langen Kerl wegzuziehen. Der bewegte sich nicht vom Fleck und warf Zhang Siyuan über die Schulter einen geringschätzigen Blick zu. »Laß das blöde Gewäsch!« Er hob drohend die Faust. »Wer sagt, daß ich mich nicht angestellt habe? Genau vor dir habe ich gestanden!« – »Sagen Sie, hat er sich angestellt oder nicht?« wandte sich Zhang Siyuan an die Umstehenden. Er hatte keine Angst, er war davon überzeugt, daß dieser rücksichtslose Flegel von den Anwesenden zur Ordnung gerufen würde. Aber wer beschreibt seine Verwunderung, seinen Zorn, seine Betrübnis! Niemand sagte einen Ton, manche drehten absichtlich ihren Kopf weg. »Mir scheint, du bist es, der sich nicht angestellt hat!« Der Lange packte ihn und hätte ihn fast zu Boden geworfen. Er stieß Zhang aus der Reihe und machte Miene, ihn zu verprügeln. Kannst du dich etwa mit so einem Menschen schlagen? Wie sehr wünschte sich Zhang Siyuan in diesem Augenblick seinen Sekretär, seine Leibwache, seinen Kraftfahrer an seine Seite! Er stellte sich vor, wie der Rowdy, nachdem er seinen Rang genannt, seine Wache die Pistole gezogen und sein Sekretär telefonisch die Sicherheitsbeamten herbeigerufen hätte, voller Angst, aschfahl im Gesicht um Vergebung und Gnade gewinselt hätte und vielleicht sogar vor ihm auf die Knie gefallen wäre. Und wie wären die Umstehenden in Beifallskundgebungen ausgebrochen... Jetzt war das alles nicht möglich. Wenn er jetzt von seinen Fäusten Gebrauch machen wollte, wäre es nicht anders, als würde er mit Eiern auf Steine schlagen. Wäre ich auch so wütend geworden, wenn mir in meiner Zeit als »schwarzes Element« so etwas passiert wäre? fragte sich Zhang Siyuan, und diese Frage ließ ihn wie ein kalter Hauch erschauern.

Reisen ist beschwerlich. Zu Hause fühlt man sich immer wohl. In der Fremde wird einem jeder Tag zur Last. Zum einfachen Volk zu gehören ist keine leichte Sache, ebenso wie es durchaus nicht leicht ist, ein »hoher Funktionär« zu sein. In dieser Geschichte sollte es nicht darum gehen, ob sich Meister Zhuang im Traum als Schmetterling oder der Schmetterling als Meister Zhuang sieht, sondern vielmehr darum, ob sich ein Zugochse im Traum als Traktor oder der Traktor als Zugochse sieht. Es kommt im Leben gewiß selten vor, daß man wie im Taumel dahinschwebt.

Als er gerade sechs Jahre alt war, war sein Vater mit ihm vor einigen Banditen geflohen, und sie hatten im Viehstall eines Fuhrgeschäftes übernachtet. Mit sechzig Jahren erinnerte er sich noch immer an das mahlende Geräusch der fressenden Pferde in der stillen Nacht und an die Kälte, die ihnen in alle Glieder kroch. Das war einer der tiefsten Eindrücke aus seiner Kindheit.

In der Zeit des antijapanischen Krieges hatten sie oft hinter dem grünen Vorhang hohen Getreides geschlafen. In den Sommernächten konnten sie im Maisfeld ein Knistern hören. Die Bauern sagten: Der Mais schießt. Es war eine nicht zu unterdrückende Kraft des Lebens und Wachsens, eine Kraft, die aus dem Schlamm, dem Regen und der Luft kam. Auf den langen Märschen konnte es sogar passieren, daß man mitten im Laufen einnickte und, wenn vorne Halt befohlen wurde, der Hintere mit dem Kopf gegen den Rücken des Vordermannes stieß.

Nichts war leichter, als herumzunörgeln. Zur Nörgelei bedurfte es keiner Ausbildung, außerdem war es modern. Ende der siebziger Jahre schienen einige Chinesen zu glauben, ohne Nörgelei ginge die Welt nicht weiter. Auf dieser Reise begegneten ihm auf Schritt und Tritt Dinge, die zur Beschwerde Anlaß boten. Leider war er kein Schriftsteller, sonst hätte ihm allein der Schmutz in der Raststätte und in der Herberge genügend Stoff für einen ausführlichen Artikel gegeben. Hätte er dann noch ein bißchen Handlung mit zwei Personen, ein bißchen Gefühl und ein paar bissige Bemerkungen eingeflochten, so hätte es ein mutig die Mißstände enthüllender Roman werden können. Vielleicht wäre er sogar noch »groß herausgekommen«, Mitglied des Schriftstellerverbandes und ein anmaßender, ständig Schmähreden führender, allen überlegener, fehlerfreier Held geworden. In einem Artikel über eine Raststätte zu schimpfen war freilich viel leichter und angenehmer, als eine Raststätte ordentlich zu führen. Aber welche Probleme würden damit schließlich gelöst? Sollten wir unsere Jahre, unser Leben etwa mit Nörgeleien und Wehklagen vertun? Wieviel Fen war denn die Beschwerde eines Menschen wert, der seine eigene Verantwortung nicht wahrnahm und das Gefühl der Mitverantwortlichkeit als Bürger verloren hatte? Er hatte in einer Ansprache vor Leitungskadern des Ministeriums einmal solch eine Empfehlung gegeben: Ich schlage vor, den Acht-Stunden-Arbeitstag abzuändern in vier Stunden Nörgelzeit und vier Stunden Arbeitszeit. In den ersten vier Stunden sollten alle gemeinsam ihrem Unmut freien Lauf lassen, meinetwegen auch mit den Füßen ausstoßen. Wenn wir damit fertig sind, sollte kein nörgelndes Wort mehr über unsere Lippen kommen, und jeder sollte sich voller Hingabe seiner Arbeit widmen. Für manche nachlässigen Dienststellen wäre so ein Vier-Stunden-Arbeitstag vielleicht effektiver als der Acht-Stunden-Tag. Natürlich war das in der Erregung gesagt worden. So verflog allmählich sein Unmut. Er dachte über seine Verantwortung und die Verantwortung eines jeden Menschen nach. Ungeachtet aller Grobheit und aller Not fuhr der Zug vorwärts, ging die Busfahrt weiter, und das Rollen der Räder brachte ihn und seine Reisegefährten zu immer neuen Orten, immer näher an ihr Ziel. Gerade unterwegs heißt Bewegung der Zeit zugleich Bewegung des Raumes. Der Lauf der Zeit nimmt Gestalt an und wird zu einer greifbaren Kraft, die den Menschen vorwärts drängt.

Am Ziel, am Ziel, tatsächlich am Ziel! Die Ankunftsfreude ist die schönste Entschädigung für die Strapazen der Reise, so wie der Erfolg der Lohn für jeden harten Kampf ist. Noch über einen Berg, noch vorbei an den zwei runden, so wenig irdischen Felsblöcken, die riesigen Mühlsteinen glichen – und da war schon die Bushaltestelle des Bergdorfes. Die Alteingesessenen sagten, diese beiden Steine habe der Geist »Erlang«, als er mit ihnen beladen die Sonne verfolgte, hier abgeworfen. Niemand wußte, wie lange diese Steine schon hier lagen und wie lange sie noch hier liegen würden. Jedenfalls hatten sie sich in den vier Jahren seit Zhang Siyuans Abreise kein bißchen verändert. In ihrer Unvergänglichkeit so ruhig und gelassen wie eh und je, begrüßten sie den von weit her gekommenen Zhang Siyuan. Die Gebärde, mit der sie ihn willkommen hießen, war ganz genau dieselbe wie in jenen Jahren, da Zhang Siyuan von einer Erledigung, vom Einkaufen oder von einem Arztbesuch aus dem Nachbardorf zurückkehrte.

Es war, als ob Zhang Siyuan nie weggefahren, nie so etwas wie ein Parteisekretär oder stellvertretender Minister geworden wäre. Als der Bus anhielt, erblickte er gleichzeitig Dongdong und die Hochspannungsleitung über seinem Kopf. Dongdong erschien ihm noch größer und breiter in den Schultern. Er war schon vor geraumer Zeit als Grundschullehrer in die Kreisstadt versetzt worden. Sie hatten brieflich vereinbart, daß Dongdong seinen Vater hier abholen würde. »Habt ihr Strom?« fragte Zhang Siyuan. Das waren seine ersten Worte, nachdem er ausgestiegen war. Strom haben wir, und wir sind nun dabei, die Petroleumlampen durch Glühbirnen, die Steinwalzen durch Elektromühlen zu ersetzen und die Getreide- und Baumwollverarbeitungsbetriebe mit elektrischen Baumwollauflockerern, Dreschmaschinen, Ölpressen, Reisschälmaschinen und Zerkleinerungsmaschinen auszurüsten... Das war Dongdongs Antwort.

Nach wenigen Schritten kamen Vater und Sohn zu dem alten Aprikosenbaum. Noch immer floß aus diesem alten Baum soviel Harz, was an die Tränen eines rührseligen alten Mannes erinnerte und dem Herzen weh tat. Die Farbe und Menge des Harzes, die Stelle, aus der es floß, und die Form, die es annahm, alles war genau wie vor vier Jahren. Gestern noch hatte der alte Zhang unter diesem Baum seinen Pfeifentabak geraucht. Der Vater gab dem Sohn eine Filter-Zhonghua. Der Sohn nahm sie und verzog dabei ein wenig den Mund.

Bei dem Aprikosenbaum war eine Quelle. Um sie rein zu halten, hatte man sie mit zwei dunklen Steinplatten abgedeckt. »Trübst du der Quelle klaren Born, bist du kein gutes Mädchen.« Das war eine Zeile aus einem Lied des polnischen Folklore-, Tanz- und Gesangsensembles Mazowsze. Haiyun hatte dieses Lied immer besonders gern gesungen. Die Strahlen der Frühwintersonne wärmten sie angenehm. Es war ein windgeschützter Platz. Da, in dem Unkraut an der Quelle, zeigten sich inmitten der gelben Blätter noch einmal die Spitzen jungen Grüns. Der Sonnenschein, die Windstille, waren sie nicht wie an einem Sonnentag zu Beginn des Frühlings? Konnten denn die frisch ausgetriebenen winzigen Grashälmchen wissen, daß gar kein strahlender Frühling sie erwartete? Er schob die Steinplatten beiseite, schöpfte mit den Händen das klare Quellwasser und trank einige Schluck. Es war immer noch genauso frisch und erquickend.

Als er den Kopf hob, erblickte er den ersten Einheimischen, der ihm bei dieser Rückkehr begegnete. Es war ein Schneider, ein Mann, mit dem er in seiner Dorfzeit nur ganz selten ein Wort gewechselt hatte. Eine altmodische, runde Lesebrille, die wohl eine ebenso lange Geschichte hatte wie die beiden Riesensteine. Der Schneider erkannte ihn jedoch auf den ersten Blick, so wie er auch den Schneider sofort erkannt hatte. Ist das nicht der Parteisekretär Zhang? Was hat Sie denn wieder in unsere Wildnis verschlagen? Geben Sie doch her, ich trage Ihre Tasche. Ja, ja, ja, uns allen geht es gut unter der weisen Führung des Zentralkomitees der Partei. Sind Sie zur Inspektion hierhergekommen oder um praktische Erfahrungen zu sammeln? Was für ein außerordentlicher Ansporn für unsere Bevölkerung im Bergdistrikt, welch außerordentliche Fürsorge... Heute wie damals Beamtenjargon, Unterwürfigkeit gegenüber Höhergestellten – wie traurig!

Glücklicherweise war der erste auch der einzige aus dem Bergdorf, der sein Verhalten ihm gegenüber verändert hatte. Bruder Shuanfu begegnete ihm ganz anders. »Zhang!« rief der alte Yuan mit schallender Stimme. Er nannte die Leute gewöhnlich nur bei ihrem Familiennamen. Diese Gewohnheit wirkte etwas fremdländisch. Seiner Frau liefen gleich die Tränen über das Gesicht, als sie Zhang Siyuan erblickte. Das hätten wir uns wirklich nicht träumen lassen, daß du noch mal hierherkommst! Wir hätten nicht geglaubt, daß Großmutter dich in ihrem Leben noch einmal wiedersehen würde! Wir hätten wirklich nie gedacht, daß unser Leben in den zwei Jahren mit einmal soviel besser werden könnte! Jetzt halten wir drei Schweine und fünf Ziegen und dazu noch fünfzehn Hühner. Erst waren es fünfundzwanzig, da hatten wir zwei Hähne, die gingen jeden Tag aufeinander los und hackten sich die Kämme blutig. Da blieb uns nichts anderes übrig, als den Schwächeren zu schlachten. Wer hatte ihn auch geheißen, sich unterkriegen zu lassen? Neun Hennen gingen an der Hühnerpest ein, die hatten wir später gekauft. Die ersten vierzehn hat Doktor Qiuwen alle geimpft. Mit einem Federhalter hat sie den Impfstoff in die Flügel eingeritzt. Doktor Qiuwen behandelt auch die kranken Hühner und Schweine, obwohl wir in der Kommune eine Veterinärstation haben. Sie zahlen uns jetzt auch mehr für unser Getreide. Die Ankaufpreise für Walnüsse, Aprikosenkerne, Datteln und Bienenhonig sind ganz schön erhöht worden. Wir haben elektrisches Licht und hören Rundfunk über Lautsprecher. Nur die von der Ankaufstelle stufen das Getreide immer noch in die schlechtere Qualität ein, und es scheint ihnen gegen den Strich zu gehen, wenn die Bauern mehr Geld kriegen. Strom haben wir, aber er wird oft abgeschaltet, so daß wir die Petroleumlampen noch nicht beiseite räumen können. Allerdings haben sie uns auch die Petroleumlieferungen gekürzt. Am Jahresende haben wir über vierhundert Yuan ausgezahlt bekommen, da haben wir uns einen Satz von vierundzwanzig bemalten Porzellanschalen gekauft. Du bist jetzt ein hohes Tier geworden? Bist du zufrieden? Bist du jetzt in Peking? Bestimmt hast du die führenden Leute vom Zentralkomitee schon mal gesehen? Aber wieso kommen die Funktionäre eigentlich nicht mehr nach unten? Früher kam jeden Winter jemand. Und wenn auch manchmal wild drauflos reguliert wurde, vermissen wir diese Funktionäre doch. Sie sollen ruhig kommen und uns Leuten in den Bergen erzählen, welche neuen Größen in der Welt aufgetaucht sind und was es sonst Neues gibt.

Aus den fünfzehn Hühnern wurden im Handumdrehen dreizehn. Die Gewandtheit, mit der die schmächtige alte Frau von fast siebzig Jahren die Hühner einfing, stand der einer Volleyballspielerin nicht nach. Sie sprang dem schon aufflatternden Huhn nach, packte es und brachte es ins Haus. Dann flogen die Federn in die Luft und das Hühnerfleisch aufs Hackbrett. Zischend brutzelten die Fleischstückchen im Öl. Die Dampfbrote aus Weizenmehl kamen in den Dämpfkorb und wieder heraus. Und schließlich wurden noch Knoblauchsprößlinge, Augenbohnen und Auberginen, die im Sommer und Herbst an der Luft getrocknet worden waren, sowie gepökeltes Schweinefleisch herbeigebracht. Das Essen war noch nicht gar, da war das Haus schon voller Leute. Fünf der anwesenden Familien luden Zhang Siyuan gleich an diesem Tag noch zu einem Willkommensschmaus ein und wollten keine Ablehnung gelten lassen. Zhang Siyuan nickte bei jedem mit dem Kopf, nur die Zeit mußte so festgelegt werden, daß es keine Überschneidungen gab. Er bedauerte einmal mehr, daß er seinen Sekretär und seinen Tischkalender nicht mitgebracht hatte. So blieb ihm nichts anderes übrig, als die komplizierte Arbeit der Planung seines Tagesablaufs einstweilen Dongdong zu übertragen.

Wie schön, wie wunderbar! Es war, als ob er das Bergdorf nie verlassen hätte. Der altvertraute Dialekt, das gleiche heimatliche Gefühl, die unveränderte Zuneigung! Er konnte genau wie früher in jedes Haus eintreten, in jeder Familie zu den Eßstäbchen greifen, sich auf jedem Kang zur Ruhe legen! Sogar die alten Hunde hatten ihn nicht vergessen und kamen schwanzwedelnd zu ihm gelaufen. Sie sprangen an seinen Beinen hoch, und aus ihren feuchten Hundeschnauzen kamen übermütige Töne. Er bedauerte aufrichtig, daß er zwar an einige Mitbringsel, wie Süßigkeiten, Kugelschreiber, kleine Farbdrucke für seine alten Bekannten, nicht aber an ein paar Knochen für diese anhänglichen Tiere gedacht hatte. So warf er ihnen lediglich ein paar saure Fruchtbonbons zu, aber es war wohl doch sinnlos, ihnen so etwas anzubieten. Ein gelber Hund erkannte ihn nicht und bellte wie rasend. Sicher war er in der Zeit seiner Abwesenheit zur Welt gekommen und herangewachsen. Er wurde von seinem Besitzer scharf zurechtgewiesen: »Was ist denn mit dir los? Willst sogar unsere eigenen Leute, unseren alten Zhang beißen? Du bist wohl lebensmüde?« Er schimpfte auf ihn ein, bis der Hund den Schwanz einzog und demütig und verdrießlich zur Seite schlich, wo er sich einer eingehenden Prüfung unterzog, um festzustellen, warum er sich eines so schweren Vergehens schuldig gemacht hatte. Er wollte doch nur pflichtgetreu seinen Dienst versehen und dafür eine Belohnung erhalten.

Obwohl ihn auch etliche im Dorf nach seinem Rang fragten und teils vor Staunen erstarrten, teils in Begeisterung ausbrachen, aber einhellig seinen Aufstieg als eine gute, erfreuliche Sache begrüßten, gab es keinen, der ihn wie einen »Höhergestellten« behandelte. Er zog seine Sprache nicht in die Länge und machte auch nicht so viele Worte. Er trat nicht selbstgefällig auf und ging nicht mit den Händen auf dem Rücken auf und ab. Er brauchte nicht vorher jedes Wort abzuwägen und auch nicht hinterher nachzugrübeln, ob er etwas Unpassendes gesagt hatte. Ohne die Bürde des Amtes fühlte man sich federleicht, gewinnt man die Herzen der Menschen! Ohne Gleichberechtigung gibt es keine Freundschaft, so wie es ohne Erde kein Getreide, ohne Walnußbaum keine Walnüsse gibt. Und die Datteln in den Bergen – jede einzelne Frucht erinnerte Zhang Siyuan an seine ferne, versunkene, köstliche Kindheit.

Als er ein kleiner Junge und noch nicht Zhang Siyuan

und natürlich erst recht nicht Lehrer Zhang, Instrukteur Zhang oder Parteisekretär Zhang, sondern einfach nur Stein genannt wurde oder Steinchen, wie ihn seine Mutter rief, da wuchs in ihrem Hof auch ein Dattelbaum. War das ein Feiertag, wenn die Datteln abgeschlagen wurden, ein durch nichts zu überbietendes Freudenfest in seinen Kinderjahren! Mit lautem Krachen schlugen die Bambusstangen ins Geäst, prasselnd fielen die Datteln herab. Viele gute und weniger gute Freunde kamen herbei, schlugen sich den Bauch voll, sammelten auf, füllten die Körbe, suchten weiter und machten dabei einen Höllenlärm. Einige Datteln rollten in den Graben, ins hohe Gras, unter die Backsteinplatten. Aber gerade diejenigen, die sich verstecken wollten, waren die süßesten, prallsten und garantiert nicht wurmstichigen Datteln. Die Entdeckung einer jeden solchen listigen Dattel löste bei ihm selbst und bei seinen Gefährten großen Jubel aus. Sogar die Erde war süß und der Wind würzig. Dieser kindliche Trubel, diese lärmende Kinderzeit! Diese fröhliche Kindheit mit den Gesichtern voller Schmutz und Schweiß, mit laufenden Nasen und tränenüberströmten, von Dattelschalen verklebten Bäckchen! Vielleicht war die Sehnsucht nach Gleichheit, Natürlichkeit, Freundschaft und nach gesellschaftlichem Reichtum, der wie der Dattelregen auf die Erde herabströmt, war die Sehnsucht nach einem Leben in Gerechtigkeit und Überfluß für alle in den Herzen dieser lärmenden kleinen Dattelsammler vergraben? Vielleicht kam das Lebenswerk und die Kraft der Lehren von Marx, Engels und Liebknecht, von Lenin, Stalin und Swerdlow, von Mao Zedong, Zhou Enlai, Liu Shaoqi und Zhu De aus der Tiefe der Herzen dieser lärmenden kleinen Dattelsucher?

Nun war der an Bart und Haar ergraute Zhang Siyuan,

der hochgestellte stellvertretende Minister Zhang, wieder in diesen seiner Kindheit so ähnlichen Trubel zurückgekehrt. Am ersten Tag seines Besuches wurde er, wohin er auch ging, von alt und jung umringt und mit einem Schwall von Fragen, Scherzen, Glückwünschen und Erzählungen überschüttet. Alle unsere Erwartungen, Versprechungen, Schulden und Unredlichkeiten müssen eines Tages eingelöst werden. Zu guter Letzt haben wir einiges begriffen. Landsleute, blutrote süße Datteln regnet es überall!

Am ersten Tag fand er keine Zeit für ein Gespräch mit Dongdong und Qiuwen. Auch Qiuwens Stimme floß ein in das lebhafte Stimmengewirr, das dem Jubel der Kinder bei der Dattelernte glich. Wenn er Qiuwens Blick begegnete, die mitten in der Menge stand, war er erregt, erwartungsvoll und froh wie ein Kind. Was ihn da anblickte, das war eine solche jeden Trübsinn durchdringende Helligkeit, wie er sie in seinem ganzen Leben noch nicht gesehen hatte. Das war so eine Zufriedenheit, wie sie beim Anblick der krakeelenden Kleinen auf den Gesichtern der größeren Kinder lag, die die Verantwortung für das Dattelschlagen trugen. Das war die tiefe Stille des durch die kahlen Dattelbäume scheinenden Mondlichtes. Ihn überlief ein leichter Schauer.

Die Nacht schlief er mit seinem Sohn bei einem alten Bauern. Das Fleisch, der Alkohol, der Lärm und die sentimentale Stimmung beherrschten ihn an diesem Abend. In seinen Träumen sah er dann sein ganzes Leben in gedrängten Bildern aus seiner neunundfünfzigjährigen Lebensgeschichte an sich vorüberziehen. Die Prügelei zwischen dem Hütejungen und dem Sohn des Gutsbesitzers. Das Wohlwollen des in einen langen Wattemantel gehüllten Dorfschullehrers. Einmarschierende Truppen, die das Lied von den »Drei Hauptregeln der Disziplin und acht Punkten zur Beachtung« sangen. Der Kugelhalter, der Wurf der ersten Handgranate, die er vergessen hatte abzuziehen. Der Schwur mit erhobener Hand unter der roten Fahne. Er hatte keine Angst vorm Sterben, er war bereit, sein Leben zu opfern. Er war fest davon überzeugt, daß danach die roten Datteln des Glücks auf jedem Teller liegen würden.

Sommer. Eine blendendweiße kurzärmlige Bluse. Ein blauer Rock mit zwei breiten Trägern. 4583 – die Telefonnummer ihrer Schule. Nach dem Drehen der Nummernscheibe im Hörer eine schüchterne Stimme. Der Gesprächspartner am anderen Ende der Leitung wußte, ohne zu fragen, wer der Anrufer war. Für einen Moment tauchte vor seinen Augen eine weiße Gestalt auf. Wie denn, war sie auch hier in den Bergen? In welcher Kommune, in welcher Großbrigade, in welchem Dorf? Dann waren diese Nachrichten also falsch, dann lebst du noch. Bleib hier, stirb nicht, laß uns noch einmal miteinander reden. Wieso hast du die Mitteilung über deine Rehabilitierung nicht bekommen? 4583, wieso nimmt niemand ab? Krach, nun ist der Apparat kaputt. Weinen – bin ich es, der weint? Sträfling, Freiheit, ein SIM rollt durch die Wangfujing-Straße. Fahrt im Schlafwagen erster Klasse auf der Strecke Peking–Wuhan. Flug mit der Boeing zwischen blauem Himmel und weißen Wolken. Oben der Himmel – blauer als ein Saphir, unten die Wolken – weißer als Schnee. Noch ein Triebwerk abgeschaltet. Dattelregen. Kugelhagel. Es regnet Flugblätter. Ein Wald von Fäusten. Horchen Sie bitte mein Herz ab. Geben Sie mir bitte das Röhrchen mit den weißen Tabletten. Geben Sie mir bitte die Spritze. Ja, der Bericht liegt im Entwurf vor, morgen wird er zur Stellungnahme verschickt.

Geht das denn? Ist das unmöglich? Immer wieder führte er sich vor Augen, daß die Jahre der Leidenschaft und der Träume längst vorüber waren. Aber gingen denn die mit dem Leben gekommenen Träume und Leidenschaften nicht erst mit dem Leben wieder? Wenn all das Wirklichkeit werden sollte... waren nicht gerade diese immer wieder aufs neue entstehenden Vorstellungen die Fackeln, die ihm seinen Weg voran gewiesen hatten? Bevor er hierhergekommen war, hatte er noch einige Bedenken, war unentschlossen und unruhig gewesen. Es war ihm etwas schwergefallen, sich von seiner kunststofftapezierten Vierzimmerwohnung im Ministerium loszureißen. Er hatte sich dessen geschämt. Und nun war Zhang Siyuan doch hier! Zhang Siyuan hatte sich nicht verändert. Zhang Siyuan war einer aus den Bergen, Zhang Siyuan war er selbst. Was? Es ist soweit? Ich komme sofort. Die nicht enden wollenden Sitzungen, selbst im Traum hörten sie nicht auf. Genossen! Die Lage ist ausgezeichnet. Wir brauchen Stabilität und Einheit. Wir müssen Reformen durchführen, müssen unsere Truppen reduzieren und die Verwaltung vereinfachen. Auch mit der Erscheinung, daß wir mehr Offiziere als Soldaten haben, muß Schluß gemacht werden.

Der Abstand

Auch das Wetter begrüßte Zhang Siyuan bei seiner Wiederkehr. Ein herrlicher Tag folgte dem anderen. Die Menschen, die Berge, die Bäume und die Luft, alles atmete Ruhe und Gelassenheit. Dongdong begleitete den Vater auf seinen Spaziergängen über Terrassenfelder und Berghänge, durch Obst- und Gemüsegärten. Edle Persimonen, prächtige Walnüsse, seltsamer Blütenpfeffer, hübscher Weißdorn, auserlesene Pfirsiche und Pflaumen, schlichte Äpfel... alles war inzwischen gut gediehen. Sie zwängten sich zwischen dornigen wilden Dattelsträuchern hindurch, umgingen die Felsspalten, in die die Dachsjäger hinunterstiegen, und kamen zu einer Schonung. Die von ihnen hier vor fünf Jahren in strömendem Regen ausgepflanzten Kiefern- und Lärchensprößlinge gingen ihnen schon bis über die Knie. Die eigenhändig (an jenem Tage war er über und über mit Lehm bespritzt gewesen) von ihm gepflanzten Kiefern würden nun für lange Zeit hier wachsen und gedeihen und nach dieser und der nächsten und manch weiterer Menschengeneration noch immer im üppigen Grün mit ihren ausladenden Ästen diesem Berghang Schatten spenden. Das gab ihm ein tiefes Glücksgefühl.

Aber er und Dongdong fanden keine gemeinsame Sprache. Dongdong war ihm gegenüber besonders rücksichtsvoll und besorgt. Sie müssen sich abhärten. Wenn man eine Ruhepause braucht, soll man sie sich auch gönnen. Am besten, Sie fahren jeden Sommer ans Meer. Dongdong war wirklich erwachsen geworden und hatte begriffen, wie sehr er ihn verletzt hatte. Komm mit nach Peking, du hast genügend Gründe... Laß uns zusammenleben, ich werde von Tag zu Tag älter. Mit unerwarteter Entschiedenheit antwortete Dongdong: Nein. Warum? Es gibt kein Warum, ich möchte einfach nicht als Sohn eines hohen Funktionärs leben. Was soll das heißen? Darf man als »hoher Funktionär« keine eigenen Kinder haben? Wir haben für die Revolution, für das Volk unser Leben und unser Blut nicht geschont. Zhang Siyuan war leicht erregt, Dongdong hingegen ganz gelassen. Vielleicht waren Sie eine hehre Generation, aber schließlich und endlich müssen Sie den Tatsachen ins Auge sehen. Die öffentliche Meinung über die Kinder hoher Funktionäre ist nicht gerade schmeichelhaft. Gedulden Sie sich. Wir möchten auch eine hehre Generation und, wie Sie, Forscher, Bahnbrecher und Pioniere werden, die vor keiner noch so großen Schwierigkeit zurückschrecken. Aber wir sollen und dürfen bloß die Bewahrer und Fortsetzer Ihres Werkes sein. Sie erlauben uns lediglich, an Ihren Platz zu rücken, und fordern, daß wir in Ihre Fußstapfen treten. Nein, daraus wird nichts. Ich bin schon siebenundzwanzig Jahre alt, von Geburt an wurde nur an uns herumerzogen. Hört auf die Eltern, hört auf den Lehrer, hört auf den Gruppensekretär, hört auf die armen Bauern und die unteren Mittelbauern, hört auf irgendeinen fettärschigen Beamten. Jetzt müssen wir uns selbst erziehen, müssen selbst überlegen, was wir sagen wollen.

Was du sagst, ist einseitig und hohl. Wozu diese großspurigen Reden? Hat China noch nicht genug unter allen möglichen Großsprechereien gelitten? Es ist die Politik der Partei und nicht eure Prahlerei – eine andere Form der falschen, großen, leeren Worte –, die den Bauern Nutzen bringt. Du lebst nicht in einem Vakuum, China existiert nicht in einem Vakuum, die Geschichte verläuft nicht in einem Vakuum. Ihr könnt nicht wieder beim Feuerbohrer anfangen. Ihr versteht weder die Lage in unserem Land noch die Geschichte. Mit euren oberflächlichen Ansichten könnt ihr nur dem Land und euch selbst Schaden zufügen, euch blutige Köpfe holen. Die Menschheitsgeschichte ist ein ununterbrochener Prozeß, die Revolution eine Sache von mehreren Generationen. Wachablösung heißt doch keineswegs, krampfhaft am Althergebrachten festzuhalten. Die Diskussion über die Kriterien der Wahrheit hat den Weg frei gemacht für Entwicklung, Neuschöpfungen und Durchbrüche. Was China braucht, ist gründliche Arbeit und nicht maßlose Selbstüberschätzung. Man lernt, solange man lebt, auch ich empfinde immer, daß ich noch Erziehung brauche...

Dongdong entdeckte plötzlich an einem Weißdornbaum fünf leuchtendrote Früchte, die nicht abgepflückt worden waren. Er versuchte, diese Überlebenden mit Steinwürfen herunterzuholen. An den Erklärungen seines Vaters hatte er keinerlei Interesse. Zum Schluß sagte er:

»Morgen fahre ich zurück in die Kreisstadt. Wir können uns dort noch mal unterhalten. Seien Sie bitte nicht böse, mir steht momentan nicht mehr der Sinn danach, mit Ihnen zusammenzusein. Einer der Gründe dafür ist, daß Sie mich mit aller Gewalt erziehen wollen. Als Mutter noch lebte, war es ganz anders. Sie hat neun Zehntel ihrer Kraft darauf verwendet, mich zu umsorgen, und nur ein Zehntel, mich zu belehren. Was konnte man da machen? Sie war ein schwacher Mensch, Sie dagegen sind stark. Lieber schlage ich mir den Schädel blutig, als daß ich mich von Ihnen abhängig mache. Aber ich kann Sie ja besuchen. Vielleicht komme ich schon in diesen Sommerferien... reicht das nicht?«

Zhang Siyuan schwieg. Er wandte sich ab und richtete seinen Blick starr auf die jungen Kiefern, die am gegenüberliegenden Hang wuchsen. Schweigend steckte er die beiden sauren Früchte, die ihm Dongdong gegeben hatte, in den Mund. Die Abendsonne beschien die kleinen Kiefern. Sie warfen lange Schatten, die viel größer waren als sie selbst.

Schon 1977 hatte Zhang Siyuan erfahren, daß Qiuwens ehemaliger Mann im Umerziehungslager gestorben war. Er hatte Qiuwen einen teilnahmsvollen Brief geschrieben. Wegen jener besonderen »Scheidung«, deren nähere Umstände nicht bekannt waren, brachte er es nicht fertig, ihr direkt sein Beileid auszusprechen. Er erkundigte sich nur besorgt nach ihren Lebensumständen und berichtete auch einiges von seinen Sorgen auf der Arbeit, im Alltag und mit der Gesundheit. Und er äußerte den Gedanken, daß man sich von diesen Sorgen nicht erdrücken lassen dürfe, sondern im Gegenteil diese Sorgen verscheuchen und unter Einsatz seiner ganzen Kraft unbeugsam weiterschreiten müsse.

Er hatte keine Antwort bekommen. Das war sein dritter Brief an Qiuwen. Den ersten hatte er ihr geschickt, als er gerade wieder ins Stadtparteikomitee zurückgekommen war. Er hatte ihn in einen Brief an Dongdong gesteckt und nur wenige Zeilen geschrieben: »Ich denke oft an die unvergeßlichen Tage im Bergdorf. Ich bin Ihnen überaus dankbar für die medizinische und sonstige Hilfe, die Sie mir erwiesen haben. Noch mehr danke ich Ihnen dafür, daß Sie sich um Dongdong kümmern. Ich wünsche Ihnen und Ihrer Tochter alles Gute.« Auch auf diesen Brief hatte er keine Antwort erhalten. Nur Dongdong schrieb: »Tante Qiuwen läßt grüßen.«

Den zweiten Brief sandte er ihr im Frühjahr 1976. In der Tragikomödie des »Gegenangriffs gegen die rechte Urteilsrevision« wollte man Zhang Siyuan zwingen, wieder die Rolle eines Verbrechers zu spielen. Die Atmosphäre war äußerst angespannt, auch die Briefe mußten mit großer Vorsicht abgefaßt werden. Die Antwort kam sofort. Sie war in lauter Phrasen gekleidet, wie man sie in

Leitartikeln finden konnte. »Laßt uns fest daran glauben, daß die revolutionäre Linie des Vorsitzenden Mao den endgültigen Sieg erringen wird!« – »Die hiesigen armen Bauern und unteren Mittelbauern wären jederzeit bereit, Sie zur erneuten Stählung in der Arbeit und zur weltanschaulichen Umerziehung bei sich aufzunehmen.« – »Ein Materialist kennt keine Furcht, die Philosophie der Kommunistischen Partei ist eine kämpferische Philosophie.« Zhang Siyuan verstand den Sinn dieser Worte sehr wohl. Sobald er an Qiuwen, Dongdong und das Bergdorf dachte, war sein Herz dort bei ihnen.

Seit 1977 trug er sich mit dem Gedanken, Qiuwen noch einmal aufzusuchen, um zu sehen, ob es nicht möglich wäre, ihrer beider Leben zu ändern und gemeinsam zu leben. Qiuwen war ihm als ein etwas eigenartiger Mensch begegnet, fest wie eine Kiefer und zugleich biegsam wie eine Weide. In den fünf Jahren im Bergdorf war sie sicher stärker als er gewesen und hatte mehr Energie gehabt. Außerdem gab es, nachdem er eindeutig und entschieden erklärt hatte, daß er nicht die Absicht habe, die Beziehung zu Meilan wiederaufzunehmen, wirklich zu viele Leute, die sich um seine »Lebensfragen« und »persönlichen Angelegenheiten« kümmerten. Viele alte Kampfgefährten und insbesondere deren Ehefrauen drückten ihm Fotos in die Hand, bis es ihm zuviel wurde. Eines Tages verkündete er einfach, daß er selbst jemand gefunden habe, und zwar in jenem Bergdorf, in dem er von seiner Hände Arbeit gelebt hatte. Er würde selbst hinfahren und sie holen, es brauche sich niemand mehr darum zu bemühen. Man brachte ihm keine Fotos mehr. Die etwas skeptischen guten Leute fragten ihn nun, sobald sie seiner ansichtig wurden: »Wann?«, als erinnerten sie ihn an eine alte Schuld, die er endlich begleichen solle.

»Vielleicht dürfte ich nach unseren chinesischen Gepflogenheiten schon lange nicht mehr von solchen Dingen reden. Vielleicht verstimmt dich das, was ich sagen will. Aber ich trage es schon viele Jahre mit mir herum. Ganz am Anfang, als ich die Lungenentzündung hatte und noch nicht so alt war, gabst du mir Kraft, Ruhe und Mut. Nur wegen... habe ich dieses Gefühl in meinem Herzen unterdrückt.«

»Ich danke Ihnen.« Qiuwen sagte das aufrichtig, aber mit einem ironischen Lächeln um den Mund.

»Ich habe noch nie eine Frau wie dich kennengelernt. Du bist kristallklar und zugleich freundlich, heftig und zugleich warmherzig, sowohl...«

»So gesehen bin ich wohl auch von edler Gestalt und vollendeter Schönheit, wie es alle paar hundert Jahre nur einmal vorkommt?«

»Mach dich bitte nicht über mich lustig«, Zhang Siyuans Stimme klang etwas betrübt, »außerdem habe ich das Gefühl, daß du mich verstehst und vielleicht sogar gern hast.«

Qiuwen machte eine Bewegung, um Zhang Siyuans Blick auszuweichen.

»Ich habe mit vielen Schwierigkeiten zu kämpfen. Ich bin ins Joch gespannt, muß mich ins Geschirr legen und manchmal auch noch den Karren lenken. Stoße ich auf Probleme, denke ich oft, wenn du an meiner Seite wärst, wenn du mein Berater, mein Rückhalt, mein... was auch immer sein könntest, dann wäre meine Arbeit, mein ganzes Leben um vieles leichter. – Ich bin diesmal nur deinetwegen hierhergekommen. Du mußt es erraten haben. Komm mit mir. Wenn du da bist, kannst du dir selbst deine Arbeitsstelle aussuchen. Und deine Tochter kommt natürlich mit uns...«

»Wieso uns?« sagte Qiuwen in schroffem Ton. »Warum sollte ich dein Berater werden? Warum sollte ich meine Arbeit hinwerfen, meinen Platz, mein Leben, meine Nachbarn und Freunde im Dorf aufgeben, um mit Ihnen zu gehen und Ministergattin zu werden? – Sehen Sie, Sie denken nur an sich! Leute in hohen Ämtern glauben immer, sie seien wichtiger als andere Menschen, ist es nicht so? Sie haben nicht eine Sekunde daran gedacht, daß Sie Peking verlassen und Ihre Funktion aufgeben könnten, um zu mir zu kommen und mein Berater, mein Rückhalt, mein Kamerad zu werden. Nicht wahr?«

»Diesen Vorschlag könnte man auch in Erwägung ziehen.«

»Könnte man in Erwägung ziehen? Funktionärsjargon! Verzeihung. Allein meine jetzige Reaktion beweist schon, daß ich keineswegs so vollkommen bin, wie Sie denken. Ihre Arbeit ist natürlich hundertmal, tausendmal wichtiger als meine. Sie können sie nicht im Stich lassen. Ich unterschätze Sie und Ihre Amtskollegen. Sie sind die Elite und die Hoffnung unseres Landes. Sie haben zu viel Zeit verloren. Ich bin überzeugt, daß Sie es schaffen, sie wieder aufzuholen. Ich wünsche Ihnen Erfolg. Ich möchte Ihnen die Hände reichen. Aber ich kann nicht mitkommen. Ich habe mich an die Wildnis gewöhnt. Das Leben einer Ministergattin würde mich ersticken. In so einer Umgebung ist kein Platz für mich.«

»Und hier? Willst du dein Leben hier beschließen? Hast du etwa keinen Abstand zu diesem Milieu hier?«

»Die Verbundenheit überwiegt. Deswegen achte ich Sie. Sie bringen es fertig, sowohl als stellvertretender Minister zu arbeiten als auch mit uns gemeinsam im Bergdorf zu leben. Dennoch hängen Sie dem Hirngespinst nach, auch mich von hier wegzuholen. Aber meine Anpassungsfähigkeit ist nicht so groß. Lassen Sie mich eine Landärztin sein und den Menschen in den Bergen ihre Schmerzen lindern helfen. Vergessen Sie uns nicht! Sie müssen uns nur im Herzen behalten, dann ist alles in Ordnung. Ich danke Ihnen...«, Qiuwen versagte fast die Stimme, »ich hoffe nur, daß Sie viel Gutes für die Menschen tun, daß Sie nichts Schlechtes tun werden... Eure guten Taten wird das Volk nie vergessen.«

Auch Zhang Siyuan würgte es in der Kehle. Er ging mit langsamen Schritten davon. Qiuwen begleitete ihn nicht hinaus. Er bereute noch lange, daß er sich nicht genauer bei ihr umgesehen hatte. Der stabile schwere Stuhl, auf dem sie gesessen hatte. Qiuwens unlackierter Tisch aus hellem Holz, ihre Lampe, ihre Bücher, ihr Waschgestell, ihr Strohhut, das Stethoskop – all diese Gegenstände waren glücklicher als er, denn sie umgaben Qiuwen bei Tag und Nacht, waren immer mit ihr zusammen.

Die Leute im Dorf fuhren in ihrer Bewirtung fort, Magen und Kopf betrieben gemeinsam soziale Studien. Bohnenkäse und Glasnudeln, Fruchtwein und brauner Essig, alles stammte aus der eigenen Nebenwirtschaft. Von Tag zu Tag gab es mehr frische Eier, Soleier, Kiefernblüteneier und faule Eier, tierisches Eiweiß und auch Bargeld. Fettgebäck aus Hirsemehl in Honig getaucht – das war die beliebteste Schleckerei der Bergbewohner... gab es da noch irgendwelche Schwierigkeiten, irgendetwas zu bemängeln? Man fürchtete nur, daß es nicht so bleiben könnte. Wenn nur die Politik sich nicht änderte, wenn es nur immer so weiterginge, wenn sie sich nur nicht noch einmal selbst peinigten, dann würde das Leben Schritt für Schritt schöner werden. Die Lage im Dorf war besser, als er angenommen hatte. Beeilt euch, wohlhabend zu werden, unser Land baut auf euch! Und ihr behaltet die Erfahrungen und Lehren der Vergangenheit im Gedächtnis, führt uns sicher voran, denn wir Bauern setzen auf euch! Sie sprachen dem Wein und den Speisen kräftig zu und feuerten sich gegenseitig an.

Dann kam der Abschied. Der Sekretär des stellvertretenden Ministers Zhang verstand seine Sache. Eine Woche nachdem Zhang Siyuan still und leise in das Bergdorf zurückgekehrt war, alte Erinnerungen wachgerufen und hinreichend von der Freude und dem Leid des einfachen Volkes gekostet hatte, erhielten die örtlichen Behörden einen Anruf von seinem Sekretär. Sofort setzten sich leitende Funktionäre, Empfangspersonal und Limousinen zum Bergdorf in Bewegung. Zhang Siyuan hatte sich aufmerksam umgesehen. Schließlich war er zu der Überzeugung gelangt, daß ihn die Leute im Dorf besser verstanden als sein eigener Sohn. Er begriff, daß sie nicht deshalb so herzlich zu ihm waren, weil sie nicht wußten, daß er wieder in seine alte Stellung eingesetzt und sogar noch befördert worden war und durchaus im Auto mit großem Gefolge hätte anreisen können. Sie wußten das alles, aber noch genauer kannten sie seine Haltung und seinen Charakter. Das unveränderte Verhalten der Dorfbewohner ihm gegenüber lag daran, daß er selbst sich in ihren Augen nicht verändert hatte. Das bewegte ihn so, daß ihm die Tränen in die Augen stiegen, und es gab diesem einwöchigen Aufenthalt einen ganz besonderen Glanz. Zum Abschied umringten sie ihn an den großen Steinen. Vergiß uns nicht! Das war ihr einziger Wunsch. Konnte man solch eine Hoffnung jemals vergessen und enttäuschen? Mit feuchten Augen setzte er sich auf den Platz neben den Fahrer, der hier als Ehrenplatz galt. Sein Herz blieb in dem Bergdorf. Und er trug das Bergdorf in seinem Herzen im Auto mit sich fort. Hatte er gar nichts gewonnen? Er trat reich beladen die Heimreise an. Hatte er sein Selbstbewußtsein verloren? Er hatte zu sich selbst gefunden.

Nachdem er sich in der Kreisstadt von Dongdong verabschiedet hatte, fuhr er weiter in die Provinzstadt. Selbstverständlich gab es jetzt kein Schlangestehen mehr und keine herumtollenden kleinen Kinder, keine großen Rowdys, keinen Lauchgestank und keinen Schlafsaal, in dem man keine Ruhe finden konnte. Darf ich vergessen, wieviel Fürsorge ich genossen habe? Habe ich nicht die Verantwortung und die Pflicht, dafür zu sorgen, daß alle ein kulturvolles und reiches Leben führen können? Nach einer Nacht im erstklassigen Gästehaus der Provinzstadt setzte er die Reise mit dem Flugzeug fort. Er saß in der Luxuskabine mit nur vier Plätzen in einer Reihe. Auf den Leuchttafeln erschien die Aufforderung »Bitte nicht rauchen«, »Bitte anschnallen«. Die Motoren heulten mit ohrenbetäubendem Lärm auf. Der Bug der Maschine hob sich, und sie schwangen sich in die Lüfte. Das Bergdorf blieb weit, weit hinter ihm zurück, vor ihm lagen Berge komplizierter Arbeit. Nach seiner Rückkehr würde er vor heiklen und zugleich verdienstvollen Aufgaben stehen. Ihn schreckte nichts mehr. Eine kleine Stewardeß in ihrer adretten blauen Uniform, auf dem Kopf ein Hütchen mit dem silbernen Adler, dem Emblem der chinesischen Luftfahrtgesellschaft, reichte Jasmintee, gefüllte Schokolade, Kaugummis, Ansichtskarten und im Ausland gedruckte Flugpläne voller Werbung. Eine Tragfläche hob sich, sie flogen eine Kurve, die vorgeschriebene Höhe war erreicht. Kein Schmetterling würde jemals so hoch fliegen. Das Motorengeräusch klang gleichmäßig, stark und beruhigend. In der Kabine wurde es immer wärmer. Er drehte den Hebel für die Luftzufuhr, und kalte Luft blies ihm ins Gesicht. Durch die runden Kabinenfenster betrachtete er lange und aufmerksam die unendlichen Weiten seines Vaterlandes. Er liebte dieses Sonnenlicht und diese dunklen Schatten, die in ihren Konturen und Farben deutlich erkennbaren, endlos aufeinanderfolgenden Gebirgsketten, die dalagen wie aufgereihte Walnußkerne. Er liebte die Äcker und Gärten, die mit ihren klaren Linien wie die Felder eines Schachbretts aussahen, und das Spinnennetz der sich kreuz und quer dahinziehenden Wege und Straßen. Man müßte unser ganzes Land, unser Bergdorf einbegriffen, in ein Düsenflugzeug laden können, um ihm das Tempo zu verleihen, das es zu seiner Vorwärtsentwicklung braucht. Müssen wir den immer wieder die im Jahre 1929 angesetzte Krautlake verlängern? Unter ihnen lag jetzt eine dichte Wolkendecke, weiße und graue Nebelschleier, so weit das Auge reichte. Aber ganz gleich, wie hoch sie flogen, sie kamen von der Erde und würden zu ihr zurückkehren. Ob Mensch oder Schmetterling, alle sind Kinder der Erde. Er drehte die Luftdüse wieder zu, stellte sich die Rückenlehne tiefer und sank in einen ruhigen Schlaf.

Die Brücke

Er aß eine Schale Hühnerbrühe mit Nudeln, ein Dampfbrot, einige Scheiben Schinken und dazu scharf gewürztes Senfkraut. Dann streckte er sich, zündete sich eine Zigarette an, drückte sie aber nach ein paar Zügen wieder aus. Er war kein Dichter, er hatte keine Zeit mehr für Lyrik, Nostalgie und Träumereien. Er hatte zu arbeiten wie ein Büffel, wie ein Traktor. Machte er seine Arbeit gut, dann hatte er alles. Er zog Schlafanzug und Pantoffeln an, nahm den Rasierapparat, schaltete die Deckenlampe und die Spiegelbeleuchtung im Badezimmer an, drehte das heiße Wasser auf und rasierte sich sorgfältig. Er schluckte allen Kummer hinunter, und im Widerschein der beiden Lampen hatte er ein strahlendes Gesicht. So war er schon immer gewesen. Er ließ Wasser in die Badewanne, wobei er immer wieder mit der Hand nach der Wassertemperatur fühlte. Er versuchte, den unterwegs aufgeschnappten Hongkonger Schlager von der »Einsamkeit der Liebe« vor sich hin zu singen, und lachte laut auf. Dann sang er statt dessen »Brüder und Schwestern roden das Land«. Er badete ausgiebig, wusch alle unnütze, überflüssige Last von sich ab. Er war davon überzeugt, daß Baden eine Quelle der Freude und der Gesundheit sei. Er glaubte fest daran, daß er zäh weiterleben und weiterarbeiten könne, wenigstens bis jede Familie ihre eigene, glänzendweiße Badewanne besäße. Mit einem trockenen Handtuch rieb er sich die Wasserperlen vom Körper. Seine Haut war im Licht der Deckenlampe und der Spiegelleuchte gerötet. Er war noch nicht alt. In seinen Adern pulsierte heißes rotes Blut. Er machte die beiden Lampen aus und ging ins Wohnzimmer. Er rauchte die eben weggelegte halbe Zigarette zu Ende und schaltete das Radio in seinem Musikschrank ein, wo Li Guyi mit »Weiße Federn bringen dir meine Liebe« zu hören war. Er stand wieder auf. Nach dem Baden fühlte er sich schwerelos wie ein Schmetterling. Mit leichten Schritten ging er zu der von einem Stahlrahmen gehaltenen Balkontür und öffnete sie. Frische, kühle Nachtluft strömte herein. Ihm schien, es sei der Wind, der aus dem Gebirgstal heraufwehte. Er hängte sich seinen Mantel über und ging hinaus. Die Sterne am Himmel und die Lichter auf der Erde flossen ineinander über. Er schaute auf die schweigenden fernen Sterne und entdeckte, daß die bescheidenen, ruhigen, nicht im mindesten mit jenen arroganten Parvenüs, den Neonleuchten, in ihrer Helligkeit wetteifernden Himmelskörper genau die gleichen waren wie jene Sterne über dem Dorf in den Bergen. Sie wurden von demselben Himmel getragen, und überall blickte ihnen die gleiche Erde hoffnungsvoll entgegen. Zwischen gestern, heute und morgen, zwischen Vater, Sohn und Enkel, zwischen den Riesensteinen, die der Geist »Erlang« zum Bergdorf gebracht hatte, und dem siebzehnstöckigen Ministerhaus, zwischen Haiyuns Seele im Himmel und den neuen Schüsseln von Shuanfus Frau, zwischen den »Weißen Federn« Li Guyis und der Krautlake aus dem Jahre 1929, zwischen der schmutzigen, unordentlichen und so schwer zu verwaltenden Raststätte und dem von einer ausländischen Firma gedruckten Flugplan, zwischen Qiuwens Blick, Dongdongs Eigensinn, den Hüfttrommeln von 1949 und den Demonstrationen von 1976, zwischen dem kleinen Steinchen, dem Instrukteur Zhang, dem Sekretär Zhang, dem alten Zhang und dem stellvertretenden Minister Zhang gab es offenkundig eine Verbindung, eine Brücke voller Ruhm und voller Fallstricke. Diese Brücke existierte, es war eine lebenswichtige Brücke. Augenzeuge war sein Herz, war Zhang Siyuan selbst. Man mußte diese Brücke unzerstörbar und frei passierbar machen. Er sehnte sich danach, immer wieder mit Haiyun, mit Qiuwen und Dongdong, mit Shuanfu und seiner Familie zusammenzutreffen. Er hoffte auf morgen und schaute unentwegt in die Ferne.

Er machte einige Übungen, um seinen Brustkorb zu weiten, und atmete mehrmals tief ein. Ihm war, als ob das Telefon klingelte. Er ging in das warme, hell erleuchtete

Zimmer, zog im Vorübergehen die hellgrüne Gardine zu, knipste das Licht im Wohnzimmer aus und begab sich in den Raum, in dem das Telefon stand. Als er den Hörer abnahm, meldete sich der Minister. Er hieß ihn nach der beschwerlichen Reise willkommen, erkundigte sich nach seinem Befinden und fragte: »Haben Sie Ihre Aufgabe erfüllt?« – »Ja, so ungefähr«, erwiderte er, ohne zu überlegen. Mit dieser spontanen Antwort hatte er genau das Richtige gesagt. Dann informierte ihn der Minister über einige Angelegenheiten, teilte ihm mit, daß am übernächsten Tag eine außerordentlich wichtige Beratung stattfinden solle, und bat ihn, sich auf einen Diskussionsbeitrag vorzubereiten.

Er dankte dem Minister, legte den Hörer auf und ging zu seinem Schreibtisch. Sein Sekretär hatte die dringendsten Schriftstücke, Briefe und Unterlagen bereits hierhergebracht und ihm eine Liste der Vorgänge zusammengestellt, die sofort erledigt werden mußten. Er nahm einen dicken Bleistift zur Hand. Dann begann er, das Material zu überfliegen, und war im Nu völlig darin vertieft. Er spürte, daß so viele Menschen auf ihn blickten, für ihn eintraten, Erwartungen in ihn setzten und ihn anspornten.

Morgen hatte er noch mehr zu tun.

Das Auge der Nacht

Die Straßenlaternen wurden natürlich alle mit einem Schlag hell – aber Chen Gao schien es, als ob von seinem Kopf aus zwei Lichtströme dahinschossen, die sich zu beiden Seiten der Straße endlos fortsetzten. Akazien warfen ihre einfachen, aber kräftigen Schatten, und auf dem Fußweg sah man die Schatten der auf den Bus Wartenden – dicke und dünne Schatten, mehr als einen für jeden. Kleine und große Autos, Trolleybusse und Fahrräder, dazu Kreischen und Lachen. Nachts zeigten sich Vitalität und Eigenarten der Großstadt besonders deutlich. Einige spärliche Neonlampen, die jedoch die Aufmerksamkeit auf sich zogen, und sich drehende bunte Leuchtreklame vor den Friseurläden. Man sah Lockenfrisuren und langes Haar, Schuhe mit hohen und halbhohen Absätzen, ärmellose Kleider – und über alldem schwebte der Geruch von Parfüm und Creme. Die Frauen hatten, wie die Stadt, gerade erst begonnen, sich ein bißchen zu schmücken, aber das brachte einige Leute bereits aus der Ruhe. Chen Gao fand das alles furchtbar interessant!

Er war schon über zwanzig Jahre nicht mehr in dieser Stadt gewesen und lebte jetzt in einer entlegenen Kleinstadt einer abgelegenen Provinz. Dort gab ein Drittel der Straßenlaternen kein Licht mehr, und von den restlichen zwei Dritteln mit intakten Glühbirnen hatte wiederum ein Drittel keinen Strom. Es war nicht klar, ob das auf Vergeßlichkeit beruhte oder ob Energiemangel schuld daran war. Aber das war auch nicht von Bedeutung, denn das Leben dort spielte sich im allgemeinen nach der alten dörflichen Sitte ab: Bei Sonnenaufgang begann man mit der Arbeit, und nach Sonnenuntergang begab man sich zur Ruhe. Nach sechs Uhr abends waren alle Institutionen, Fabriken, Läden und Versammlungsstätten geschlossen. Man blieb abends zu Hause, hütete die Kinder, rauchte, wusch Kleidung und wechselte einige belanglose Worte miteinander.

Da kam der Bus – es war so ein blauer, sehr langer Schlenkerbus, in dem die Fahrkartenverkäuferin in ein Mikrofon sprach. Die Menschen drängten sich beim Aussteigen, und Chen Gao und die anderen drängelten auch beim Einsteigen. Obwohl der Bus sehr voll war und es keine Sitzplätze mehr gab, herrschte doch eine gelöste Stimmung. Die Fahrkartenverkäuferin war ein junges Mädchen mit einem frischen roten Gesicht, einem fixen Mundwerk und einer klaren Stimme. In der entlegenen Kleinstadt, in der Chen Gao wohnte, wäre es wirklich ein Wunder gewesen, wenn man ein solches Mädchen nicht auserkoren hätte, um im Kulturensemble die Programme anzusagen. Sie betätigte geschickt den elektrischen Schalter, und die kleine Schirmlampe, die ihr bei der Ausgabe und Kontrolle der Fahrscheine dienlich war, wurde hell. Nachdem sie einige Fahrscheine abgerissen hatte, knipste sie sie wieder aus. Viele Straßenlaternen, Schatten von Bäumen, Gebäude und Fußgänger flogen am Bus vorbei. Als man sich erneut einer Haltestelle näherte, sagte die klare Stimme deren Namen an, und – knips – wurde der Lampenschirm wieder hell, drängten sich erneut Menschen.

Zwei junge Leute in Arbeitskleidung stiegen ein und unterhielten sich angeregt: »... die entscheidende Frage ist Demokratie, Demokratie und nochmals Demokratie… « Chen hörte in der Woche, seit er in der Stadt war, die Leute überall von Demokratie reden. Diskussionen über Demokratie waren hier so verbreitet wie Gespräche über Hammelkeulen in der entlegenen Kleinstadt. Das war vermutlich deshalb so, weil in der Stadt die Fleischversorgung ziemlich ausreichend war und man sich hier nicht um Hammelkeulen zu sorgen brauchte. Da konnte man direkt neidisch werden! Chen Gao lächelte ein bißchen. Aber Demokratie und Hammelkeulen waren ja kein Widerspruch! Ohne Demokratie können einem Hammelkeulen, die man gerade zu verzehren gedenkt, von irgend jemand weggenommen werden. Und eine Demokratie, die den Menschen in entlegenen Kleinstädten nicht helfen kann, zu mehr und fetteren Hammelkeulen zu kommen, ist auch nur leeres Gerede.

Chen Gao war zu einem Symposium in diese Stadt gekommen, das sich mit dem Schreiben von Novellen und Theaterliteratur beschäftigte. Nach der Zerschlagung der ultralinken »Viererbande« im Jahre 1976 hatte Chen Gao fünf oder sechs Novellen veröffentlicht. Manche Kritiker lobten ihn, daß er reifer, daß sein Blick breiter geworden sei, aber noch mehr meinten, daß er sein Niveau von vor mehr als zwanzig Jahren noch nicht wieder erreicht habe. Bei Leuten, die übermäßig Wert auf Hammelkeulen legen, muß ja die Fähigkeit zum Schreiben von Novellen degenerieren; aber die Wichtigkeit und Dringlichkeit von Hammelkeulen zu begreifen war andererseits auch ein großer Fortschritt, ein wichtiges Resultat. Auf dem Wege zu dieser Konferenz hielt der Zug über eine Stunde lang auf einer kleinen Station, weil dort ein Mann, der zwar keine Aufenthaltserlaubnis, aber Hammelkeulen hatte, die er zu hohen Preisen zu verkaufen gedachte, überfahren worden war. Um das Fleisch ein bißchen eher loszuwerden, war er plötzlich unüberlegt unter dem haltenden Zug durchgekrochen. Die Bremsen waren nicht in Ordnung, und als sich der Zug ein bißchen bewegte, war es mit dem Armen vorbei. Das bedrückte Chen Gao immer noch.

War er früher auf solchen Symposien immer einer der Jüngsten gewesen, so gehörte er jetzt zu den älteren Teilnehmern, und er wirkte mit seiner dunklen und rauhen Haut provinziell. Die jüngeren Genossen mit breiten Schultern, von hohem Wuchs und mit großen Augen brachten in ihren Reden viele neue, kühne, scharfsinnige und lebensnahe Gedanken zum Ausdruck. Die Schuppen fielen einem dadurch von den Augen, man wurde frohen Mutes, begriff schlagartig und wurde aktiv. Fragen von Literatur und Kunst wurden allerdings nicht diskutiert. Ungeachtet dessen, daß die Versammlungsleitung mit aller Macht versuchte, dieses zentrale Thema zu erörtern, debattierten alle am liebsten darüber, auf welchem Boden sich die »Viererbande« hatte herausbilden können, über das Angehen gegen feudalistische Gewohnheiten, über Demokratie und Gesetzlichkeit, Moral und Sitten. Sie diskutierten auch darüber, daß sich in den Parks immer mehr Jugendliche herumtrieben und zu Gitarrenbegleitung tanzten, darüber, wie die Parkwächter mit allen Mitteln dieses Unheils Herr werden könnten. Das reichte von Vorschlägen, im Abstand von drei Minuten Bekanntmachungen über das Verbot dieser Tanzerei und Strafen bei Zuwiderhandlungen per Funk durchzusagen, bis dahin, zwei Stunden früher mit der Säuberung der Parks zu beginnen.

Chen Gao hatte auf dem Symposium auch gesprochen, wenn auch, im Vergleich zu anderen Rednern, zurückhaltender im Ton. »Wir müssen Schritt für Schritt vorangehen und bei uns selbst beginnen«, hatte er gesagt. Es wäre über alle Maßen schön, wenn die Hälfte oder ein Fünftel, nein, wenigstens ein Zehntel der geäußerten Vorschläge Realität werden könnten. So war Chen Gao nicht nur angeregt, sondern auch etwas durcheinandergebracht worden.

Als der Bus an die Endhaltestelle kam, war er noch immer voller Fahrgäste. Alle waren erleichtert und kümmerten sich nicht um die Schaffnerin, die die Fahrscheine kontrollieren wollte. In ihrer Stimme schwang jetzt ein bißchen Unmut mit. Wie alle Leute, die aus der Provinz kamen, hielt Chen Gao seinen Fahrschein längst mit der Hand hoch, doch sie warf nicht einmal einen Blick darauf. Als er ihn ihr höflich von sich aus in die Hand drücken wollte, nahm sie ihn nicht.

Er zog ein kleines Adreßbuch mit blaugrauer Hülle heraus, schlug es auf, suchte die Adresse heraus und begann sich zu erkundigen. Gefragt hatte er nur einen, aber die Richtung zeigten ihm viele. Nur in diesem einen Punkt war er der Meinung, daß auch die Großstädter an den traditionellen »guten Sitten« festhielten. Er bedankte sich, verließ die hell erleuchtete Bushaltestelle und erreichte, nachdem er einige Male abgebogen war, ein labyrinthähnliches neues Wohngebiet. Labyrinthähnlich erschien es ihm nicht etwa deshalb, weil es zu kompliziert war, sondern weil es schlichtweg zu einfach war: sechsstöckige Wohnhäuser, eins wie das andere; dicht an dicht Balkons, vollgestopft mit einem Durcheinander von Sachen; dicht an dicht Fenster mit dem grünlichen Licht von Neonlampen und dem gelblichen Licht gewöhnlicher Glühbirnen. Sogar die Geräusche, die aus den Fenstern der einzelnen Wohnblöcke drangen, glichen einander. Das Fernsehen übertrug gerade ein internationales Fußballspiel. Wenn die chinesische Mannschaft ein Tor schoß, jubelten die Zuschauer auf dem Fußballplatz gemeinsam mit den Zuschauern vor den Bildschirmen. Die Menschen schrien fanatisch, ihr Klatschen und ihr Rufen glichen einer ansteigenden Meeresflut. Auch der bekannte Sportreporter Zhang Zhi schrie aus Leibeskräften – ein Kommentar war ja zu dieser Zeit auch wirklich überflüssig. Aus einigen Fenstern drangen außerdem Laute von Hammerschlägen, von Gemüseschneiden, von sich zankenden Kindern und schimpfenden Erwachsenen. So viele Geräusche, verschiedenartiges Licht, unterschiedlichste Dinge waren in diesen Häusern, die wie Streichholzschachteln nebeneinander aufgereiht waren, angehäuft. Chen Gao erschien dieses zusammengedrängte Leben etwas zu unpersönlich, ungewohnt und sogar lächerlich. Die Schatten der Bäume, so hoch wie die Häuser, gaben dem Ganzen einen Hauch von Mystik. In der entlegenen Kleinstadt hörte man des Abends meist Hundegebell. Damit war er so vertraut, daß er schon aus dem »Wauwau« unterscheiden konnte, zu welchem Hund welcher Farbe es gehörte und wer dessen Besitzer war. Dazu kamen die Geräusche von Lastkraftwagen, die nachts fuhren und mit ihren Lampen die Menschen blendeten, so daß man lange Zeit nichts mehr erkennen konnte, auch wenn sie vorbei waren. Die Häuser nahe der Straße rüttelten fast dazu im Takt der rumpelnden Autos mit.

Als Chen Gao durch dieses labyrinthähnliche Wohngebiet ging, konnte er sich eines Bedauerns nicht erwehren. Er hätte die hell erleuchtete große Straße, den vollgedrängten, lärmerfüllten und fröhlichen Bus nicht verlassen sollen. Es war so schön gewesen, als sich alle gemeinsam auf der großen Straße vorwärts bewegten. Besser noch, wenn er im Gästehaus geblieben und überhaupt nicht ausgegangen wäre. Er hätte mit den jüngeren Freunden den lieben langen Abend debattieren können. Jeder hatte das Bestreben, seine Rezepte zur Heilung der von Lin Biao und der »Viererbande« hinterlassenen Wunden an den Mann zu bringen. Sie hätten sich über Reisen nach Belgrad, Tokio, Hongkong und Singapur unterhalten und nach dem Abendessen auch einen Teller Krebschips und ein Schälchen Erdnüsse sowie Bier bestellen können, das gut gegen die Hitze ist und die Unterhaltung anregt. Aber jetzt war er aus rätselhaften Gründen lange mit dem Bus gefahren, suchte nach einer rätselhaften Adresse einen rätselhaften Menschen, um eine rätselhafte Sache zu erledigen. An sich war die Sache allerdings überhaupt nicht rätselhaft, sondern ganz normal, so wie es sich gehörte – nur er war nicht recht geeignet, sie zu erledigen. Es wäre ihm lieber gewesen, statt dessen in dem Ballett »Schwanensee« den Prinzen zu tanzen, obwohl er beim Gehen ein bißchen humpelte. Das war noch eine kleine Erinnerung an die »Kulturrevolution«. Aber wenn man nicht darauf achtete, merkte man es nicht.

Dieses unangenehme Gefühl ließ ihn mehr als zwanzig Jahre zurückdenken, an die Zeit, als er diese Stadt verlassen hatte. Da hatte er auch den Schmerz der Einsamkeit gefühlt. Weil er einige Novellen veröffentlicht hatte, die man damals als zu weitgehend betrachtete, heute aber als völlig unzureichend ansah, hatte er lange Zeit Unannehmlichkeiten gehabt. Es war wirklich ein gefährliches Spiel gewesen.

Danach zu urteilen, was man ihm gesagt hatte, mußte es das nicht sehr weit entfernte Haus ihm gegenüber sein.

Man war hier gerade beim Bauen. Es schien, daß irgendwelche Rohrleitungen verlegt werden sollten – nein, offenbar nicht nur Rohrleitungen, da lagen auch Ziegel, Holz und Steine. Vielleicht wollte man noch zwei einstökkige Häuser bauen oder eine Kantine; natürlich konnte es auch eine Gemeinschaftstoilette werden. Mit einem Wort: Es gab dort einen sehr breiten Graben. Vor der »Kulturrevolution« hätte er vielleicht noch hinüberspringen können. Aber jetzt schaffte er das vermutlich nicht mehr und mußte eine Brücke oder Holzplanke suchen. Er ging am Graben entlang und begann ungeduldig zu werden, als er keinen Übergang fand. Hatte er den langen Weg vergeblich gemacht? Sollte er nun einen Bogen machen oder springen? Ach, so alt war er noch nicht! Er ging daher einige Schritte zurück – eins, zwei, drei –, aber das hatte nicht geklappt. Ein Fuß blieb anscheinend im Sand stekken. Da er aber schon losgesprungen war, erhob er sich nicht in die Luft, sondern fiel in den Graben. Zum Glück gab es dort keine harten oder spitzen Gegenstände, doch er brauchte fast zehn Minuten, um sich von Schmerz und Schreck wieder zu erholen. Er lachte, schüttelte die Erde vom Körper ab und kletterte humpelnd heraus. Wer konnte ahnen, daß er dann auch noch mit dem Fuß in eine Regenpfütze trat? Er zog eilends den Fuß heraus, doch Schuhe und Strümpfe waren schon ganz naß. Sein Fuß fühlte sich ganz sandig an – es war ein unangenehmes Gefühl, so wie man es im Munde hat, wenn man mit Sandkörnchen vermischten Reis ißt.

Als er den Kopf hob, sah er neben dem Haus an einem schiefen Mast eine einsame kleine elektrische Lampe, die orangerotes Licht ausstrahlte. Sie hing dort wie ein an eine große schwarze Tafel gemaltes kleines Frage- oder Ausrufezeichen. Als er sich diesem Frage- oder Ausrufezeichen näherte, drangen aus dem Haus erneut mit Pfiffen gemischte Jubelrufe – vermutlich hatte die ausländische Mannschaft wieder ein Tor geschossen. Am Eingang sah er sich sorgfältig die Beschriftung an und entschied, daß hier der von ihm gesuchte Ort sein müsse. Da er sich aber immer noch nicht ganz sicher war, blieb er am Eingang stehen und wartete auf einen Vorübergehenden, den er nochmals fragen konnte. Dabei kam er sich ein bißchen komisch vor.

Vor seiner Abreise hatte ihn ein ihm sehr vertrauter und von ihm geschätzter führender Genosse aus jener abgelegenen Provinz aufgesucht und einen Brief übergeben. Damit sollte er in die Stadt zum Leiter einer Handelsgesellschaft gehen. »Wir sind alte Kampfgefährten«, hatte ihm der vertraute Genosse erklärt. »Ich habe im Brief bereits dargelegt, daß das einzige Auto der Marke Shanghai in unserer Institution kaputt ist. Der Verwaltungsleiter und der Fahrer waren bereits an verschiedenen Stellen. Offenbar kann das Auto in unserer Provinz nicht repariert werden, da es an einigen wichtigen Ersatzteilen fehlt. Mein alter Kampfgefährte hat eine leitende Funktion in dieser Handelsgesellschaft und mir bereits früher zugesagt, daß er notwendige Reparaturen übernehmen wird. Suche ihn auf, und schicke ein Telegramm, wenn du Kontakt mit ihm aufgenommen hast.«

Ja, so eine gewöhnliche Sache war das: Er sollte einen von den eigenen Leuten aufsuchen, einen alten Freund, einen Leiter mit Befugnissen, um für die Einheit eines anderen Leiters, der ebenfalls Befugnisse hatte und dort hohes Ansehen genoß, ein Auto reparieren zu lassen, das staatliches Eigentum war. Es gab keinerlei Grund, den Auftrag dieses alten Genossen abzulehnen, und Chen Gao, der um die Wichtigkeit von Hammelkeulen wußte, zweifelte auch nicht an der Notwendigkeit, einen Brief zu überbringen und einen Genossen aufzusuchen. Es war seine Pflicht, bei dieser Gelegenheit für seine Leute etwas zu erledigen. Aber nachdem er diese Aufgabe übernommen hatte, war ihm doch, als ob er ein Paar nicht passende Schuhe trüge oder eine Hose, bei der die beiden Hosenbeine sehr unterschiedliche Farben hatten.

Die Genossen in der entfernten Kleinstadt kannten offenbar seine Psyche sehr genau. Kaum angekommen, erhielt er dauernd Telegramme, in denen er gedrängt wurde, die Sache etwas schneller in Ordnung zu bringen. Es war ja schließlich keine persönliche Angelegenheit! Schließlich hatte er bisher noch nicht in einem Auto Marke Shanghai gesessen und würde auch künftig nicht darin sitzen! Damit hatte er sich selbst Mut gemacht, war die große Straße, wo die Straßenlaternen an einen großen Fluß erinnerten, hinuntergefahren, hatte die wie eine Bühne hell erleuchtete Endstation und die fröhlichen Fahrgäste verlassen, war herumgelaufen, in den Graben gefallen und wieder herausgeklettert und endlich, völlig verschmutzt, angekommen. Durch den Mund zweier Kinder wurde ihm bestätigt, daß Haus- und Wohnungsnummer stimmten. So ging er schnellen Schrittes in den vierten Stock, verschnaufte erst ein bißchen, atmete ruhig durch und klopfte dann leicht und höflich, aber doch laut genug an die Tür. Es rührte sich nichts, doch es schienen einige Geräusche aus der Wohnung zu dringen. Er preßte das Ohr an die Türfüllung – es klang nach Musik. Er wies die traurige und gleichzeitig freudige Stimmung zurück, die für einen Moment aufgekommen war – »O, nicht zu Hause!« –, und klopfte noch einmal entschieden an die Tür.

Nachdem er dreimal geklopft hatte, näherten sich schlurfende Schritte, ein Schlüssel drehte sich im Schloß, und die Tür wurde geöffnet. Zum Vorschein kam ein junger Bursche mit strubbeligem Haar, bloßem Oberkörper und ohne Strümpfe. Er trug nur eine kurze Hose aus weißem Baumwollstoff und ein Paar Hausschuhe; seine Muskeln und seine Haut glänzten. »Zu wem wollen Sie?« fragte er in etwas ungeduldigem Ton.

»Ich suche den Genossen Sowieso«, sagte Chen Gao entsprechend dem Namen auf dem Brief.

»Ist nicht da!« Der Bursche drehte sich um und wollte die Tür wieder schließen. Chen Gao ging einen Schritt nach vorn, stellte sich in der besten Standardaussprache dieser Stadt und mit ausgesuchter Höflichkeit vor und fragte dann: »Gehören Sie denn nicht zur Familie dieses Genossen?« Er mutmaßte, daß er den Sohn vor sich hatte, und er hätte es überhaupt nicht nötig gehabt, diesen Jugendlichen mit »Sie« anzureden. »Darf ich vielleicht Ihnen mein Anliegen vortragen, damit Sie es übermitteln können?«

Im Dunkeln konnte man den Gesichtsausdruck des jungen Burschen nicht erkennen, aber man konnte intuitiv fühlen, daß er die Stirn runzelte und zögerte. »Kommen Sie!« Er drehte sich um und ging weiter, ohne den Gast zu begrüßen. Seine Art glich der einer Krankenschwester, die dem Patienten mitteilte, daß ihm ein Zahn gezogen werden soll. Man hörte die schlurfenden Schritte des jungen Burschen und die tapsenden Schritte Chen Gaos. Der Korridor war dunkel – links eine Tür und rechts eine Tür, sie gingen an einer ganzen Reihe von Türen vorbei. Daß es hinter einer Tür noch so viele andere Türen geben konnte? Eine Tür wurde aufgestoßen: sanftes Licht, einschmeichelnder Gesang und warmer Alkoholdunst drangen heraus. Ein Metallbett mit einer aprikosengelben, nicht zusammengelegten Decke, die dort auf einem Haufen lag wie ein großes zusammengefallenes gedämpftes Teigtäschchen. Dazu eine moderne Stehlampe, deren Metallständer das Licht mit aller Stärke zurückstrahlte. Die Tür des Schränkchens neben dem Bett war halb geöffnet und ließ das Schnappschloß an der Seite sichtbar werden. In der entlegenen Kleinstadt gab es viele gute Freunde, die Chen Gao gebeten hatten, für sie ein solches Schloß zu kaufen; aber es gab keine, weil die Herstellung von Schränken eine zu stürmische Entwicklung nahm. Er ließ seine Augen weiter herumschweifen: Korbsessel und Liege, ein runder Tisch mit einer Tischdecke, wie sie im 4. Akt der Modelloper »Die rote Laterne« im Empfangsraum auf dem Taubenberg zu liegen pflegte. Weiter erblickte er einen Kassettenrecorder mit vier Lautsprechern, ein Importprodukt. Ein Schlagerstar aus Hongkong sang mit einschmeichelnder Stimme, harter Aussprache, schwerer Zunge und feiner Kehle. Man mußte unwillkürlich lachen, wenn man das hörte. Wenn er diese Kassette mit in die entfernte Kleinstadt nehmen und dort vorspielen würde, würden die Leute dort sicherlich noch mehr erschrecken, als wenn ein Kavallerieregiment einfallen würde. Nur ein halb mit Wasser gefülltes Glas auf dem Schränkchen neben dem Bett kam Chen Gao vertraut und bekannt vor. Als er dieses Glas sah, war ihm, als ob er unter fremden Leuten an einem fremden Ort einen alten Freund gefunden hätte. In einer solchen Situation hätten sich selbst Menschen, die keine tiefen Beziehungen miteinander verbanden, in gute Freunde verwandelt.

Chen Gao entdeckte vor der Tür einen kaputten Hokker, rückte ihn heran und setzte sich, obwohl er schmutzig war. Er begann sein Anliegen darzulegen. Nach zwei Sätzen wartete er, in der Hoffnung, daß der junge Bursche den Recorder ein bißchen leiser stellen würde. Als er das mehrere Male getan hatte und feststellte, daß dieser nicht die Absicht hatte, ihn leiser zu stellen, sprach er einfach weiter. Eigenartigerweise fiel Chen Gao, der kein schlechter Redner war, hier das Reden schwer. Er stammelte, der Satzanfang paßte nicht mit dem Satzende zusammen, und er brachte nichts Halbes und nichts Ganzes heraus. So wollte er zum Beispiel eigentlich sagen: »Ich möchte den Genossen bitten, mir bei der Kontaktaufnahme behilflich zu sein«, sagte aber schließlich: »Ich bitte Sie, sich darum zu kümmern« – als ob er bei diesem jungen Burschen eine Beihilfe beantragen wollte. Eigentlich wollte er sagen: »Ich wollte nur Kontakt aufnehmen«, sagte aber dann: »Ich möchte Beziehungen nutzen.« Sogar seine Stimme hatte sich verändert. Sie klang nicht mehr wie seine eigene, sondern wie eine stumpfe Säge, mit der man Ulmenholz sägt.

Als er fertig war, zog er den Brief heraus. Der junge Bursche flegelte sich auf der Liege herum und rührte sich überhaupt nicht. Chen Gao, vermutlich doppelt so alt wie er, blieb nichts weiter übrig, als zu ihm zu gehen und ihm den Brief des führenden Genossen aus dem entfernten Gebiet zu geben. Dabei sah er das überhebliche Gesicht des jungen Burschen, das voller Mitesser und Pickel war. Dieser öffnete den Brief, überflog ihn und stieß ein außerordentlich geringschätziges Lachen aus, während er mit dem Fuß den Takt zur Melodie schlug. Der Recorder mit dem Gesang des Hongkonger Schlagerstars war für Chen Gao noch etwas Neues. Er hatte nichts gegen diese Art zu singen und verabscheute sie auch nicht, aber er fand das auch nicht sehr sinnvoll. Auf seinem Gesicht erschien unbewußt auch ein verächtliches Lächeln.

»Dieser Dingsda« (damit meinte der junge Bursche den

führenden Genossen aus dem weit entfernten Gebiet) »ist ein Kampfgefährte meines Vaters?« (Nebenbei bemerkt hatte er sich bis jetzt noch nicht einmal vorgestellt und konnte theoretisch gesehen gar nicht beweisen, wer sein Vater war). »Warum habe ich meinen Vater noch nie von ihm sprechen hören?«

Diese Worte verletzten Chen Gao sehr: »Du bist noch jung, vielleicht hat dein Vater deshalb noch nicht mit dir darüber gesprochen«, erwiderte er, nun auch nicht mehr höflich.

»Mein Vater hat gesagt, daß sich alle als seine Kampfgefährten ausgeben, sobald es um eine Autoreparatur geht.«

Chen Gaos Gesicht wurde brennend heiß, sein Herz begann plötzlich zu klopfen, und auf seine Stirn traten Schweißtropfen. »Dein Vater sollte diesen Genossen nicht kennen?« (die führende Persönlichkeit dieses Gebietes!). »Er ist 1936 nach Yanan gekommen und hat voriges Jahr in der ›Roten Fahne‹ einen Artikel veröffentlicht. Sein Bruder ist Kommandeur eines Militärbezirkes!«

Chen Gao entfuhren plötzlich diese wie eine Nachricht klingenden Worte. Vor allem, als er so eine bekannte Persönlichkeit wie den Kommandeur eines Militärbezirkes erwähnte, war er so erregt, daß ihm plötzlich schwarz vor Augen wurde und er wie in Schweiß gebadet war.

Die Reaktion des jungen Burschen war ein noch um das Vielfache geringschätzigeres Lächeln als zuvor, dann stieß er einen Lacher aus. Chen Gao wäre am liebsten in den Boden versunken und senkte den Kopf.

»Ich werde Ihnen folgendes sagen...« Der junge Bursche stand da, als ob er ein Schlußwort halten wollte. »Wenn man heute etwas arrangieren will, sind zwei Dinge wichtig – das eine ist, daß man selbst auch etwas bieten muß. Was könnt Ihr uns denn dafür geben?« – »Wir? Was haben wir denn?« fragte Chen Gao sich selbst. »Wir haben... Hammelkeulen«, dachte er laut. »Hammelkeulen, das geht nicht!« Der junge Bursche lachte wieder. Seine Geringschätzigkeit wandelte sich jetzt in Mitleid. »Man muß sich außerdem, um es ohne Umschweife zu sagen, in nicht ganz saubere Geschäfte einlassen. Warum denn meinen Vater aufsuchen? Wenn Ihr etwas zu bieten habt, dann finden sich auch Leute, die das arrangieren können und ihren Namen dafür hergeben.«

Dann fügte er noch hinzu: »Mein Vater ist auf einer Dienstreise im Kurort Beidahe...« Er sagte nicht »zur Kur in Beidahe«. Chen Gao war ganz benommen. Als er zur Tür ging, hielt er plötzlich inne und spitzte unwillkürlich die Ohren: Aus dem Recorder ertönte jetzt wirkliche Musik, Musik des ungarischen Komponisten Lehár. Dabei stellte er sich vor, daß ein Blatt umherwirbelte und auf dem azurblauen Wasser eines Bergsees tanzte, der von drei Seiten von Schneegipfeln umgeben war. Sein abgelegener Ort lag am Ufer eines solchen Bergsees, an dem sich ein wilder Schwan niedergelassen hatte.

Chen Gao stürzte wie betrunken in großen Sätzen durch die stockdunklen Flure. Bumbumbum – er wußte nicht, ob das der Laut seiner Schritte war oder ob sein Herz so trommelte. Als er aus der Tür trat, hob er den Kopf – der Himmel, oh! Die kleine trübe Glühlampe, die einem Frage- oder Ausrufezeichen glich, wurde plötzlich rot, wie das Auge eines Geistes. Dieses furchtbare Auge, das Raben in Ratten und Pferde in Würmer verwandeln kann!

Chen Gao sprang jetzt ohne Mühe mit einem Satz über den Graben. Das Fußballspiel war zu Ende, und der Ansager im Fernsehen sagte mit warmer und freundlicher Stimme das Wetter für den nächsten Tag an.

In Windeseile war er an der Endstation der Buslinie

angelangt, die auch die erste Haltestelle war. Nach wie vor warteten dort viele Menschen. Eine Gruppe junger Arbeiterinnen fuhr zur Nachtschicht in den Betrieb. Sie diskutierten eifrig über die Prämienverteilung in ihrer Abteilung. Ein junges Paar hielt sich sogar während des Wartens auf den Bus eng umschlungen. Wenn das der heutige Herr Knigge sähe, bekäme er sicherlich einen Schock!

Chen Gao stieg in den Bus und blieb an der Tür stehen. Die jetzige Fahrkartenverkäuferin war nicht mehr jung. Sie war so mager, daß man durch die Bluse hindurch ihre starken Schulterblätter sehen konnte.

In zwanzig Jahren voller Schwierigkeiten, in denen man ihn umerzogen hatte, hatte Chen Gao viele wertvolle Dinge gelernt, aber auch einige Dinge eingebüßt, die er an sich nicht hätte verlieren dürfen. Aber er liebte nach wie vor Lampenlicht, Arbeiter, die zur Nachtschicht gingen, Demokratie, Verteilung von Prämien, Hammelkeulen.

Ein Klingelzeichen ertönte, quietschend schlossen sich die drei Türen, und die Schatten von Bäumen und Lampen blieben zurück.

»Noch jemand ohne Fahrschein?« fragte die Fahrkartenverkäuferin. Ohne abzuwarten, bis Chen Gao sein Kleingeld herausgesucht hatte, knipste sie die Lampe wieder aus. Sie nahm an, daß alle, die eingestiegen waren, Arbeiter mit Monatskarten waren, die zur Nachtschicht fuhren.

Mit bolschewistischem Gruß

August 1957

Es war ungewöhnlich heiß. Die Wetterwarte der Stadt P. hatte für diesen Tag eine Höchsttemperatur von 39 Grad Celsius vorhergesagt. Eine Temperatur, die hohem Fieber gleichkommt und eine Notbehandlung erfordert. Eine Temperatur, die Kopfschmerz und Schwindel erzeugt, bei der die Lippen vor Trockenheit aufspringen, bei der der Appetit nachläßt, bei der die Zunge belegt ist und Schüttelfrost sich einstellt. Eine Temperatur, bei der sich das Gesicht bläulich und die Lippen blaßlila verfärben und selbst zwei Decken nicht wärmen können. Du berührst den Tisch, die Wand, das Bettgestell, ihre Wärme ist unangenehm. Du berührst Steine und Eisengeräte und verbrennst dir die Hand. Du berührst deinen eigenen Körper, eiskalt. Noch kälter war Zhong Yichengs Herz.

Was war geschehen? Plötzlich, mit einem Mal, war alles erstarrt. Die Blumen und Pflanzen, der Himmel, die Luft, die Zeitung, das Lachen und die Gesichter der Menschen. Plötzlich, mit einem Mal, war alles reglos. War die Temperatur auf der Erde mit einem Schlag auf kosmische Werte gesunken – auf den absoluten Nullpunkt? Der Himmel glich einer blauen Eisenplatte. Blumen und Pflanzen ähnelten durcheinandergeworfenen Steinen, die Luft wurde zunächst flüssig und bildete dann Eisstückchen. Die

Zeitung wurde zur Mordwaffe, das Lachen war plötzlich weggewischt, die Gesichter völlig starr. Das Blut rann aus dem Herzen, es wurde hart wie Stein.

Die Ereignisse begannen am ersten Juli. Der erste Juli, was für ein wunderschöner, was für ein würdevoller, was für ein stürmischer Tag. Bis zu diesem Tag hatte der junge Kader des Parteikomitees des Bezirkes Zhongxin der Stadt P. und Leiter der Gruppe für Untersuchung und Forschung des Büros des Stadtparteikomitees, Zhong Yicheng, so wie bei allen politischen Kampagnen nach der Befreiung auch am Kampf gegen die Rechten eifrig und enthusiastisch, leidenschaftlich und rückhaltlos teilgenommen. Er war zudem Mitglied der aus drei Mann bestehenden Führungsgruppe des Büros zur Leitung dieser Kampagne. Am ersten Juli jedoch druckte eine in der Hauptstadt erscheinende Zeitung die Besprechung eines neuen Sterns unter den Literatur- und Kunstkritikern ab. In diesem Artikel wurde ein von Zhong Yicheng verfaßtes kleines Gedicht kritisiert, das in einer unbedeutenden Kinderzeitschrift veröffentlicht worden war. Das kleine, lediglich vier Zeilen lange Gedicht hieß: »Meine Gedanken über den Winterweizen«.

Die Chrysanthemen sind verwelkt
Wir wachsen heran
Eis und Schnee bedecken die Erde
Wir tragen eine reiche Ernte in uns

Bedauernswerter Zhang Yicheng... veröffentlichte gerne Gedichte. Es gibt Leute, die meinen, Gedichteschreiber können nicht gut von der Bühne abtreten. Ganz gleich, ob Byron oder Shelly, Puschkin oder Majakowski, wurden sie nicht im Duell getötet, dann verübten sie Selbstmord oder mußten wegen unsittlicher Beziehungen ins Gefängnis. Er las, er rezitierte viele Gedichte, er vergoß Tränen, durchwachte Nächte, in denen er weinte, lachte, rezitierte, schrie, flüsterte und schrieb – viele, viele Gedichte. Auch seine »Gedanken über den Winterweizen« hatten ursprünglich viele, viele Zeilen gehabt. Letztendlich jedoch hatte ein unbekannter, umfassend gebildeter, allseits hoch angesehener und respektierter, äußerst kurzsichtiger Redakteur alles gekürzt. Als es herauskam, bestand das Gedicht von Zhong Yicheng nur noch aus vier Zeilen. In der rechten unteren Ecke war zudem eine dörfliche Landschaft gezeichnet worden. Dennoch war es auch so ein herrliches und auch glückliches Bild des immerwährenden Lebens auf Erden. Die kleinen gelben, zitternden Chrysanthemen, der vom weiten Himmel wirbelnde, alles bedeckende weiße Schnee, die filzgleichen, jadegrünen Weizenkeimlinge und die schweren Weizenähren...

In diesen vier Zeilen steckten auch seine große Liebe und seine vielen Träume. Mit diesem Gedicht sprach er zu Tausenden von Kindern. Ein kleiner, dicker Junge im Matrosenanzug, der sein Gedicht gelesen hatte, fragte seine Mutter: »Was heißt kleines Getreide? Um wieviel ist denn das kleine Getreide kleiner als das große?« Die Mutter, deren Haar in Dauerwellen gelegt war, sprach lächelnd: »Mein Kind, man kann dem kleinen nicht ansehen, daß es kleiner ist als das große, verstehst du?« Sie fand nicht die passenden Worte. Dann war da noch ein kleines Mädchen mit Rattenschwänzen, das, nachdem es seine vier Zeilen gelesen hatte, gleich auf das Dorf gehen und sich Felder, Getreide, Bauern, das Werden und Vergehen der Feldpflanzen und die Mühlen ansehen wollte, in denen der Weizen zu schneeweißem Mehl gemahlen wurde... Was für ein Glück, was für eine Ehre.

Dennoch war es von dem neuen Stern am Kritikerhimmel verrissen worden. Jener neue Stern strahlte damals purpurrot. Das Thema des Artikels lautete: »Was verbirgt sich hinter seinen Gedanken?« Der neue Stern schrieb, daß dieses Gedicht im Mai 1957 veröffentlicht worden war, gerade zu der Zeit, als die parteifeindlichen und antisozialistischen rechten Elemente wütende Angriffe gegen die Partei unternahmen und schrien, daß sie die Kommunistische Partei »stürzen«, »entmachten« und »die Kommunistische Partei töten« wollten. Sie hätten die verschiedensten Formen, einschließlich Gedichte, genutzt, um ihrem tief verwurzelten Haß gegen Partei und Volk Luft zu machen, um ihre leeren Träume von der Wiedererrichtung der reaktionären Herrschaft und ihre Sehnsucht nach einem Vergeltungsschlag zum Ausdruck zu bringen. Daher müsse man auch das Gedicht »Meine Gedanken über den Winterweizen« von der Gesamtlage im politischen Kampf her analysieren. Man dürfe niemals in der Wachsamkeit nachlassen und sich nicht von Wölfen und Schakalen im Schafspelz und Giftschlangen, die sich in schöne Mädchen verwandelten, täuschen lassen. »Die Chrysanthemen sind verwelkt« bedeute, daß die Kommunistische Partei gestürzt werden müsse. Die Kommunistische Partei werde als »barbarisch« bezeichnet. Tatsächlich sei dies ein abgestimmtes Vorgehen mit dem Vertreter der USA in der UNO, Austin, der unsere Partei mit Schmutz bewirft und sie der Zerstörung der Kultur bezichtigt. »Wir wachsen heran«, das bedeute, daß die äußerst rechten Reaktionäre der Bourgeoisie die Macht übernehmen sollen. »Wir« stehe schließlich für das Zhang-Luo-Bündnis, also Huang Shiren und Mu Renzhi, Jiang Jieshi und Song Meiling. »Eis und Schnee bedecken die Erde«, das bringe die äußerst finstere, feindselige und grauenhafte

Mentalität der fast vernichteten, reaktionären Klasse gegenüber der starken Diktatur des Proletariats in unserer sozialistischen Heimat zum Ausdruck. Ihr Zähneknirschen sei deutlich zu vernehmen. Aber der Autor spiele nicht nur darauf an. Seine Worte »Wir tragen eine reiche Ernte in uns« riefen in Wirklichkeit dazu auf, die konterrevolutionäre, bewaffnete Rebellion zu beginnen.

Die Zeitung mit diesem Artikel kam erst am Nachmittag in die Stadt P. Kurz vor Arbeitsschluß traf sie im Parteikomitee Zhongxin ein. Der Artikel schlug wie eine Bombe ein. Einige waren überrascht, einige fürchteten sich, andere wieder waren beunruhigt oder aufgeregt. Zhong Yicheng las nur einige Sätze. Sie trafen ihn wie Ohrfeigen. Sein Gesicht wurde brennend heiß. Der neue Starkritiker hatte ihn fest am Arm gepackt. Rechts, links, rechts, links prasselten seine Ohrfeigen auf ihn nieder. Warum fragst du nicht, was für ein Mensch ich bin? Warum begreifst du meine politische Vergangenheit und die wirkliche Erscheinung nicht? Warum hast du mich so dargestellt? Zhong Yicheng wollte protestieren, aber er bekam keinen Ton heraus. Der neue Stern drückte ihm bereits seine Kehle zu. Der neue Stern war derart prinzipienfest, er stellte die Fragen so scharf, so kühn, so exzellent, seine Argumente waren unanfechtbar, unaufhaltsam. Die Vorwürfe waren so schwerwiegend und haarsträubend, ihr gewaltiges Feuer zerstörte alle Verteidigungslinien. Es war nicht leicht, über ihren Charakter zu diskutieren. Gegen Literatur- oder Kunstkritik kann man Einwände erheben. Eine politische Verurteilung gleicht jedoch der Verhängung der Todesstrafe durch ein Militärgericht auf politischem Gebiet. Sie wird gleich vollstreckt, die Hinrichtung erfolgt sofort.

Er jedoch konnte es nicht hinnehmen, er mußte unbedingt etwas dagegen tun. Wäre ein Auto rücksichtslos herumgerast, auf einen Bürgersteig gefahren, in einen Markt hineingesaust, hätte ein Räuber am hellen Tag mit einer Axt gemordet, Kinder und Frauen vergewaltigt, wäre eine 30 Meter tiefe Grube gegraben worden und ein mehrstöckiges Haus hineingestürzt, wäre das Klassenzimmer einer Grundschule mit einem schweren Maschinengewehr beschossen worden – es hätte Zhong Yicheng nicht mehr erschüttern können als diese Kritik. Schwarz auf weiß, ganz eindeutig stand es da. Wie konnte in einer der eigenen Zeitungen solch eine himmelschreiende Lüge erscheinen? Wurden mit all jenen Analysen, die einen Todesschrecken hervorriefen, überhaupt er und sein winziges Gedicht analysiert? Er hörte seine Knochen brechen. Jetzt rollte der neue Starkritiker ihn wie einen Fladen zusammen und steckte ihn in den Mund. Schneide-, Eck- und Backenzähne zermalmten ihn schmatzend.

Die Familie von Lao Wei wohnte auf dem Hinterhof des Gebietskomitees. Die Frau von Lao Wei arbeitete in diesem Gebiet, aber Lao Wei wohnte aus vielerlei Gründen nach wie vor im Büro. Unter der Lampe griff Lao Wei nach jener Zeitung. Je mehr er las, um so mehr zog sich seine Stirn in Falten. Er hörte sich die erregte Verteidigungsrede von Zhong Yicheng gar nicht bis zu Ende an und sagte: »Genosse, sei nicht so aufgeregt. Du mußt besonnen bleiben, mußt diese Prüfung bestehen. Fleißige Arbeit! Wenn du eine Idee hast, können wir darüber reden.«

Die Worte des Gebietsparteisekretärs, insbesondere aber seine Haltung ließen ihn viel ruhiger werden. Als er jedoch den Korridor entlangging, sah er zufällig den Leiter des Büros und Vorsitzenden der Dreiergruppe, Zhong Songming, der auch gerade sorgfältig diesen Artikel las.

Er rollte einen roten Bleistift in seiner Hand hin und her und machte Unterstreichungen. Das Verhalten des Genossen Songming beunruhigte ihn aus irgendeinem Grunde wieder. Songming hatte – wie alte Leute – ein kleines, von vielen Falten zerfurchtes Gesicht und trug eine kleine Brille, ähnlich denen von Kindern. Erst vor kurzem hatte er sich von seiner Frau scheiden lassen. Von früh bis spät lief er mit ernster Miene herum. Er schien nur die Sprache der Zeitungen und Dokumente zu kennen. Den größten Eindruck hatte es auf Zhong Yicheng gemacht, als er vor einem Jahr zufällig den Tischkalender von Songming zu Gesicht bekommen hatte, der eng mit solchen Terminen wie »Kurzbericht... anfordern«, »Zahlen von... nach oben melden«, »Frage... beantworten«, »Namenslisten... aufstellen« sowie den Vermerken »mit Shu Qin gemeinsam einen Film ansehen und unterhalten« (Shu Qin war der Name seiner Frau, natürlich waren sie zu jener Zeit noch nicht geschieden) und »A Xiong aufsuchen und mit ihm über die Sache mit der Lüge sprechen« (A Xiong war der Name seines Sohnes, der damals sechs Jahre alt war) beschrieben war. Jetzt hatte der Artikel des neuen Kritikers Songmings Aufmerksamkeit erregt. Zweifellos mußte in seinem Kalender ein neuer Vermerk erscheinen, etwa »Zhong Yichengs Gedicht ›Meine Gedanken‹ überprüfen«. Bei dem Gedanken konnte man wirklich eine Gänsehaut bekommen.

Zhong Yicheng ging zu seiner Freundin Ling Xue. Ling Xue sagte: »Da hat man dir aber recht willkürlich etwas angehängt. Das ist doch ganz offensichtlich eine Intrige und Verleumdung, ein hirnverbrannter Unsinn!« Sie fuhr fort: »Du mußt auf das, was er sagt, nichts geben. Beachte ihn gar nicht! Mach dir keine Sorgen, bitte, laß uns gehen und draußen ein Glas kalte Milch trinken!«

Ling Xues Worte ließen Zhong Yichengs Herz etwas schneller schlagen. Er hob den Kopf. Nein, der Himmel stürzt nicht ein. Er stampfte mit dem Fuß auf, aber die Erde gab nicht nach. Zhong Yicheng war nach wie vor Zhong Yicheng, die Liebe war noch so wie zuvor, das Gebietskomitee war nach wie vor das Gebietskomitee. Aber er fühlte, daß Ling Xue die Frage zu einfach sah. Warum spürte sie es nicht auch, daß hinter der aggressiven Haltung und Sprache des »neuen Sterns« eine so große Gefahr verborgen lag! Was für eine Gefahr? Er wagte nicht daran zu denken. Er konnte sich seinen eigenen Tod vorstellen, konnte sich vorstellen, daß das Sonnensystem auseinanderbröckeln und untergehen würde, aber diese Gefahr konnte er sich nicht vorstellen. Doch seit dem ersten Juli war er verärgert und beleidigt: Er beobachtete äußerst aufmerksam die Haltung anderer ihm gegenüber, beobachtete ihre Augen und ihr Gesicht. Vielleicht war er überempfindlich, vielleicht war aber auch wirklich etwas daran. Er fühlte, daß seit diesem Tag die meisten Menschen in unterschiedlichem Maße ihre Haltung ihm gegenüber veränderten. Er war sich im klaren darüber, daß das die Auswirkungen des Artikels des »neuen Sterns« waren. Bei einigen, die ihm früher immer zugelächelt hatten, erstarb nun schon das Lächeln, bevor es sich noch ganz ausgebreitet hatte. Diese absonderlichen Muskelzukkungen konnten einen wirklich traurig stimmen! Einige hatten ihn bisher, sobald sie ihn sahen, mit Handschlag begrüßt, nun blickten sie in eine andere Richtung. Einige Genossen, die er besonders gut kannte, kamen, wenn sie ihn trafen, nicht umhin, einige Sätze mit ihm zu wechseln. Was sie sagten, war jedoch verworren. Offensichtlich waren sie mit ihren Gedanken ganz woanders. Lediglich Songming schien ihm gegenüber im Gegensatz zu früher ein wenig freundlicher gesonnen zu sein. Hinter Songmings Höflichkeit und Gelassenheit verbargen sich Anmaßung und Zufriedenheit, jedoch keineswegs Heuchelei.

Nach einem plötzlichen Umschwung veränderte sich die Lage in August sehr rasch. Zunächst kritisierte die übergeordnete Ebene die Antirechtskampagne in diesem Gebiet und erklärte, daß in dieser Bewegung »drei Viel und drei Wenig« zu verzeichnen seien. Öffentlich wurden viele Rechte verurteilt, in der eigenen Einheit jedoch nur wenig Rechte entlarvt. Unter den Entlarvten befanden sich viele Beamte und Angestellte, die vom alten Regime übernommen worden waren, in den revolutionären Reihen, insbesondere in der Partei, hielten sich nur wenige versteckt. An der Basis waren viele entlarvt worden, in den Führungsorganen des Gebietsparteikomitees nur wenige. Es ging damit weiter, daß Songming in allen Versammlungen Angriffe startete und Großschriftwandzeitungen anbrachte, auf denen erklärt wurde, daß in dieser Bewegung die Sache nur deshalb so langsam ins Rollen komme, weil Lao Wei schwanke, nachsichtig sei, weil der führende Mann selber ein Rechter sei. Wie könne man da noch den Kampf gegen die Rechten gut durchführen? Eine gewisse Zeitung der Hauptstadt habe bereits das parteifeindliche Gedicht Zhong Yichengs scharf kritisiert, im Gebietsparteikomitee nehme man jedoch eine abwartende Haltung ein. Es gehe sogar soweit, daß Zhong Yicheng dazu veranlaßt werde, sich weiterhin in der Dreiergruppe des Büros versteckt zu halten. Könnte damit nicht bewiesen werden, daß Lao Wei politisch verkommen sei? Lao Wei, der von zwei Seiten – von der oberen Ebene und von Songming – angegriffen wurde, verfaßte daraufhin, wie nicht anders zu erwarten war, eine Selbstkritik nach der anderen. Auch Zhong Yicheng wurde aus der »Dreiergruppe« »versetzt«. Die Bewegung trat kurz danach in ein neues Stadium. Einer nach dem anderen wurde entlarvt. Eine Wandzeitung nach der anderen tauchte auf, auf der Zhong Yicheng entlarvt wurde. Es war wirklich erstaunlich. Wurde ein guter Mensch entlarvt, war er gleich von Kopf bis Fuß mit Narben übersät. Zhong Yicheng hätte die langatmigen Reden gewisser führender Genossen verspottet. Zhong Yicheng hätte viele Dokumente, Kurzberichte und Materialien als nutzlos bezeichnet. Zhong Yicheng hätte die Beziehungen unserer Partei zu den Massen in Frage gestellt... Je mehr entlarvt wurde, um so mehr fand sich, so daß Zhong Yicheng selbst ganz wirr wurde. Schließlich, an diesem außergewöhnlich heißen Tag, wurde er zu einem Gespräch gebeten. Die wichtigste führende Persönlichkeit bei dem Gespräch war Songming. Lao Wei war ebenfalls anwesend. Von diesem Augenblick an begann ein neuer Abschnitt in seinem Leben. Jegliche Kontinuität brach ab.

Juni 1966

Die Flammen der roten Armbinden entfachten die Herzen der leidenschaftlichen Jugend. Die zum Himmel empor schallenden Lieder mit den Zitaten von Mao treiben die Kinder in den Kampf. Vorwärts, schlagen, zerstören. Blindlings bauen sie eine leuchtendrote Welt auf und wissen doch nicht, wer ihr Gegner ist. Aber es gibt ja die Etikette. Und dementsprechend wird Zhong Yicheng verhört:

»Sprich, warum haßt du die Kommunistische Partei?

Wieso hast du versucht, das verlorene Paradies gewaltsam wieder an dich zu reißen?«

»Sprich, welche konterrevolutionären Machenschaften hast du früher begangen? Welche Verbreitungen triffst du für den Sturz der Kommunistischen Partei?«

»Sprich, was für Pläne bewahrst du auf? Hoffst du, wenn Jiang Jieshi kämpfend zurückkehrt, Rache nehmen und die Kommunistische Partei vernichten zu können?«

Gemeinsam zitieren sie nun aus den Worten des Vorsitzenden Mao: »Nachdem die Feinde, die mit Gewehren bewaffnet waren, vernichtet worden sind, wird es immer noch Feinde ohne Gewehr geben... «

»Eine Revolution ist kein Gastmahl, kein Aufsatzschreiben... «

Ein Zischen, ein Ledergürtel, ein Klirren, eine Kette, ah, ein jämmerlicher Schrei.

»Sprich, sprich, sprich!«

»Ich liebe die Partei innig!«

»Blödsinn, wie willst denn du die Partei innig lieben können? Wie kannst du die Partei innig lieben? Wie kannst du es wagen zu sagen, daß du die Partei innig liebst? Bist du es würdig zu sagen, daß du die Partei innig liebst? Du unverbesserlich Starrsinniger! Du unnachgiebiger Dickkopf! Du forderst die Partei zum Kampf heraus! Du willst deine Niederlage nicht eingestehen, dich nicht schuldig bekennen! Um verlorenen Boden wiedergutzumachen, unternimmst du einen verzweifelten Gegenangriff! Wir werden dich zu Boden werfen und zertreten... «

Zischen und Klirren, Ledergürtel und Kette, Feuer und Eis, Blut und Salz. Zhong Yicheng verlor das Bewußtsein. Doch bevor er es verlor, erblickte er jenes ewig junge, ewig lebendige, ewig heilige und doch so nahe Ganze.

Januar 1949

Am 11. Januar 1949 startete die Volksbefreiungsarmee die Generaloffensive in Richtung der Stadt P. Zwei Tage später informierte das im Untergrund arbeitende Stadtparteikomitee von P. alle illegalen Parteizellen: Der entscheidende Moment ist gekommen. Um blindwütige Zerstörungen durch die Guomindang-Truppen noch kurz vor ihrer Vernichtung zu verhindern und um zu vermeiden, daß Gesindel und Rowdies sowie der Abschaum der Gesellschaft die Zeitspanne zwischen der Ablösung des alten Geschichtskapitels durch ein neues zu Plünderungen und anderen Straftaten nutzen, muß jede Parteizelle sofort den seit nahezu zwei Monaten wiederholt erörterten und festgelegten Befreiungsplan in die Tat umsetzen.

Der Schüler der ersten in der Stadt P. gegründeten Oberschule und Sekretär einer der drei gleichrangigen Parteizellen, der siebzehnjährige Zhong Yicheng, der bereits vor zweieinhalb Jahren als Kandidat in die Partei eingetreten war, brach, nachdem er vom Kontaktmann der oberen Ebene die Mitteilung erhalten hatte, mit allen herkömmlichen Regeln der illegalen Arbeit. Er rief noch in derselben Nacht die vier Parteimitglieder, mit denen er Kontakt hatte – darunter ein über siebzig Jahre alter Mathematiklehrer –, und dreizehn Verbündete in einem im Kellergeschoß gelegenen, seit langem nicht mehr benutzten Kesselraum zusammen. Im trüben, flackernden Kerzenlicht, das Kraftwerk produzierte schon längst keinen Strom mehr, übermittelte er die von oben gegebenen Weisungen. Danach teilte er ihnen mit knappen, kraftvollen Worten ihre Aufgaben zu. Die siebzehn trafen zum ersten Mal zusammen. Das Erstarken der Parteireihen und der verbündeten Truppen erfüllte sie mit Freude und

Begeisterung. Es beruhigte sie und machte sie stolz, daß sie in Zhong Yicheng einen so befähigten, erfahrenen, einen so klugen und äußerst selbstlosen Kommandeur hatten. Als Zhong Yicheng ins Wohnheim zurückkehrte, war es gerade Mitternacht. Er weckte alle Bewohner des Nordflügels und erklärte ihnen: »Mitschüler! Die große Volksbefreiungsarmee ist bereits in der Stadt. Mit der üblen Herrschaft der Guomindang wird es bald vorbei sein! Die mehr als tausendjährige Geschichte Chinas, in der Menschen durch Menschen vernichtet wurden, wird bald beendet sein! Ein neuer Tag ist angebrochen! Ein blühendes und starkes, ein freies, ein gleichberechtigtes neues China wird entstehen, in dem das Volk die Herrschaft ausübt! Gemäß der Forderung der Nordchinesischen Studentenvereinigung müssen wir den Schutz der Schule, der Stadt organisieren, müssen wir Zerstörungen verhindern, müssen wir die landschaftlichen Schönheiten und die historischen Stätten unseres Landes, Leben und Eigentum des Volkes schützen... Wer mitmachen möchte, kann sich hier Armbinden abholen...«

Zhong Yicheng holte die seit langem bereitliegende Fahne und die Armbinden der Studentenvereinigung heraus. Auf den Gesichtern der Mitschüler spiegelte sich freudige Überraschung, Erstaunen, Verwirrung, aber auch Furcht. Unter den Schülern gab es auch einige Spitzel und Kinder von Reaktionären, Großgrundbesitzern und Großbauern, die aus den befreiten Gebieten geflohen waren. Vor kurzem waren sie vom »Hauptquartier der Guomindang zur Vernichtung der Kommunisten« für die »Avantgarde zur Selbstrettung« angeworben worden, um sich auf eine Entscheidungsschlacht mit der Kommunistischen Partei vorzubereiten. Die meisten Schüler des Wohnheims befanden sich jedoch auf der richtigen Seite.

Von den illegalen Parteimitgliedern und den Verbündeten ermutigt sowie durch starke Worte wie »Aufschwung und Niedergang des Landes, jeder ist für das Schicksal seines Landes verantwortlich!« und »Wir sind die Herren der neuen Zeit, die Vorhut der neuen Gesellschaft!« wachgerüttelt, schlossen sich die meisten Mitschüler sehr rasch seinem Aufruf an. Sie banden sich die roten Armbinden um, brachen die Tür zur Turnhalle auf (das Verwaltungspersonal der Schule war bereits spurlos verschwunden), und jeder nahm sich einen Stock der »Pfadfinder« als Waffe, dann marschierten sie in Reih und Glied aus der Schule. Jener Lehrer, der Parteimitglied war, organisierte im Namen der Schülervereinigung mit den Lehrern, Angestellten und Arbeitern den Schutz der Schule.

Es dämmerte, ein kalter Wind wehte. Die Geschütze waren verstummt. Nur Gewehrfeuer schwoll von Zeit zu Zeit an. Von ferne erklang ein Geräusch, das dem Prasseln gerösteter Bohnen glich. Das »Sirr, sirr« der Gewehrkugeln zerschnitt peitschend die Luft. Auf den Straßen war alles ruhig, keine Menschenseele war zu sehen. Die Türen und Fenster der Geschäfte waren geschlossen und mit dicken, schweren Brettern vernagelt. Die wenigen schäbigen, quietschenden Straßenbahnen und die mit Brennholz ausgebesserten Omnibusse, die die Luft mit ihrem beißenden Qualm sonst täglich verpesteten, waren nicht mehr zu sehen. Auch die Rikschas, die dreirädrigen Lastkarren und die großen Handkarren waren spurlos verschwunden. In dieser Stadt, in der täglich alles immer mehr eingeschränkt wurde und verfiel, wußte noch nicht einmal die Armee der Bettler – das einzige, was rasch anwuchs und sich ausbreitete –, wo sie sich verbergen sollte. Lediglich die sich an den Straßenecken türmenden, beißenden Gestank ausströmenden und in allen Farben schillernden Abfallhaufen erinnerten an die Bewohner der Stadt, an ihr verkommenes verwahrlostes Leben, das im Begriff war, neu zu beginnen.

Der von Zhong Yicheng geleitete Trupp von über dreißig jungen Mittelschülern traf gerade ein. Der älteste von ihnen war einundzwanzig, der jüngste vierzehn Jahre alt. Im Durchschnitt waren sie nicht älter als achtzehn. Sie trugen abgewetzte Kleidung, der Frost hatte ihre Nasenspitzen und Ohrläppchen gerötet. Ihre Gesichter waren ernst und erregt, sowohl unschuldig und erstaunt als auch mutig und würdevoll. Sie warfen sich in die Brust und schritten weit aus. Ihre funkelnden Augen blickten durchdringend. Ihre Herzen waren von dem stolzen Gefühl erfüllt, das nur diejenigen kennen, die das Rad der Geschichte eigenhändig vorantreiben.

Wir haben den Weg gebahnt
Wir haben den Baum gepflanzt
Wir haben den Wolkenkratzer eigenhändig erbaut
Furchtlose Helden
Mit eiserner Faust zerschlagen wir die alte Welt
Schaffen eine neue Welt, schaffen eine neue Welt!

Es schien Zhong Yicheng, als hörte er einen machtvollen Chor sein Lieblingslied singen. »Aufschließen!« – »Richt euch!« – »Links um!« kommandierte Zhong Yicheng mit ernster Miene seinen Trupp und setzte sich mit ihnen in Bewegung in Richtung der steineren Brücke, die über den Jingbe führte und für deren Schutz sie verantwortlich waren. Als sie sich der alten Steinbrücke näherten, die zu einem strategischen Verkehrsknotenpunkt geworden war und Ost- und Westufer miteinander verband, tauchte am Kreuzweg aus südlicher Richtung gleichzeitig ein aus

Mittelschülerinnen bestehender Trupp auf. Sie waren einfach gekleidet, sahen blaß und ausgemergelt aus und glichen jungen Bäumen, die an trockenen, unfruchtbaren Berghängen ein kümmerliches Dasein fristeten. Dennoch wirkten sie irgendwie frisch und gesund. Sie bewegten sich rasch und geordnet, beinahe wie ein gut ausgebildeter Frauentrupp. Zhong Yicheng erkannte plötzlich, wer die Mädchen anführte – Ling Xue.

Ling Xue war Schülerin der dritten Klasse der privaten Mittelschule Jingshen. Sie hatte ein rundes Gesicht, eine niedrige Stirn, kurzgeschnittenes Haar, ruhige und freundliche Augen, eine regelmäßige, zierliche, schwingende und kecke Nase. Auf ihren Lippen lag oft ein Lächeln, dennoch waren sie oft fest verschlossen. Bei den 1947 gemeinsam durchgeführten Lagerfeuern gegen Bürgerkrieg und Hunger, die vom Komitee zur Studentenselbstverwaltung der fünf Universitäten geplant waren, und beim Protestmarsch gegen die vom Marionettensenat inszenierte Niedermetzelung nordostchinesischer Exilstudenten 1948 sowie bei späteren vom sowjetischen Kulturbund für das Ausland organisierten Filmabenden hatten sie sich mehrere Male gesehen und unterhalten. Daß sie sich nun heute, im Augenblick dieser historischen Wende, an der Straßenkreuzung der Stadt, in der bald alles dem Volk gehören würde, wiedertrafen, zeigte deutlich ihre künftige öffentliche politische Stellung. Auf ihren Gesichtern lag ein heiteres, verständnisvolles Lächeln. Ein revolutionäres Gefühl, noch vertrauter als das Gefühl zwischen Vater und Mutter, noch vertrauter als zwischen Geschwistern, erfüllte ihre Brust. Zhong Yicheng hob die Hand. »Ein neuer Tag ist angebrochen!« rief er Ling Xue zu.

Ling Xue wollte gerade Zhong Yicheng antworten, als

ein Schuß ertönte und zwei besiegte Guomindang-Soldaten in panischer Flucht im ausgetrockneten Flußbett näher kamen. Der eine hatte offensichtlich eine Fußverletzung. Seine grüne Wickelgamasche hatte sich vom Blut dunkelrot gefärbt, er humpelte. Der andere war groß, trug einen Vollbart und hielt ein Gewehr in der Hand. Er bot einen furchterregenden Anblick. Ohne auch nur nachzudenken, schrie Zhong Yicheng: »Stehenbleiben!« Dann stürzte er sich von der zwei Meter hohen Brücke auf den größeren der beiden. Er und der große Soldat stürzten zu Boden. Er roch den unangenehmen und penetranten Gestank des Soldaten, hob den Stock und schrie: »Her mit dem Gewehr, Hände hoch!« In diesem Moment kamen die Schüler und Schülerinnen herbeigestürmt und umringten sie.

Die beiden Guomindang-Soldaten rissen eilig die Hände hoch, der Lahme kniete sogar nieder. Die geschlagenen Soldaten hatten überhaupt nicht die wahre Stärke ihrer Gegner bedacht. Es kam ihnen nicht mal in den Sinn, Widerstand zu leisten, und abgesehen davon waren sie dazu auch gar nicht in der Lage. Auch den Jugendlichen war der Gedanke der Gefahr gar nicht erst gekommen, und schließlich existierte auch keine Gefahr. Die Revolution errang gerade den Sieg, also siegten auch sie in diesem Augenblick. Selbst Zhong Yicheng, der aus zwei Meter Höhe herabgesprungen war, hatte sich keinen Bruch zugezogen, ja nicht einmal die Haut abgeschürft. »Abführen!« Wie ein Kommandeur an der Front gab er seinen Befehl. »Gratuliere! Kaum hier und schon erfolgreich.« Ling Xue ging lachend auf ihn zu, schüttelte ihm die Hand wie eine Erwachsene, ließ dann ihren Trupp antreten, kehrtmachen und abmarschieren.

Zhong Yicheng sah den Studentinnen nach. »Wo seid ihr eingesetzt?« rief er. Ling Xue wandte sich um. »Am

Trommelturm.« Sie hob die rechte Hand, winkte Zhong Yicheng zu und rief: »Mit bolschewistischem Gruß!«

Was? Mit bolschewistischem Gruß? Das war der Gruß der Bolschewiki, der Kommunisten – der Gruß der Mitglieder der Kommunistischen Partei! Zhong Yicheng hatte gehört, daß in den befreiten Gebieten in Dokumenten, die zwischen Parteiorganisationen und Organen kursierten, diese drei Worte als Gruß benutzt wurden. Manchmal grüßten sich auch Menschen auf diese Weise. Jetzt aber vernahm er diesen Gruß zum ersten Mal von einem Menschen, der leibhaftig vor ihm stand, aus dem Munde einer Genossin, die so jung war wie er. Diese Worte glichen wahrlich einem heftig lodernden Feuer. Dieser Gruß war wunderbar, er erfüllte mit Freude. Mit bolschewistischem Gruß! Mit bolschewistischem Gruß! Wie der eherne Klang einer Bronzeglocke tönte dieser Gruß...

Juni 1966

Er kam wieder zu sich. Er sah die Jugendlichen mit den roten Armbinden. Grüne Uniformen, breite Ledergürtel, abstehende Rattenschwänze, hochgekrempelte Ärmel... Wie alt sie wohl sein mochten? So alt wie ich damals 1949, siebzehn Jahre? Siebzehn, wirklich ein revolutionäres Alter! Ein Alter, in dem man Armbinden trägt, feige, schwachsinnige und unverbesserliche Parasiten mal ausgenommen! Welcher Siebzehnjährige möchte wohl nicht die Grundfesten des alten Lebens mit Bomben und Sprengzündern in die Luft jagen, möchte wohl nicht mit blutroten Fahnen, feurigen Gedichten und Armbinden eine helle, gerechte neue Welt erbauen, die sich von dem Schmutz und der Schande der ganzen Geschichte und von den Schwächen der Menschheit befreit hat? Wer von ihnen möchte nicht Berge versetzen und Meere umstülpen, alles von Grund auf verändern, an einem Morgen allen Egoismus, alle Heucheleien und jegliche Ungerechtigkeit beseitigen? Siebzehn, was für ein ungestümes, was für ein aufrichtiges, was für ein liebenswertes Alter! Was für ein bedeutendes Heer sind die Siebzehnjährigen in der ewig vorwärtstreibenden Menschheitsgeschichte! Gäbe es keine Siebzehnjährigen, dann würde es auch keine Evolution geben, keine Entwicklung und schon gar keine Revolution.

»Liebe jungen, revolutionären Kämpfer!« murmelte er.

»Blödsinn! Du besitzt die Unverfrorenheit, uns auf deine Seite ziehen zu wollen. Halt ganz schnell deine Schnauze!«

Wieder Schmerzen und Schwindel. Woher kam diese glühende Hitze? Hatten sie etwa ein Feuer entzündet und ihn in die Flammen geworfen? Hatten sie ihn etwa mit Benzin übergossen und anzünden wollen? Sie waren so enthusiastisch, so aufopferungsbereit, so überzeugt von den revolutionären Befehlen. Wozu waren sie nicht fähig? »Mit bolschewistischem Gruß!« Kurz bevor er wieder einmal das Bewußtsein verlor, stammelte Zhong Yicheng plötzlich diese Worte, in seinen blutigen Mundwinkeln erschien ein aus dem Herzen kommendes Lächeln.

»Was? Was hat er gesagt? Keine Aufmerksamkeit schenken? Wem will er keine Aufmerksamkeit schenken? Dieser räudige Hund, wem wagt er keine Aufmerksamkeit zu schenken?«

»Nein, nein. Ich habe gehört, daß er etwas anderes gesagt hat. Wahrscheinlich japanisch. Es hörte sich an wie ›vor langer Zeit‹. Vielleicht ein Kodewort? Vielleicht ist er ein japanischer Spion?«

»Melde, er ist nicht wieder zu sich gekommen. Er wird doch nicht – tot sein?«

»Keine Aufregung. Ein Feind, ein räudiger Hund. Die Revolution trifft keine Schuld, die Rebellion hat recht!«

März 1970

Im Seminar des »Säuberungstrupps«.
Dem stellvertretenden Leiter der Propagandatruppe begann gerade erst der schwarze Bart zu sprießen. Eine Zigarette hing ihm schief zwischen den Lippen. Er hatte die Augen halb zusammengekniffen. Da er der Ansicht war, daß eine schleppende, stammelnde, heisere und grammatikalisch falsche Sprechweise für einen Routinier sowie für eine gewisse Dienststellung charakteristisch sei, sagte er mit undeutlicher Stimme zu Zhong Yicheng: »Deine Geschichte ist von Anfang bis Ende falsch. Du bist nicht ehrlich. Deine Angelegenheit ist äußerst ernst. Eigentlich werden solche wie du der Diktatur des Amtes für Öffentliche Sicherheit übergeben. Die Fakten reichen vollkommen aus. In leichteren Fällen wurden Leute schon erschossen. So ein zwielichtiges Gesindel, Saukerle, das ist euch doch wohl selber klar. Was heißt hier mit fünfzehn in die Partei eintreten, mit siebzehn Sekretär einer Parteizelle werden. Wen willst du damit hinters Licht führen? Wen hast du betrogen? Hast du ein Formular ausgefüllt? Wer hat dir das genehmigt? Wo hast du den Eid abgelegt? Warum hattest du nur einen Bürgen?«

»Das war damals in der Illegalität, das waren besondere Verhältnisse...«

»Was für besondere Verhältnisse? Meiner Ansicht nach war das eine Kommunistische Scheinpartei!«

»So etwas dürfen Sie nicht sagen. Wie können Sie so etwas nur sagen!«

»Sei aufrichtiger!«

»Ich...«

»Wir haben die japanischen Aggressoren besiegt. Wir haben die acht Millionen zählende Zentralarmee Jiang Jieshis vernichtet, und du, unbedeutender Zhong Yicheng, wagst es noch, nicht aufrichtig zu sein?«

Januar 1949

Die Stadt stand kurz vor dem Zusammenbruch. Von der langen Geschichte der alten Kultur und dem einstigen Ruhm war nur noch ein graues Schattenbild übriggeblieben. Abfallhaufen türmten sich in den Straßen und Gassen bis hin zu den Kreuzungen in den Geschäftsvierteln. Die Kinder der Armen krochen den ganzen Tag auf den Abfallhaufen herum und schoben mit eigens dafür angefertigten Schiebern aus Eisendrähten den Müll auseinander, wühlten darin herum und suchten nach Schätzen, die sie aufsammeln konnten – ein paar nicht vollständig verbrannte Kohlestücke, einen Kohlkopf, Schalen von Saubohnen oder einen Haufen Fischköpfe, der unzählige Schmeißfliegen anlockte. In den Zeitungen wurde unter so Schlagzeilen wie »Dreizehnköpfige Familie umgekommen« oft von Armen berichtet, die verdorbene Fischköpfe gegessen und sich dadurch vergiftet hatten. Für die Kinder der Armen waren Fischköpfe jedoch ein Schatz. »Gnädiger Herr, gnädige Frau, geben Sie mir etwas von den Resten ab!« Das überall zu hörende, Mitleid heischende Jammern, das herzzerreißende Betteln war die tragende Melodie dieser Stadt. Sie verschmolz mit dem Trillern der

Polizeipfeifen, dem Gebrüll Zankender und Prügelnder und dem heiseren Geschrei der Marktweiber, die ihrerseits Rattengift, seltsame, liebeshungrig schreiende Katzen und schwanzlose Hunde anpriesen zu einem einheitlichen, im Chor vorgetragenen Gassenhauer. Ein dreijähriges Kind sang: »Solch eine Frau ist geradezu eine Bombe«, ein etwa Zwanzigjähriger sang: »Mein Herz ist geteilt.«

Im Winter schlugen splitternackte Bettler, um das Mitleid zu erregen, ohne Rücksicht auf ihr Leben vorsätzlich mit großen Ziegelsteinen auf ihren eingesunkenen Brustkorb oder schnitten kurzerhand mit einem scharfen Messer ihr Gesicht auf und beschmierten es ganz mit Blut. In ihrer unmittelbaren Nachbarschaft traten ein fetter Beamter und ein wohlhabender Geschäftsmann aus der spiegelnden Glastür eines berühmten Feinschmeckerrestaurants. In ihren Armen hing eine Frau in einem pelzgefütterten Mantel und mit blutrot geschminkten Lippen...

In diesem verkommenen, stinkenden Körper bildeten sich neue, gesunde Zellen, entstand neues Leben. Da war die Partei, dann die illegalen Parteiorganisationen, die vielen im Untergrund arbeitenden Parteimitglieder sowie Mitglieder der Randgruppen der Partei, darunter die der Demokratischen Jugendliga. Unter den Bajonettspitzen der Exekutivtruppen-Armee, Polizei und Justiz, also denjenigen, die die Macht besaßen, »Banditen und Spione« hinzurichten, unter der engmaschigen Verfolgung durch Spione hatten sie im Herzen des Feindes neben Gefängnissen, Knüppeln, und der Folterbank, revolutionäre Aktionen durchgeführt, hatten die Reihen der Revolutionäre in den Kämpfen der Befreiungsarmee ergänzt. Viele waren Jugendliche, viele waren so alt wie Zhong Yicheng, manche sogar noch jünger – ernsthafte Kinder. Das

Leben, dieser große Lehrmeister, formte sie, und sie akzeptierten es ohne irgendwelche Vorurteile. Nachdem sie das Licht der Welt erblickt hatten, hieß ihre erste Lektion Hunger, Not, Unterdrückung, Erniedrigung und Schrecken. Sie lernten wie von selbst, zu hassen und sich zu wehren.

Die Arbeit unserer Partei in der Stadt bestand für die im Untergrund wirkenden Funktionäre darin, in den von Haß und Widerstand erfüllten Herzen der Kinder die Fackel der revolutionären Wahrheit zu entfachen. Dazu benutzten sie anfangs Werke von Zou Taofen und Ai Siqi, verwendeten gesellschaftswissenschaftliche Broschüren aus den Buchläden »Xinzhi« und »Shenghuo« sowie aus dem Verlag »Dushu«, gebrauchten fortschrittliche, in Hongkong und Shanghai verlegte Literatur, um ihre Gedanken wachzurütteln, um ihnen das Licht zu zeigen, um ein anderes, kraftvolles, dem Anliegen des Volkes entsprechendes Fanal zu blasen, das sie zum Kampf rief, zum Kampf für ihre eigene Freiheit und ihr Glück. Danach erwarben sie – getarnt durch Buchumschläge der Werke »Die Reisen des fahrenden Arztes Lao Can« und »Jinfen Shijia« – das Nachrichtenbulletin der Agentur Xinhua, das Bulletin mit den Aufzeichnungen des Senders Nordshaanxi, die »Hauptthesen des Bodengesetzes« bis hin zu solchen Schriften wie »Über die Koalitionsregierung« und »Über die neue Demokratie«.

So wurden sie gesetzter, reifer. Sie forderten bewußt, daß das alte Kaiserhaus begraben und eine neue Welt geschaffen werden müsse. Dafür setzten sie ihre Kräfte ein. Sie dachten ernsthaft über die Gefahren nach, die die Teilnahme an den revolutionären Aktionen mit sich brachte. Sie waren entschlossen und bereit, Opfer zu bringen. Noch nicht achtzehnjährig, traten sie in die Partei ein,

Zhong Yicheng war erst fünfzehn gewesen, als er in die Partei eintrat.

Die Besonderheiten der Untergrundarbeit erforderten die Schaffung mehrerer illegaler Parteizellen innerhalb einer Einheit, die sich untereinander nicht kannten. Es gab viele solcher gleichgeordneten Parteizellen, daher war es schwierig, sie zu zerschlagen. Zu der Zeit, da sich die Parteiorganisationen verhältnismäßig schnell bildeten, konnten manche sogar Sekretär einer Parteizelle werden. Sie waren noch kindlich, ihr Verständnis für die Revolution und die Partei war noch unzureichend und naiv. Dennoch waren sie wirklich mutige, furchtlose, gewissenhafte und verantwortungsbewußte Mitglieder der Kommunistischen Partei.

Drei Tage nachdem die Stadt P. befreit und die Kampfhandlungen eingestellt worden waren, wurde Zhong Yicheng mitgeteilt, daß er an einer Parteiversammlung für die Genossen der ganzen Stadt in der Aula der Hochschule S. teilnehmen solle. Es war bitter kalt. Die Wattejacke, die seine Mutter ihm vor vier Jahren, als er dreizehn Jahre alt gewesen war, genäht hatte, war ihm bereits viel zu klein. Seine blaugefrorenen Handgelenke ragten aus den Ärmeln hervor. Die Ärmel waren zu eng, sie hinderten ihn in seinen Bewegungen. An den Beinen hielt lediglich eine Trainingshose, die einst gefüttert, deren Flaum aber seit langem abgewetzt war und die nur noch aus Flicken bestand, die Kälte ab. Abgesehen von einem abgegriffenen Füller und einem Heftchen, beides trug er in der Jackentasche, war er wirklich nicht viel besser dran als die Kinder, die bettelten oder auf den Müllhaufen Kohlenreste sammelten. Aber seine dichten, kurzen Augenbrauen glichen Vogelschwingen. Auf seinem Gesicht spiegelten sich Freude und Stolz. Er bewegte sich eilig und selbstsicher. Wir haben gesiegt. Wir sind bereits die Herren, die die Macht über diese Stadt und ganz China besitzen.

Als er durch die Straßen der Stadt ging und verfallene Gemäuer und alte Häuser sah, dachte er: »Wir werden jedes einzelne umgestalten.« Er sah auch, wie Militärfahrzeuge ununterbrochen Müll abtransportierten. Gleich nachdem die Kampfhandlungen beendet worden waren, hatten sich die Militärfahrzeuge Tag und Nacht, vierundzwanzig Stunden ohne Pause, in den Kampf zur Beseitigung des Abfalls gestürzt. Der Unrat würde bald vollständig, gründlich und restlos beseitigt sein.

Die Frage der Abfallbeseitigung in P. war von der Marionettenregierung der Guomindang dreimal erörtert worden. Dreimal waren Beschlüsse gefaßt worden. Zahllose »Sonderspenden für Hygienezwecke« waren eingegangen. Mehrmals waren »Sonderabgaben für Hygienezwecke« erhoben worden. Schließlich waren vom Kontrollamt der zentralen Marionettenregierung mehrfach Untersuchungen angeordnet worden, die zu dem Ergebnis führten, daß Beamte die Gelder veruntreut hatten und nun der Müll die Stadt verschlang. Nun aber, gerade drei Tage nach der Befreiung, war der Unrat schon fast beseitigt, hatte er seine ganze Macht verloren. Weil wir ihn beseitigen, dachte Zhong Yicheng. Er sah abgezehrte, verlassene Kinder, die sich im kalten Wind zitternd zusammenkauerten. Nur gemach, wir werden aus euch zivilisierte, wohlhabende und gesunde Persönlichkeiten machen.

Als er sich der Hochschule S. näherte, sah er einen Soldaten, der auf der Brust das Abzeichen »Chinesische Volksbefreiungsarmee« und am Arm die Binde »Kommandostab der Garnison von P.« trug. Noch in einiger

Entfernung holte er hastig die rote Eintrittskarte heraus, die er von der oberen Ebene zugeschickt bekommen hatte, und schwenkte sie dem Wachsoldat entgegen. »Ich bin Parteimitglied!« Die Eintrittskarte konnte sprechen. Sie grüßte den Wachsoldaten: »Mit bolschewistischem Gruß!« Der Soldat lächelte dem jungen illegalen Parteimitglied voller Respekt zu. »Wir haben unsere Streitkräfte vereint«, sagte dieses Lächeln. »Wir fürchten uns nicht mehr davor, verhaftet und ermordet zu werden, weil es euch gibt!« Dankbar erwiderte Zhong Yicheng das Lächeln. Worüber würde in dieser Parteiversammlung gesprochen werden?

Auf dem Weg zur Aula überlegte Zhong Yicheng, ob er nach der Versammlung einige Leute nach Taiwan schikken sollte. Immerhin verfügen wir über reiche Erfahrungen als illegale Kämpfer. In meinem Alter kann man sich leicht tarnen und illegal arbeiten. Wenn man sowohl die Bajonette von Armee, Polizei und Justiz der Guomindang vor Augen hat und gleichzeitig mit dem Central Club und der Geheimdienstzentrale der Guomindang Kontakt hat... das ist noch ruhmvoller. Ich muß mich unbedingt als erster eintragen lassen.

Als er die Aula betrat, zögerte er ein wenig. Er war verblüfft. So viele Parteimitglieder gab es also. Ein unüberschaubares, dichtes Meer, fast tausend Menschen. Die Stadt P. hatte zwei Millionen Einwohner und nahezu tausend Parteimitglieder. Das war später, wenn die Kommunistische Partei offiziell Regierungspartei sein würde, sicherlich zuwenig. Vor der Befreiung jedoch, direkt vor der Nase der Feinde, in der endlosen Finsternis, war jedes Parteimitglied eine Flamme, ein Licht, eine Saatmaschine, ein scharfes Schwert. Die Erziehung und Entwicklung eines Parteimitgliedes war durchaus genauso wichtig wie die Einnahme feindlicher Stützpunkte und die Schaffung einer eigenen Stellung. In den harten Monaten und Jahren des Kampfes war jedes einzelne Parteimitglied außerordentlich wertvoll, zählte jedes Parteimitglied. Zhong Yicheng war Einzelkontakte gewöhnt. Nur ganz selten traf er mit einem Genossen der oberen Ebene und den vier Parteimitgliedern seiner Zelle zusammen, und noch vor vier Tagen hatten diese vier Parteimitglieder nichts voneinander gewußt. Noch niemals hatte er so viele Parteimitglieder gesehen. Heute sah er mit einem Mal solch eine gewaltige Armee, die – beeindruckend anzusehen – in der großen Aula saß. Wie sollte man da nicht jubeln, sich nicht wundern? Er kam sich vor wie ein Kind, das in einem Schlauchboot einen schmalen Kanal entlanggerudert war und plötzlich auf einen Ozeandampfer umstieg, mit dem es den unermeßlichen, stürmischen, wogenden Ozean erreicht.

Dieses Gefühl verstärkte sich noch, als ein heroisches Lied neben ihm aufbrauste:

Wacht auf, Verdammte dieser Erde,
die stets man noch zum Hunger zwingt...

Ein Genosse in Uniform, natürlich war auch er Parteimitglied, dirigierte mit weit ausholenden Armbewegungen die »Internationale«, gab allen den Takt an. Zhong Yicheng hatte zuvor nur in einer sowjetischen Kurzgeschichte, die den Heldentod von Bolschewisten beschrieb, von diesem Lied gehört.

Das Recht, wie Glut im Kraterherde,
nun mit Macht zum Durchbruch dringt...

Diese Verse, diese Melodie, dieses Heer der Sklaven, das man zum Hunger zwang – die Verdammten, die ein Nichts waren –, der mit Macht zum Durchbruch drängende, heldenhafte Chorgesang der Mitglieder der Kommunistischen Partei, allein diese zwei Verse ließen in Zhong Yicheng das Blut heiß aufwallen. Er hatte noch niemals so ein heroisches, leidenschaftliches, gefühlvolles Lied gehört. Wenn Menschen dieses Lied hörten, dann würden sie demonstrieren, Flugblätter verteilen, zu den Waffen greifen und den Aufstand beginnen, die letzte hartnäckige Festung der alten Welt angreifen... Zhong Yicheng ballte die Faust. In seinen Augen standen heiße Tränen. Unter seinem verschleierten Blick schienen die beiden blutroten Parteifahnen mit den Symbolen Hammer und Sichel, die auf der Bühne hingen, sowie das große Bildnis des Führers der Partei, des Genossen Mao Zedong, das zwischen den Parteifahnen angebracht war, noch größer zu werden, schienen sie noch mehr zu strahlen.

Die Aula selbst sah eigentlich schäbig aus. Ein richtiges Dach existierte nicht mehr. Die Trag-, Quer- und Dachstuhlbalken lagen frei. Viele Fenster hingen krumm und schief in den Angeln. Dort, wo das Glas fehlte, waren Bretter vorgenagelt oder die Öffnung sogar vermauert worden. Nahe beim Podium brannten zwei große, aus alten Dieselfässern gebaute Öfen. Da die Qualität der Kohle minderwertig und das Ofenrohr undicht waren, erfüllte beißender Qualm die Aula. Durch die blutroten, großartigen, über alles erhabenen Parteifahnen, das Bild des ruhmreichen, erhabenen und gütigen Vorsitzenden Mao und die kraftvollen, heroischen, schallenden Klänge der Internationale erhielt jedoch alles einen neuen Sinn, eine neue Anziehungskraft. Der Glanz der Partei ließ diese schäbige Aula imposant und stattlich werden.

Im Präsidium saßen die Kommandeure und Politikkommissare der Feldarmee, die die Stadt P. befreit hatten, der erste und der zweite Sekretär des gerade auf der Grundlage des illegalen Stadtparteikomitees gebildeten neuen Stadtparteikomitees, die Verantwortlichen der ehemals im Untergrund operierenden Schüler-, Arbeiter- und Bauernkomitees, der Vorsitzende und die Stellvertreter der militärischen Kontrollkommission der chinesischen Volksbefreiungsarmee für die Stadt P., die bereits lange vor Beginn der Kampfhandlungen geschaffen worden war... Sie alle trugen grasgrüne Uniformen oder die graue Kleidung der Funktionäre. Die Kleider kamen alle aus der Massenproduktion. Sie saßen schlecht. Da sie sich nie um das Waschen, Stärken und Bügeln ihrer Kleidung gekümmert hatten, sahen sie abgerissen aus. Die Männer waren von der Reise staubbedeckt und müde. Da sie die ganze Nacht durchwacht hatten, waren ihre Augen von roten Äderchen durchzogen.

Der Älteste unter ihnen war nicht über fünfzig, die meisten waren dreißig, vierzig Jahre alt. Es gab jedoch auch einige Führer, die gerade erst zwanzig geworden waren, in Zhong Yichengs Augen waren diese bereits Erwachsene von hohem moralischem Ansehen und großem Respekt. Die meisten waren von kräftiger Statur, bewegten sich gewandt, waren voller Tatkraft. Unter ihnen gab es keine Korpulenten, Betagten, Verknöcherten oder Schwerfälligen. Sah man davon ab, daß sie etwas energischer waren, so wiesen sie von außen betrachtet keinerlei Besonderheiten gegenüber gewöhnlichen Menschen auf, ihre Namen waren Zhong Yicheng jedoch wohl vertraut. Die Namen einiger Befehlshaber waren mehr als einmal in den Zeitungen der Guomindang erschienen. Jene Gerüchteblätter druckten äußerst geschmacklose Nachrichten, so auch von der »Erschießung« dieser Befehlshaber, Nachrichten, die ihrem eigenen Wunschdenken entsprangen. Jetzt standen diese Befehlshaber, die in den Zeitungen der Guomindang »erschossen« worden waren, als Sieger, Befreier und Führer auf der Rednertribüne der Stadt P., in der sich gerade der Pulverrauch der Kämpfe aufgelöst hatte, und eröffneten die Rede gegen die aus dem Hinterhalt schießenden Soldaten der zweiten Front. Ein führender Genosse nach dem anderen gab seinen Bericht. Hunan-Dialekt, Sichuan-Dialekt, Shanxi-Dialekt und nordöstlicher Dialekt. Sie berichteten über die Lage an der Front, über die Perspektiven, über die Zerstörungen, die die Guomindang in der Stadt P. angerichtet hatte, über die Schwierigkeiten, vor denen sie und wir standen, und über die Methoden zu ihrer Überwindung...

Die Ausführungen jedes einzelnen Führers waren so verständlich, so eindeutig, logisch, aufrichtig, überzeugend und voller Zuversicht. Sie waren einerseits von stürmischer Leidenschaft und aufrüttelnder Macht erfüllt. Andererseits lagen ihnen wissenschaftliche Analysen und scharfsinnige Gedanken zugrunde. Sie waren so leidenschaftlich wie die Propagandaarbeit an der Feuerlinie, so gewissenhaft wie die Rechnungen eines Hauptbuchhalters. Weder das Große noch das Kleine wurde vernachlässigt. Sie waren anders als die noch vor kurzem so oft gehörten vorgefertigten Schablonen und das abgedroschene Gewäsch, anders als die zweideutigen Lügen und das inhaltslose, lasche Gestöhn. Das war nicht mehr die leise Sprache der an geheimen Orten durchgeführten Treffen. Das war kein stummer Schrei, keine Metapher, keine heimlich übergebenen Dokumente und Instruktionen, sondern der laut verkündete Wille der Partei, der detaillierte und klare Plan der Partei, die Stimme der Partei. Zhong Yicheng saugte, wie ein Schwamm das Wasser, die Weisheit und Kraft der Partei in sich ein. Dieser vollkommen neue Inhalt, diese völlig neue Zuversicht, völlig neue Sprache und der vollkommen neue Redestil erfüllten ihn mit tiefer Bewunderung, großer Freude und Begeisterung. Jeden Satz nahm er in sich auf. Es schien so, als werde er mit jedem neu erlernten Satz ein wenig größer, erwachsener und reifer.

Unversehens war es dunkel geworden. Wie viele Stunden mochten bereits vergangen sein? Die Lampen brannten. Was für eine großartige Leistung. Durch den Schutz der von der illegalen Parteiführung organisierten Arbeitertruppen waren die Ausrüstungen des Elektrizitätswerks überhaupt nicht beschädigt worden, und rund vierzig Stunden nach Beendigung der Kämpfe wurde die bereits seit nahezu einem Monat unterbrochene Stromversorgung wiederaufgenommen. Was für ein helles Licht, was für eine helle Stadt! Das Lampenlicht ließ Zhong Yicheng jedoch plötzlich auch bewußt werden, daß er hungrig war.

Ja, richtig, mittags hatte er es nicht mehr geschafft zu essen, da er es eilig hatte, zur Versammlung zu kommen. Er hatte sich lediglich in einem kleinen Geschäft zwei Handvoll Erdnußkerne gekauft. Jetzt war es schon so spät. Wie sollte sein leerer Magen da auch nicht knurren!

Gleichsam als Antwort unterbrach der stellvertretende Vorsitzende der Militärkontrollkommission, der die Versammlung leitete, die Rede des Vorsitzenden des Stadtparteikomitees und verkündete, daß der Erste Sekretär des Stadtparteikomitees abschließend noch einen ziemlich langen zusammenfassenden Bericht geben werde. Die Versammlung werde schätzungsweise noch etwa drei Stunden dauern. Um den im Bauch entstandenen Widerspruch zu lösen, habe man kurz zuvor mehrere Militärjeeps losgeschickt, um Lebensmittel einzukaufen. Sie seien bereits wieder zurückgekehrt. Die Versammlung werde kurz unterbrochen und eine Essenspause eingelegt.

Daraufhin wurden im ganzen Saal flache Sesambrötchen, zusammengerollte Fladen mit Obstfüllung und Teigzöpfe verteilt. Ferner gab es mit scharf eingelegtem Kohl gefüllte kleine Maisbrötchen und Teigfladen mit Eifüllung. In den verschiedensten Behältern, in Bambuskörben, in Henkelkörben, in Tüten und auf Tabletts, waren die Speisen von Privathändlern und kleinen Imbißstuben herbeigeschafft worden. Es schien, als seien die Imbißstände ganzer Straßen leergekauft worden.

Zhong Yichengs Platz befand sich in der Nähe des Durchgangs. Er konnte die Speisen deutlich erkennen. Das Wasser lief ihm im Mund zusammen. Einer, der ein armes Leben führte wie er, war es nicht gewohnt, solche Kostbarkeiten wie Sesambrötchen und salziges Ölgebäck zu essen. Er dachte jedoch nicht daran, selbst zu essen, sondern begann voller Freude und Begeisterung, den Genossen von der Befreiungsarmee, die als Ordnungskräfte fungierten, beim Verteilen der Fladen und Teigstangen zu helfen. Den weit entfernt Sitzenden warf er das Essen geschickt zu. Über den Köpfen der Parteimitglieder der Stadt, die gerade erst aus dem »Untergrund« hervorgetreten waren, flogen einfache und doch schmackhafte Speisen hin und her. Lachen und Rufe erklangen. »Gib mir was!« – »Aufgepaßt!« – »Ich auch!« Die Laute verschmolzen miteinander. Eine heitere Stimmung kam auf. Das erste gemeinsame Essen der revolutionären Truppen und der Parteitruppen in der Stadt P. hatte ein so großes Ausmaß, und alles ging so schwungvoll zu, daß die Parteimitglieder es länger im Gedächtnis behalten würden als ein Bankett in irgendeinem Saal. So hastig und ungeschlacht wie Soldaten, so offen und aufrichtig wie Kinder, so einträchtig wie eine Familie, wie Verwandte, wie Eheleute... Der Kommunismus wird ganz bestimmt verwirklicht werden. Der Kommunismus kann auf jeden Fall verwirklicht werden.

Zhong Yicheng war jedoch viel zu aufgeregt. Sobald er etwas zu essen in die Hand bekam, gab er es anderen. Anscheinend trieb ihn die Freude dazu. Drei große Weidenkörbe waren schon bis auf den Grund geleert. Auch vom Inhalt des vierten war nichts mehr zu sehen. Also war die Essensverteilung bereits beendet. Aus Hunger, mehr noch wahrscheinlich aus Freude, hatten die Menschen das Essen hastig verschlungen. Wie der Wind war alles verschwunden. Keine Krume war mehr zu sehen. Die Menschen holten ihre Taschentücher hervor und begannen, sich Lippen und Hände abzuwischen. Nur Zhong Yicheng war noch hungrig. Der Geruch von Sesam, von Mehl- und Fleischspeisen hing noch in der Luft. Sein Magen hing ihm bereits in den Kniekehlen. Er drohte aus seinem Körper zu springen und zu einem entfernt sitzenden Genossen zu stürzen, der gemächlich ein halbes Sesambrötchen aß. Zhong Yicheng war vor Hunger schon schwarz vor den Augen, seine Lage war alles andere als angenehm. Dennoch war er froh und glücklich. Da streckte sich ihm von hinten eine Hand entgegen. Er konnte noch nicht deutlich erkennen, wer es war, sah jedoch, daß auf der Hand ein goldgelber Sesamölkuchen lag.

»Nimm.«

»Du?«

Es war Ling Xue. Sie lachte: »Ich sitze nicht weit hinter

dir. Und du, du hast bloß nach vorn gestarrt. Dann habe ich gesehen, wie glücklich du warst, und habe gedacht, er wird doch nicht vergessen, daß er selber essen muß ... «

»Und du?«

»Ich ... habe schon gegessen.«

Offensichtlich entsprach das nicht der Wahrheit. Zhong Yicheng lehnte zunächst höflich ab, doch dann teilten sich beide das Essen. Zhong Yicheng war ein bißchen beschämt, jedoch auch sehr dankbar und glücklich. Bei jedem Bissen sah er so vergnügt, ja sogar ein bißchen komisch aus, so daß Ling Xue lachen mußte.

Ein schriller Pfeifton aus dem Mikrophon ließ die Menschen verstummen. Auch Ling Xue kehrte zu ihrem Platz zurück. Zhang Yicheng konzentrierte sich wieder auf den Bericht. Er wandte sich nicht um. Doch er fühlte hinter sich die freundlichen Augen einer revolutionären Genossin.

... Wer weiß, wie viele Stunden vergingen. Als die Versammlung sich auflöste, war es jedenfalls tiefe Nacht. Draußen begann es in großen Flocken zu schneien. Als Zhong Yicheng aus dem Tor trat, bemerkte ein hoher Offizier der Armee seine kleine, zu enge Wattejacke und die aus den Ärmeln stakenden, mageren Handgelenke. »Kleiner Genosse, ist dir nicht kalt?« fragte der Offizier mit klangvoller Stimme und zog seinen gefütterten und wattierten funkelnagelneuen Militärmantel aus, in dem noch seine Körperwärme zu spüren war, und hängte ihn Zhong Yicheng um. Zhong Yicheng wurde von den fröhlichen Menschen mit nach draußen geschoben. Nicht einmal danke schön konnte er noch sagen.

In diesen mehr als zwanzig Jahren hatte sich Zhong Yicheng oftmals an diese Parteiversammlung erinnert, hatte sich daran erinnert, wie zum ersten Mal die Fahne der Partei, das große Bild des Vorsitzenden Mao gesehen und zum ersten Mal die Internationale gehört hatte. Er erinnerte sich an dieses Abendessen und an den Offizier, der ihm den wattierten Mantel geschenkt hatte. Damals kannte er Lao Wei noch nicht, der später Parteisekretär ihres Gebietskomitees wurde. Er erinnerte sich an die Parteimitglieder, die sich mit bolschewistischem Gruß ansprachen. Einige Erinnerungen waren im Laufe der Zeit allmählich verblaßt. Die Erinnerungen an diese Versammlung jedoch leuchteten hell wie ein Feuer. Sie wurden immer stärker, waren deutlich und strahlend. Obgleich er in diesen mehr als zwanzig Jahren viele bestürzende und erschütternde Dinge gesehen und erlebt hatte und viele Götzen ihren Nimbus verloren hatten, obgleich viele wirklich wertvolle Dinge mit Füßen getreten und verspottet worden waren und sich viele unschuldige und schöne Träume wie Seifenblasen in nichts aufgelöst hatten, obgleich er selber verdächtigt, beleidigt und gekränkt worden war, so fühlte er sich doch unvergleichlich reich und stolz, fühlte eine unerschütterliche Zuversicht, erinnerte er sich nur an diese Parteiversammlung und an die in den zehn Jahren von 1947 bis 1957 in der Parteiarbeit gesammelten Erfahrungen. Eine weltweite große Harmonie war absolut möglich. Ein völlig neues, lichterfülltes und gerechtes Leben konnte bereits aufgebaut werden, zahlreiche Widersprüche und Unbequemlichkeiten würde es natürlich nach wie vor geben. Die Revolution, das Blutvergießen, der Enthusiasmus, die Schwierigkeiten und die Leiden würden nicht umsonst gewesen sein. Mit dreizehn Jahren hatte er sich der illegalen Parteiorganisation genähert, mit fünfzehn war er in die Partei eingetreten, mit siebzehn war er Sekretär der Parteizelle geworden, mit achtzehn hatte er die Schule verlassen und sich der Parteiarbeit gewidmet. Der Weg, den er gewählt hatte, war richtig. Seine Überzeugung, daß es für dieses Ziel zu kämpfen galt, war erhaben. Für diese Überzeugung, für die Teilnahme an der ersten Vollversammlung der Parteimitglieder der Stadt nahm er sogar ein Leben voller Kränkungen in Kauf. Selbst wenn er mit den verschiedensten, abscheulichsten Mützen dahinsterben würde, selbst wenn er von siebzehnjährigen liebenswerten jungen revolutionären Kämpfern mit Ledergürteln und Ketten zu Tode gepeitscht werden würde, selbst wenn er im Namen der Partei unter den von eigenen Genossen abgefeuerten Kugeln sterben würde, in seinem Herzen war es nach wie vor hell; er bereute nichts, er war nicht traurig, hegte auch keinen persönlichen Haß, und noch weniger war er vom Leben enttäuscht. Er würde trotzdem nach wie vor stolz sein und es als Ehre empfinden, auch nur eine Zeitlang Mitglied dieser mächtigen, große Verantwortung tragenden Partei gewesen zu sein. Würde er auch noch so viele Schattenseiten der Partei und Schwächen der verschiedensten Menschen sehen, könnte das doch nicht seinen Glauben an die Partei, an das Leben, an die Menschheit trüben. Dachte er nur an diese Parteiversammlung zurück, entschädigte ihn das für alles andere. Er war keine Figur aus einem Trauerspiel, er war stark, er war glücklich.

Zhong Yicheng nahm an der von Lao Wei durchgeführten Parteischulung teil. Am Vortag war Zhong Yicheng achtzehn Jahre alt geworden, die Parteizelle hatte ihn als Parteimitglied aufgenommen. Bei der Parteischulung sagte Lao Wei: »Ein Mitglied der Kommunistischen Partei muß ein echter Bolschewik werden, muß zu einer vollkommenen, reinen Parteilichkeit gelangen, muß sich selbstlos dem revolutionären Kampf widmen, muß ferner mit Unterstützung der Parteiorganisation die Waffe der Kritik und Selbstkritik anwenden, sich ideologisch umerziehen, muß seinen Individualismus, seinen individualistischen Heroismus, Liberalismus, Subjektivismus, seine Eitelkeit, seinen Neid und andere kleinbürgerliche Ausbeuterideologien überwinden.«

»... nehmen wir beispielsweise den Individualismus. Das Proletariat kennt keinen Individualismus, weil es selbst besitzlos ist. Es kann nur die Ketten verlieren, aber die ganze Welt gewinnen. Um sich selbst zu befreien, muß es zunächst die ganze Menschheit befreien. Die persönlichen Interessen des einzelnen Proletariers verschmelzen vollständig mit den Interessen der Klasse, mit den Interessen der ganzen Menschheit. Er ist selbstlos, hat die größte Voraussicht... Der Individualismus hingegen ist die Weltanschauung der kleinen Privateigentümer, der Ausbeuter. Er hat seine Quelle im Privateigentum und der Klassenteilung... Der Individualismus ist mit dem Wesen der Partei des Proletariats völlig unvereinbar... Ein im höchsten Grad individualistischer Mensch, der nicht willens ist, sich zu ändern, wird letztendlich zu Jiang Jieshi, Truman oder Trotzki und Bucharin überlaufen... «

»Vollkommen richtig! Vollkommen richtig!« rief

Zhong Yicheng mehrmals. Individualismus war etwas so Schmutziges, so Schändliches. Individualismus war wie ein eiterndes Geschwür, etwas Erbrochenes. Individualisten waren Kakerlaken, Ungeziefer... Der Sekretär des Gebietskomitees, Lao Wei, fuhr fort: »Kommunisten sind die Avantgardisten des Proletariats, sind Menschen, die alle schmutzigen, privaten Pläne und niederen Interessen aufgegeben haben. Ein Kommunist verfügt über den größten Mut, weil er es als höchstes Glück im Leben betrachtet, sich für die Sache der Partei aufzuopfern. Er verfügt über die größte Weisheit, da sein Herz wie ein ungetrübter Spiegel ist, auf dem nicht der Staub privater Interessen und materieller Verlangen liegt. Er hat die vielversprechendste Zukunft, da seine Klugheit und Weisheit in den Kämpfen der Millionen geschult werden und reifen. Er verfügt über das höchste Ideal – die Verwirklichung des Kommunismus auf der ganzen Welt. Er hat die besten Charaktereigenschaften, um eine wichtige Aufgabe zu erfüllen, wenn er im Interesse der Partei bereit ist, Demütigungen über sich ergehen zu lassen. Er besitzt die größte Würde, mit zusammengezogenen Brauen und kaltem Blick trotzt er tausend Angriffen. Er ist willig wie ein Büffel, der sein Haupt vor Kindern neigt. Er ist der Glücklichste. Jeder noch so kleine Schritt nach vorn für die Sache der Partei ist Quelle seines Glücks. Er ist der Standhafte. Er fürchtet sich nicht, für die Sache der Partei durch das Feuer zu gehen...«

Nachdem die Parteischulung beendet war, gingen Zhong Yicheng und Ling Xue gemeinsam aus der Aula. Zhong Yicheng wandte sich voller Ungeduld an Ling Xue: »Die Parteizelle hat schon den Beschluß gefaßt. Ich bin Parteimitglied geworden. Daß ich gerade jetzt an Lao Weis Parteischulung teilnehme, ist schon von besonders großer Bedeutung. Sag mir offen deine Meinung. Welche Anstrengungen soll ich unternehmen? Ich habe bereits einen Plan zur Überwindung meines individualistischen Heroismus ausgearbeitet. Ich werde zehn Jahre brauchen, um meine nichtproletarische Ideologie völlig zu überwinden, um ein Bolschewik zu werden, um ein wahrer Avantgardist des Proletariats zu werden, so wie ihn Lao Wei beschrieben hat. Hilf mir, Ling Xue, sag mir offen deine Meinung!«

»Was hast du gesagt, Xiao Zhong?« Ling Xue blinzelte. Sie schien ihn nicht verstanden zu haben. »Ich glaube, um ein richtiges Mitglied der Kommunistischen Partei zu werden, das den gestellten Anforderungen entspricht, müssen wir uns ein ganzes Leben lang anstrengen. Zehn Jahre... reicht das?«

»Natürlich muß man angestrengt lernen, muß man sein Leben lang Anstrengungen für die eigene Umerziehung unternehmen. Doch selbst um die Minimalkriterien für einen Bolschewisten zu erfüllen, reichen zehn Jahre nicht, selbst fünfzehn, sechzehn Jahre...«

November 1957

Sieben Jahre später wurde Zhong Yicheng als parteifeindliches und antisozialistisches, bürgerliches, rechtes Element abgestempelt. Es fanden über dreimonatige, umfangreiche Ermittlungen statt. Es gab einen endlosen politischen, ideologischen und psychischen Prozeß, dessen Ausgang bereits von vornherein feststand und zu dem die geduldigen und manchmal zuredenden Worte und Analysen des Genossen Songming gehörten. Die Selbstkritik verstrickte Zhong Yicheng von Mal zu Mal tiefer in diesen Prozeß, machte schrittweise einen prinzipiellen Fall aus dieser Angelegenheit, und es wurde immer schwieriger, aus eigener Kraft da wieder herauszukommen. Die Massen, die die Kritik und die Entlarvung gemäß dem Aufruf durchführten, hegten zu Beginn durchaus keine bösen Absichten. Natürlich gab es auch Leute, die, um ihren revolutionären Geist zu demonstrieren, lautstark die Stimme erhoben und die schärfsten Worte wählten. Letztendlich wurde diese Entlarvung und Kritik jedoch durch die Analysen Songmings, in denen er nichts unversucht ließ, um Zhong Yicheng bestimmter Vergehen zu bezichtigen, und durch die Selbstkritik Zhong Yichengs, vor der er, hätte er sie nur hören können, zurückgeschreckt wäre, vor allem aber duch das Anheizen des politischen Klimas zu einem erbarmungslosen Vernichtungsschlag, einem erbarmungslosen Kampf, der letztendlich zu dem erwähnten Ergebnis führte.

Der Prozeß zur Abstempelung eines Rechten glich sehr stark einem chirurgischen Eingriff. Zhong Yicheng und die Partei waren einst wie Blutgefäße, wie Nervenbahnen, wie Knochen und Fleisch miteinander verbunden gewesen, Zhong Yicheng, die revolutionären Genossen, die Jugend und die Volksmassen bildeten eigentlich eine Einheit, so wie Fleisch und Blut. Zhong Yicheng war eigentlich ein Stück Fleisch aus dem Körper der Partei. Jetzt war dieses Stückchen Fleisch aufgrund des Gutachtens der Chirurgen – des neuen Sterns am Himmel der Kultur- und Kunstkritiker und des Genossen Songming, die das Schwanken des Klimas als Meßinstrument nutzten – zu einem bösartigen Krebsgeschwür geworden. Aus diesem Grund nahm man ein chirurgisches Messer, schnitt es sorgfältig, säuberlich und gewissenhaft heraus und warf es fort. Sahen die Menschen nun den in die Mülltonne geschmissenen, blutigen Fleischbrocken, brauchten sie auch den übrigen Menschen nicht mehr, konnten sie vor Zhong Yicheng nur noch Abscheu und Ekel empfinden, mochten sie ihn keines Blickes mehr würdigen. Für Zhong Yicheng selbst war es eine »Herzoperation«, weil eben die Partei, die Revolution, der Kommunismus sein blutrotes Herz waren. Nun schnitten ihm die Menschen im Namen der Partei dieses Herz heraus. Die Liebe und die Unterstützung für die Partei, das Vertrauen in die Partei, die Achtung und der Gehorsam gegenüber der Partei ließen ihn eigenhändig zum Skalpell greifen und schließlich selbst Anweisung geben: »Hier das Messer ansetzen, hier...« Als die Operation beendet war, sah Zhong Yicheng aus dem Spiegel das bleiche Gesicht eines Menschen entgegen, der sein Herz verloren hatte.

Der Himmel verdunkelte sich, die Erde wurde düster! Ich bin ein »Element«! Ich bin ein Feind! Ich bin ein Verräter! Ich bin ein Verbrecher! Ich bin ein Lump! Ich bin ein Schurke! Ich bin ein heimtückischer Teufel! Ich bin ein jüngerer Bruder von Huang Shiren und Mu Renzi. Ich gehöre zur Truppe der Geheimagenten von Truman, Dallas, Jiang Jieshi und Chen Lifu. Nein, in Wirklichkeit spiele ich eine gemeine Rolle, die die amerikanischen Spione und die von Jiang Jieshi nicht spielen können. Ich bin eben der kleine chinesische Nagy. Ich sollte erschossen, zu Tode geprügelt werden. Auch nach dem Tod wäre ich nur abscheulich und ekelerregend wie Hundescheiße, würde ich mich in Auswurf, in Tuberkelbazillen verwandeln...

Saß ich im Trolleybus, wagte ich nicht, den Schaffner und die Fahrgäste anzublicken, weil ich den Abscheu und die Verachtung des Schaffners und jedes einzelnen Fahrgastes zu spüren glaubte. Ging ich in ein Postamt und wollte eine Briefmarke mit dem Bild des Tiananmen auf den Umschlag kleben, wurde mir schwarz vor Augen, und meine Hände begannen zu zittern, denn ich war ein »Feind«, der versucht hatte, die sozialistische Ordnung, die Volksrepublik China, die rote Fahne mit den fünf Sternen und das in alle vier Himmelsrichtungen strahlende Tiananmen zu stürzen! Ich ging an einem Laden vorbei, der Frühstück anbot, und wagte nicht, mir ein Schälchen Bohnenmilch zu kaufen. Wie sollte ich mich denn auch wagen, wie sollte ich denn auch würdig sein, die Bohnenmilch zu trinken, für die die Bauern, die die Partei und den Sozialismus heiß liebten, die Sojabohnen angepflanzt hatten – die Bohnenmilch, die die Arbeiter, die die Partei und den Sozialismus heiß liebten, aus den Sojabohnen hergestellt hatten, die duftende, süße, schneeweiße Bohnenmilch, die der Verkäufer, der die Partei und den Sozialismus heiß liebte, heiß gemacht, gezuckert, in Schälchen abgefüllt und verkauft hatte? Ich las in der Zeitung die Nachricht, daß die Volksbank unseres Landes Hartgeld herausgegeben hatte. Ich sah freudig und auch neugierig, wie die Menschen darauf aus waren, die Nikkelmünzen zu einem, zwei und fünf Fen zusammenzutragen, sie zu verwahren, zu bewundern und weiterzureichen. Ich hörte, wie die Menschen das Aufblühen der Volkswirtschaft, die Vorzüge des Sozialismus, die stabilen Preise, die Beständigkeit des Geldwertes und die schönen, beglückenden und haltbaren Geldstücke bejubelten. Auch ich bekam eine 5-Fen-Münze, auch ich war froh, bewunderte das auf der Münze aufgeprägte Staatsemblem, die rote Fahne mit den fünf Sternen, die Weizenähren, die Jahreszahl, wollte sie nicht aus der Hand geben... Plötzlich war mir jedoch, als sähe ich im Widerschein der Münze mein eigenes Abbild, das Abbild einer niederträchtigen Kreatur ... Welchen Anspruch, welches Recht hatte ich, mich über die wirtschaftlichen Erfolge des sozialistischen China zu freuen, darüber begeistert zu sein? War ich nicht ein Feind der Republik, ein Schädling des Sozialismus? War der Widerspruch zwischen mir und dem Vaterland nicht ein unversöhnlicher, ein antagonistischer, ein Widerspruch auf Leben und Tod? War es nicht so, daß die Volksrepublik China zugrunde gehen würde, wenn man mich nicht entlarvte, mit Stumpf und Stiel ausrottete? Konnte ich mich denn nicht nur Landesverrätern, Spionen und Kollaborateuren anschließen? Würden es Landesverräter, Spione und Kollaborateure etwa jubelnd begrüßen, wenn die Volksrepublik China Hartgeld herausbrächte?

Vorsitzender Mao, was war denn eigentlich los? Was denn eigentlich? War denn das alles wahr? Wirklich wahr?

Zhong Yicheng lag nächtelang wach. Er aß kaum etwas, trank sehr wenig. Doch ununterbrochen mußte er seine Blase entleeren, fast alle zwanzig Minuten ging er zur Toilette. Nach fünf Tagen war sein Gewicht von 124 auf 89 Pfund gesunken. Er war vom Fleisch gefallen, war ein anderer geworden. Als Genosse Songming ihn sah, sagte er aufmunternd: »Du bist ein neuer Mensch geworden, ein neuer Mensch. Du fängst jetzt eben ganz von vorne an!«

März 1967

Die Massen veranstalteten eine Kritik- und Kampfveranstaltung gegen Lao Wei. Zhong Yicheng und Songming, die ebenfalls angeklagt waren, standen rechts und links von ihm. Zhong Yicheng »kniete« mit auf dem Rücken gelegten Armen auf der Bühne, das machte den Unterschied zu Lao Wei und Songming deutlich, verkörperte die »Politik« der unterschiedlichen Behandlung.

Die revolutionären Rebellen erklärten: »Dieser Wei da, unter dem Deckmantel einer Parteischulung hat er skrupellos schändliche Ideen verbreitet und für die schwarzen Lehren Liu Shaoqis die Trommel gerührt. Er hat die Theorie vom gelehrigen Werkzeug, die Theorie der Auflösung von gesellschaftlichem in privates Eigentum und die Theorie ›Kleine Nachteile hinnehmen und große Vorteile ergaunern‹ verbreitet. Er, ein Machthaber, der den kapitalistischen Weg geht, hat beständig das Pseudomitglied, den wahrhaft Rechten Zhong Yicheng gedeckt und auf bedeutende Posten geschoben, und genauso hat er den konterrevolutionären, revisionistischen Theoretiker Songming gedeckt und auf bedeutende Posten geschoben.«

»Schlagt diesen Wei da entschlossen nieder! Nieder mit Songming! Zhong Yicheng darf sich niemals mehr erheben!«

»Zerschmettert den Hundekopf von Lao Wei. Fügt Songming sich nicht, haltet ihn mit harter Faust nieder!«

»Er hat lediglich die linke Rebellion vorbereitet und nicht die Rache der Rechten für den Verlust ihrer Macht. Zhong Yicheng wollte ein bereits gefälltes Urteil revidieren. Laßt ihn die eiserne Faust der Diktatur des Proletariats kosten!«

Zhong Yicheng durchlitt Qualen. Er war unruhig, denn er wußte, daß man bei einer Haussuchung seine von 1951 stammenden ausführlichen Mitschriften, die er während der von Lao Wei durchgeführten Parteischulung gemacht hatte, beschlagnahmt hatte. Um in den Besitz dieser Aufzeichnungen zu gelangen, schlugen sich die Fraktionen revolutionärer Rebellen und proletarischer

Revolutionäre grün und blau. Einer wurde schwer, sieben leicht verletzt. Als dann schließlich diese Kritik und Kampfversammlung einberufen wurde, entpuppte sich das »Lehrmaterial am negativen Beispiel« als seine, die ganze Zeit sorgsam gehüteten Aufzeichungen. Die Qualen und die Unruhe trieben Zhong Yicheng dazu, sich umzudrehen. Die Hand, die ihn an den Haaren hielt, packte noch unbarmherziger zu, drückte ihn bei jedem Sichaufbäumen nieder.

Am Abend dieses Tages beging Genosse Songming Selbstmord. Er hatte bereits lange Zeit an einer Nervenschwäche gelitten. Mehrere Schlafmittel lagen griffbereit. Dieser Vorfall prägte sich bei Zhong Yicheng schmerzhaft ein. Er war fest davon überzeugt, daß Songming kein schlechter Mensch gewesen war. Songming hatte jeden Tag Bücher von Marx, Lenin und dem Vorsitzenden Mao gelesen. Er hatte bis spät in die Nacht die Dokumente des ZK und die Zeitungen und Zeitschriften der Partei gelesen. Er hatte heißen Herzens mit logischen Schlußfolgerungen und deduktiven Methoden die Gedanken jedes Menschen analysiert, hatte aus jeder Mücke einen Elefanten gemacht und war selbst der Meinung gewesen, anderen damit zu »helfen«. 1957 hatte er voller Genugtuung, überzeugend, systematisch und in staunenerregender Weise jeden Satz, den Zhong Yicheng gesprochen, jedes Gedicht, das er geschrieben hatte, analysiert und damit bewiesen, daß Zhong Yicheng durch und durch ein bürgerlicher Rechter war.

»Ganz gleich, ob es dir bewußt wird oder nicht, ganz gleich, ob es dein subjektiver Wunsch ist oder nicht, die Offenbarung deines Klasseninstinkts, das Wesen deiner Worte und Taten, ihr vom subjektiven menschlichen Willen unabhängiges objektives Wesen sind parteifeindlich und antisozialistisch.« Sprach er und fügte ein Beispiel an: »Du fragst beispielsweise gern andere Leute: ›Wird es heute regnen?‹ In einem deiner Gedichte findet sich die Zeile: ›Ich weiß nicht, ob es morgen klar oder bewölkt sein wird.‹ Welche Bedeutung wohnt dem inne? Darin zeigt sich der typisch ruhelose seelische Zustand der untergehenden reaktionären Klasse...«

Die Analysen Songmings machten Zhong Yicheng sprachlos, ließen ihm Schauer über den Rücken laufen, aber auch tiefste Bewunderung für ihn hegen. Obgleich Songming solche Analysen verfaßte, kümmerte er sich weiterhin um Zhong Yicheng, half ihm. Regnete es, borgte er Zhong Yicheng seinen Regenmantel. Gab es im Speisesaal Jiaozi, übergoß er Zhong Yichengs mit etwas Essig. Hatte er die »Behandlung« abgeschlossen, drückte er Zhong Yicheng aufrichtig und fest die Hand: »Du hast eine Zukunft, doch du mußt dich im Innersten ändern. Ich wünsche dir, daß du den Weg einer Umerziehung bis zum Ende gehst, bis du wieder auf die Beine kommst. Vergiß dein kleines Ich völlig. Stürz dich in den großen Schmelzofen der Revolution!«

Er sagte viele herzliche und aufrichtige Worte. Für Zhong Yicheng klangen sie in der damaligen Situation freundschaftlich. Selbst jedoch war Songming so schwach. Er hatte einen ganz nutzlosen Weg gewählt. Der Sturm der großen Kulturrevolution hatte ihn nur sacht gestreift, doch er hatte es nicht ertragen – mochte er in Frieden ruhen.

Ein grauer Schatten war in Zhong Yichengs Schlafzimmer getreten. Der graue Schatten trug ein kurzärmliges Nylonhemd und eine Trompetenhose aus Kunstfasern. Er hatte lange Haare, eine Filterzigarette hing schräg zwischen seinen Lippen, in den Armen hielt er eine Hawaiigitarre. Er war jung. In der Tasche steckte ein Walkman. Die Kassette war mit vielen »wertvollen« Liedern aus Hongkong bespielt. Nein, er war nicht mehr jung, schon bald fünfzig. Seine Augenlider waren geschwollen, sein Mund stand ein wenig schief. Zähne, Zunge und Finger hatte der billige Tabak gelblichbraun gefärbt. Er roch nach Schnaps. Auf seinem Gesicht lag ein sanftmütiges Lächeln. Vielleicht war er erst etwas über vierzig. Er hatte große Augen, doppelfaltige Lidränder. Von Kopf bis Fuß war er blitzsauber, geschniegelt und gebügelt. Er legte größten Wert auf den gesellschaftlichen Umgang. Er trug eine überhebliche Miene zur Schau, in seinen Augen standen jedoch Unwissenheit und Leere geschrieben. Oder war der Schatten nur eine früh gealterte Frau mit frühzeitig ergrautem Haar, geschwätzig und jammernd? Oder trat er in einer anderen Gestalt auf? Sie waren jedenfalls graue Schatten, jene Schatten, die Ende der siebziger Jahre häufig unsere Häuser beehrten.

Der graue Schatten verzog den Mund und sagte träge: »Verdammter Blödsinn alles... Ob nun Selbsterziehung der Mitglieder der Kommunistischen Partei oder Lebenskraft der revolutionären Rebellen, ob nun in drei Jahren England, in zehn Jahren Amerika überholen oder fünfzig Jahre lang gar nichts einholen und gar nichts überholen, ob nun ›mit bolschewistischem Gruß‹ oder mit dem Gruß der Rotgardler, ob mit ›es lebe‹ oder mit ›herzlichst‹

gegrüßt wird, ob es sich nun um ein echtes Mitglied der Kommunistischen Partei oder um die Bourgeoisie in der Partei handelt, ob man jemanden grundlos beschuldigt oder willkürlich maßregelt, ob es sich nun um den 18. August oder den 5. April handelt, alles Quatsch, alles Unsinn, alles hohl.«

»Gibt es denn für dich eigentlich noch irgendwelche Dinge, die zählen? Gibt es eigentlich irgend etwas, was dich beeinflußt, in dir den Wunsch nach Leben und nicht nach Tod erweckt?«

»Liebe, Jugend, Freiheit. Ich glaube an nichts, außer an das, was mir selbst gehört.«

»Auf die Freundschaft, Prost! Ich habe wirklich schon früh alles durchschaut, mich schon früh von allem losgesagt. 1957 mußte ich an einer Versammlung zur freien Meinungsäußerung teilnehmen. Ich habe kein Wort gesagt. Mehr als zwanzig Jahre sind vergangen. Ich habe kein Buch, keine Zeitung gelesen und trotzdem mein Geld bekommen.«

»Es ist schon ein Pech, als Chinese geboren worden zu sein. Mit der Entwicklung in China wird's jedenfalls im Leben nichts. Man sollte das Land ohne Umschweife ganz öffnen.«

»Meine Tochter hat sich schon den 34. Freund geangelt. Aber es war alles nicht das richtige, entsprach nicht meinen Vorstellungen, ging nicht...«, sprach der graue Schatten.

»Gut, wollen wir zunächst nicht darüber diskutieren, ob eure Forderungen vernünftig sind oder nicht«, sagte Zhong Yicheng. »Ich möchte nur wissen, was ihr für den Staat oder das Volk tut. Was tust du für dich selbst, für deine Liebe, deine Freiheit, für deine Freunde und dein Schnapsglas, dafür, daß du weiterleben und wichtigtuerisch über irgendwelche Öffnungen sprechen kannst? Oder was tust du für deine Tochter? Nein, besser gesagt, was tust du dafür, daß du selbst einen idealen Schwiegersohn findest? Was tut ihr dafür? Was wollt ihr dafür tun? Habt ihr die Fähigkeiten, etwas dafür zu tun?«

»... Dummkopf! Du tust uns leid! Du bist immer noch dein eigener Gefangener. Hat dein Unglück dich denn nicht ein bißchen wachrütteln können?« Ärgerlich gingen die grauen Schatten von der Verteidigung zum Angriff über.

»Ja, wir sind dumm. Es kann schon sein, daß in unserer Liebe und Verehrung auch Dummheit steckt, in unserer Treue auch ein wenig Blindheit. Es kann schon sein, daß unser Vertrauen allzu naiv ist, daß unsere Ziele nicht alle real sind, daß an unserem Enthusiasmus auch Erdichtetes ist, daß in unserem Respekt Samen der Dummheit stekken, daß unsere Sache viel schwieriger, viel mühsamer sein wird, als wir es ahnen. Aber immerhin haben wir die Liebe, die Verehrung, die Treue, das Vertrauen, die Ziele, den Enthusiasmus, den Respekt und auch unsere Sache. Früher haben wir Fehler gemacht. Wenn wir erwachsen sind, wird ein noch festerer, noch erfahrenerer Kern übrigbleiben. Als damals unsere Liebe, unser Vertrauen und unser Respekt mit Füßen getreten wurden, fühlten wir auch Zorn und Schmerz. Noch größer war unsere immerwährende und unzerstörbare Hoffnung. Unser Leben, unsere Herzen waren hell, und sie werden noch mehr erstrahlen. Und du? Grauer Freund, was hast du? Was hast du getan? Was kannst du? Was hast du vorzuweisen außer Nichtigkeiten?«

»Aber ich vertraue der Partei! Unserer großartigen, ruhmreichen, unfehlbaren Partei! Der Partei, die die Tränen vieler Menschen getrocknet, die den Weg in solch eine Zukunft gebahnt hat. Gäbe es nicht die Partei, wäre ich nicht mehr als eine erbärmliche, um die nackte Existenz ringende Kreatur. Die Partei war es, die aus mir einen heroischen Kommunisten, einen revolutionären Funktionär gemacht hat. Ich verstehe unsere Partei, selbst wenn man behauptet, ich hätte mich in die Partei eingeschlichen, so habe ich doch schließlich mehr als zehn Jahre in der Partei verbracht. Mit den von Vorurteilen freien Augen eines Kindes habe ich mehr als zehn Jahre gesehen, beobachtet. Ich habe das Parteiorgan gelesen, habe in Parteiorganen gearbeitet und an Parteikonferenzen teilgenommen. Ich hatte Verbindung mit vielen Funktionären der Partei, auch leitenden Funktionären. Sie haben mich alle gern gehabt, und auch ich liebte sie. Ich weiß, daß die Kommunistische Partei Chinas aus den Besten des Volkes und der Klasse besteht, denjenigen, die sich um Land und Leute sorgen, die leidenschaftlich, heroisch und selbstlos sind, die bereit sind, für die Befreiung des Volkes und der Klasse ein Kreuz auf sich zu nehmen. Hast du »Geliebtes China« des Märtyrers Fang Zhiming gelesen? Hast du das Gedicht über den Märtyrertod von Xia Minghan gelesen? Wir haben das alles gelesen. Wir wußten, daß das alles wahr war. Wir glaubten daran, weil wir davon überzeugt waren, daß wir unter solchen Bedingungen auch wie Fang Zhiming, wie Xia Minghan handeln würden. Wir wußten, daß die Partei keine anderen Interessen außer denen der Klasse, außer denen der Partei und außer denen des Volkes hat. Gerade darum hat die Partei das Recht und auch die Pflicht, strenge Forderungen an jedes Mitglied in seinen Reihen zu stellen. Auch die Parteimitglieder müssen und können äußerst strenge, erbarmungslose und eindeutige Forderungen aneinander stellen.

Ich bin schon in jungen Jahren in die Partei eingetreten. Das war aber durchaus kein Grund dafür, Mitleid mit mir zu haben, mich nachsichtig zu behandeln oder mir besonderen Schutz zu gewähren, sondern brachte nur noch strengere Forderungen mit sich. Wenn die Partei mich nun kritisiert, dann durchaus nicht aus irgendeiner bösen Absicht oder aus persönlichen Motiven. Um der Sache des Kommunismus und des Internationalismus willen, um einen Kampf auf Leben und Tod gegen die internationale Bourgeoisie und die Bourgeoisie im Innern des Landes führen zu können, einen Kampf gegen den internationalen Revisionismus und gegen den Revisionismus in China muß die Partei unerbittlich und streng sein! Die Partei ist groß und mächtig. Auch wenn ich nur im Unterbewußtsein Dinge gesagt habe, die nicht im Interesse der Partei liegen, auch wenn ich nur im Traum für einen Augenblick geschwankt haben sollte; wenn ich Zeichen geschrieben habe, die nicht im Interesse der Partei liegen, müßte die Partei entschiedene Maßnahmen ergreifen. Wer aus der Partei ausgeschlossen werden muß, der muß eben ausgeschlossen werden! Wenn man sich von den Rechten abgrenzen muß, dann muß man sich eben abgrenzen! Wenn man die Diktatur des Proletariats ausüben muß, dann muß man die Diktatur des Proletariats eben ausüben! Genau so, wie man den Ungarn Imre Nagy erschossen hat. Wenn China einen Rechten erschießen muß, wenn China mich erschießen muß, dann lege ich den Kopf auf den Block, dann werde ich kein Wort sagen!

Obwohl man sich von mir als Rechtem abgegrenzt hat, werde ich nach wie vor weiterleben, kann ich nach wie vor weiterleben, eben weil ich diesen unerschütterlichen, felsenfesten Glauben habe. Das wiegt schwerer als der Taishan!«

Es war der 8. März 1958, nachmittags um fünf Uhr unter der Steinbrücke, die den Jinbo überspannte. Es nieselte. Ein Windstoß trieb Zhong Yicheng und Ling Xue den Regen ins Gesicht und auf die Kleider, und es regnete auf das zur Zeit ausgetrocknete Flußbett zu ihren Füßen. Der kalte Wind fuhr durch Mark und Bein. Es waren nur sehr wenige Menschen unterwegs. Seit man Zhong Yicheng kritisiert hatte, war er Ling Xue ständig aus dem Weg gegangen. Dazu kam, daß Ling Xue für einige Monate ins Landesinnere gereist war. Sie hatten sich lange nicht gesehen. Diesmal hatte er Ling Xue um eine Verabredung gebeten. Er wollte mit Ling Xue ein letztes Gespräch führen. Die qualvollste Zeit war bereits vorüber. Obwohl es schmerzhaft war, sich selbst aufzugeben und zu vernichten, hatte er immer noch die Kraft, diese unvorstellbaren Schwierigkeiten und Qualen zu überstehen, weil sein innerster Glaube, der Glaube an die Partei, nicht im geringsten geschwächt oder erschüttert worden war. Im Gegenteil. Sein eigener Parteiausschluß steigerte noch seine große Hochachtung und seine schwer in Worte zu fassende tiefe Liebe für die Partei. So war denn der Mensch, der damals als Jugendlicher heldenhaft die Steinbrücke verteidigt hatte, das jugendliche Mitglied der Kommunistischen Partei, und der heute in der Dämmerung dieses naßkalten Tages unter völlig anderen Umständen – er war mittlerweile ein »Element« geworden –, doch in unveränderter Umgebung unter der Brücke stand (natürlich hatte sich die Umgebung, abgesehen von der

Steinbrücke, verändert, viele Häuser waren inzwischen gebaut worden), zwar von nagendem Kummer erfüllt und der Schmerz drehte ihm das Herz im Leibe herum. Doch die Partei, die diese Stadt, diese Brücke befreit hatte, existierte noch immer. Sie war nicht nur im Stadt- und Gebietsparteikomitee, in den Betrieben und auf den Dörfern gegenwärtig, sondern existierte noch immer erhaben, würde- und ruhmvoll in Zhong Yichengs Herzen. Hatte auch das chirurgische Messer sein Herz herausschneiden können, so hatte es doch nicht das Bild der Partei, das helle Licht der Partei ausmerzen können.

Daher sprach aus den Worten, die er Ling Xue sagte, nach wie vor sein unbeugsamer, fester Glaube und erschütterte die ganze Welt. Er fuhr fort: »Ich selbst habe nicht gedacht, daß ich eigentlich so schlecht bin! Schon von klein an war meine Seele von Individualismus und individualistischem Heroismus vergiftet. Als ich zur Schule ging, hoffte ich, die Fächer mit ›ausgezeichnet‹ zu absolvieren, den anderen überlegen zu sein. Mein Motiv für den Parteieintritt war nicht lauter. Ich hoffte, selbst eine großartige Tat zu vollbringen, damit mein Name in die Annalen der Geschichte eingehen würde! Auch absolute Gleichmacherei, Liberalismus und sentimentale Milde stehen zu meinen Lasten... All das entwickelte sich, als die sozialistische Revolution an den kritischen Wendepunkt kam, in einen unversöhnlichen Gegensatz zu Partei und Sozialismus, so daß aus mir ein Feind innerhalb der Partei wurde! Ling Xue, sei nicht voreilig, hör erst, was ich zu sagen habe. Als mich zum Beispiel die Genossen kritisierten und sagten, daß ich gegen die sozialistische Ordnung einen tiefen Haß hege, war ich zuerst nicht davon überzeugt. Wenn du von etwas nicht überzeugt bist, mußt du dich bemühen nachzudenken. Wenn du nur nachdenkst, wirst du schließlich davon überzeugt sein. Später habe ich mich daran erinnert, daß wir im Februar vorletzten Jahres in das Kanton-Restaurant neben dem Xinhua-Buchladen essen gingen. Sie vergaßen, uns das bestellte Essen zu bringen. Wir warteten eine Stunde, und das bestellte Essen kam immer noch nicht. Schließlich platzte mir der Kragen, erinnerst du dich noch? Du redetest mir damals zu. Ich sagte: ›So eine schlampige Bedienung. Schlimmer als zu der Zeit, da die Gaststätte privat war!‹ Was bedeutet denn das? Zeigt das denn nicht die Unzufriedenheit mit dem Sozialismus? Ich habe mir klargemacht, was dieser Satz bedeutet, ich habe die Kritik akzeptiert... Ach, Ling Xue, du mußt nicht den Kopf schütteln. Du darfst auf keinen Fall den Glauben verlieren, auf keinen Fall zweifeln und schon gar nicht mit der Partei unzufrieden sein. Wenn du auch nur einen Deut unzufrieden bist, so ist diese Unzufriedenheit doch wie ein Samenkorn, das in deinem Herzen keimt, Wurzeln schlägt und heranwächst. So gerät man auf den gegen die Partei gerichteten, verbrecherischen Weg. Ich bin schlecht, ich bin ein Feind. Ich war von Anfang an nicht rein und bin später moralisch noch tiefer gesunken. Du mußt dich unverzüglich von mir lossagen, eine klare Grenze zwischen dir und mir ziehen, mich hassen! Ich habe deine Liebe hintergangen, deinen bolschewistischen Gruß besudelt! Man hat mich aus den Reihen der Partei ausgeschlossen, reiße nun auch du mich für immer aus deinem Herzen!«

Zhong Yicheng sprach nicht weiter, er unterdrückte mit aller Kraft ein schmerzliches, bitteres, wie Feuer brennendes Gefühl, das in ihm hochstieg. Er schluchzte, Tränen rannen über sein Gesicht. Er wandte sich rasch ab. Er hatte seine Traurigkeit eigentlich nicht offenbaren wollen. An dem Tag, als er kritisiert worden war, hatte er auch oft an Ling Xue gedacht, hatte sich an jede Straße erinnert, durch die er und Ling Xue gemeinsam gegangen waren, an jede Speise, die sie gemeinsam gegessen hatten, an jede Filmszene, die sie gemeinsam gesehen, jedes Lied, das sie gemeinsam gesungen, gemeinsam gesummt hatten. Ihre Liebe war mit jedem bolschewistischen Gruß und jedem offenen Wort, das sie einander sagten, gewachsen. Er hatte ein Liebesgedicht geschrieben. Vielleicht würden die späteren Generationen darüber spotten, es nicht verstehen. Er hatte jedoch seine aufrichtigen Gefühle und seine tiefe Zuneigung in diesem Gedicht festgehalten. Das Gedicht trug die Überschrift: »Sag mir offen deine Meinung«. Es lautete:

Sag mir offen deine Meinung
laß uns vollkommener und reiner werden
sag mir offen deine Meinung
laß uns ernsthafter und klüger werden

Wir hatten keine Kindheit, wir
widmeten die Kindheit dem Sturm
wir eiferten dem mutigen Sturmvogel nach
der mit ausgebreiteten Flügeln Blitz und Donner
entgegenfliegt

Wir vergaßen unser ich, wir
widmeten uns der Revolution
wir eiferten den Märtyrern nach, Liu Hulan
und Zhou Yabin beschämten uns, spornten uns an

Um der Internationale, um Sichel und Axt willen
um der Treue eines Kommunisten willen
um unserer großen Verantwortung willen

sag mir offen deine Meinung, bitte kritisiere mich!

In der tiefschwarzen Nacht
ist die Kritik ein Licht
am endlosen Himmel
ist die Kritik ein Stern
für die ausgetrocknete Erde
ist die Kritik der Regen
für das Segelschiff
ist die Kritik der Wind

In meinem Herzen, geliebte Genossin,
ist deine Kritik die Liebe, die Liebe!

Welch aufrichtiges Liebesgedicht! Mochten auch spätere Generationen das Gedicht verspotten, es mit Skepsis betrachten, es verachten, mochten sie auch überzeugt sein, daß wir nichts von Gedichten und menschlichen Gefühlen verstanden, daß wir Dogmatiker und »Linke« waren, für Zhong Yicheng waren die Erinnerungen an dieses Gedicht – selbst nachdem er ein »Element« geworden war – aufrichtig und wunderschön, sie machten ihn reich und wärmten ihn.

Doch all das gehörte ihm bereits nicht mehr, all das war bereits vorbei. Das Fundament war bereits untergraben, das Problem vollständig gelöst. Es war nicht mehr möglich, den bolschewistischen Gruß zu entbieten. Was die offenen, kameradschaftlichen Worte anbelangte, so wußte man bereits nicht mehr, wo anfangen. Er beschloß ohne Zögern, ihre Beziehung abzubrechen, entschlossen und kompromißlos, ohne den geringsten Aufschub. Er mußte sie endgültig abbrechen, anderenfalls würde Ling Xue nicht einverstanden sein. Jede Wehmut würde Ling Xue die Trennung nur schwermachen, würde Ling Xue Schmerzen bereiten. Es würde keine endgültige Trennung sein. Er würde die makellos reine Ling Xue mit seinem abscheulichen Namen und seiner häßlichen Gestalt besudeln und entweihen. Das wäre das größte, unverzeihlichste Verbrechen. Darum hatte er sich fest vorgenommen, nicht zu weinen. Er war fest davon überzeugt, daß er auf keinen Fall weinen würde, weil er schon alle Tränen geweint hatte. Seine reaktionären Gedanken und parteifeindlichen Verbrechen hatten bereits bewiesen, daß er schon längst kein Gewissen mehr hatte.

Vorstellung und Realität sind jedoch durchaus nicht dasselbe. In seinen Vorstellungen war es ihm ganz logisch erschienen, die Beziehung abzubrechen, war es völlig problemlos, mit wenigen Worten alles erledigt sein. Als er an diesem Nachmittag jedoch das vertraute Gesicht Ling Xues sah, ihr vertrautes, weiches, schwarzes Haar, das ein wenig nach Desinfektionsseife roch, ihre schimmernde, ausdrucksvolle Nase, ihre schlichte und doch elegante Kleidung, als er ihre klare, ruhige und wohlklingende Stimme hörte, ihren Atem und ihre Wärme spürte, als er eigentlich seine in Gedanken bereits viele Male, immer wieder von neuem vorbereitete Rede halten sollte, weinte er nur in seiner Hilflosigkeit. War es ursprünglich nur naßkalt gewesen, so hatten sich jetzt Himmel und Erde verdunkelt!

Mit bolschewistischem Gruß, mit bolschewistischem Gruß, mit bolschewistischem Gruß! Noch am fernen Horizont schien dieser Jubelruf zu dröhnen, schienen sich diese Strahlen der Abendsonne zu brechen. Und er sank in die bodenlose Tiefe, sank ins pechschwarze Nichts. Er öffnete die Lippen, Tränen und Regen, salziges und bitteres Wasser liefen ihm in den Mund.

»Nein, nein, du darfst so etwas nicht sagen, du darfst so etwas nicht sagen!« Verstört drehte Ling Xue Zhong Yicheng herum. Sie suchte Zhong Yichengs Blick, der ihr auswich. Ungeachtet aller Dinge griff sie nach seiner Hand, streichelte sanft sein Haar und seine Wange, drehte seinen Kopf herum, brachte ihn dazu, sie anzusehen. »Was ist los mit dir, was ist los mit dir? Wenn du Fehler gemacht hast, dann muß man das prüfen, dann muß man sie korrigieren. Was ist daran so schlimm? Warum mußt du so viele abwegige Dinge sagen? Ich verstehe das nicht, wie konnte es dazu kommen? Ich bin völlig durcheinander. Ich glaube es nicht, daß du ein Feind sein sollst. Ich kann es nicht glauben. Ich kann nur an wirklich existierende, wirklich überzeugende Dinge glauben. Ich glaube nicht an solche herausanalysierten Dinge. Du mußt nicht übertreiben, dich nicht von Gefühlen leiten lassen, mußt die Sache nicht aufbauschen, mußt nicht das, was du hörst, glauben. Die Kritik an ›Meine Gedanken über den Winterweizen‹, so ein Unsinn! Dich als ›Rechten‹ abstempeln, das ist auch nicht richtig. Was die anderen sagen, was ist denn das schon. Weißt du denn selber, was du für einer bist? Du weißt es nicht, ich kenne dich. Du glaubst nicht an dich, ich glaube an dich! Wenn selbst du nicht daran glaubst und selbst ich nicht mehr daran glaube, woran können wir dann noch glauben? Wie können wir dann noch weiterleben? Und was das andere anbelangt, das verstehe ich nicht. Nicht nur die Dinge außerhalb der Milchstraße sind uns fremd. Wir wissen nichts über die Dinge, die vor 20000 Jahren passiert sind, noch über die, die in 20000 Jahren geschehen werden. Und auch in unserem Leben, im Leben der Partei gibt es noch einige Dinge, die wir noch nicht kennen, die wir noch nicht verstehen. Was man nicht weiß, weiß man eben nicht.

Was man nicht versteht, versteht man eben nicht. Aber das kann nicht immer so bleiben. Das ist zu bedeutend, darüber kann man nicht gedankenlos hinweggehen. Andererseits ist es auch zu grotesk. Man läßt den Menschen keine Möglichkeit, ernsthaft darüber nachzudenken. Xiao Zhong, verzeih mir, früher hast du es nicht gern gehört, aber es ist wahr, du bist noch zu jung. Ich sollte sagen, zu naiv. Du bist zu geradlinig und auch zu enthusiastisch. Du hast eine zu große Vorliebe für Phantastereien und für Analysen. Wenn sie sagen, daß du nicht den Anforderungen der Partei entsprichst, dann ist nur das gemeint, nichts anderes. Du denkst zuviel nach, du siehst zu schwarz. Wo gibt es denn so etwas? Wie kann schwarz zu weiß werden, wie ein guter Mensch zu einem Halunken? Laß sie reden, du bist immer noch Zhong Yicheng! Du gehörst zur Partei, du gehörst zu mir. Ich gehöre auch zu dir... Laß uns heiraten! Sieben, acht Jahre sind wir zusammen, laß uns für immer zusammenbleiben. Laß uns gemeinsam das Leid tragen, wenn es sein muß. Laß uns gemeinsam die Dinge begreifen, die wir noch nicht begriffen haben... Vielleicht ist das nur ein Mißverständnis, ein vorübergehender Wutausbruch. Die Partei ist uns eine vertraute Mutter. Auch eine Mutter kann die Kinder schlagen. Die Kinder werden jedoch niemals Groll gegen die Mutter hegen. Wenn sie die Schläge ausgeteilt hat, wenn der Zorn verraucht ist, wird sie die Kinder umarmen und selbst weinen. Vielleicht ist das nur eine besondere Erziehungsmethode, um deine Wachsamkeit zu wekken, deine Aufmerksamkeit zu erregen, dir einen Anstoß zu geben. Hinterher kannst du dich noch besser umerziehen. Vielleicht findet im nächsten Monat noch einmal eine Untersuchung statt, wird dein Fall noch einmal geprüft. Die Bewegung ist ein wenig über das Ziel hinausgeschossen. ›Beim Korrigieren eines Fehlers wurde das Maß überschritten!‹ Wenn der Fehler korrigiert ist, wenn die Dinge in die normalen Bahnen zurückkehren... macht nichts, macht nichts, laß uns... gemeinsam sieben, acht Jahre, du bist auch zu sehr...«

Ihre Worte, ihre Stimme, ihre Liebkosungen riefen eine wunderbare Kraft hervor. Es schien, als werde Zhong Yicheng wesentlich ruhiger. Die Welt war eigentlich trotzdem noch hell und wunderschön. Die Brücke über den Jinbo war trotz alledem noch eine feste, alte Brücke. Die Menschen waren trotz alledem noch rein und aufrichtig. Durch die heimtückischen und schmutzigen Worte, das selbstherrliche und brutale Verhalten war sein Herz wie durch die Last des Taishan erdrückt worden, war es vor Kälte erstarrt. Ihre Ruhe, ihr Vertrauen und ihre den Sonnenstrahlen eines Frühlingstages gleichende Liebe erweckten es zu neuem Leben, ließen es aus der Erstarrung erwachen.

»Mit bolschewistischem Gruß, mit bolschewistischem Gruß, mit bolschewistischem Gruß!« Dieser Jubel, dieser Chorgesang, diese Strahlen der Abendsonne und der Regenbogen wurden zu einem Ruf für seine erdrosselte Seele, wurden ein Halt für sein in die Tiefe sinkendes Herz. Auf dieser Welt konnte es kein Leid geben, weil es Ling Xue gab. Auf dieser Welt konnte es keinen Verrat, keine Ungerechtigkeit und keine Demütigungen geben, weil es Ling Xue gab. Er legte seinen Kopf an Ling Xues Brust und vergaß alles, ganz versunken in dieser bedrohten, gedemütigten und doch immer noch reinen, überfließenden Liebe.

Wir waren eine aufrichtige Generation. Wir besaßen eine aufrichtige Liebe. Keiner konnte uns das Licht in unseren Herzen nehmen, keiner konnte uns die Liebe in unseren Herzen nehmen.

In unserer Kindheit hatten wir uns in der Finsternis geplagt. Als wir heranwuchsen, traten wir von der Dunkelheit ins Licht. Die Nacht war zu dunkel gewesen, zu finster. Deshalb sahen wir am Morgen ein Leuchten, einen blendenden Glanz. Wir liefen dem Licht jubelnd entgegen, umarmten das Licht. Wir wußten nicht, ob es überhaupt noch Schatten gab. Wir meinten, daß die Schatten bereits in der dunklen Nacht verschwunden waren. Wir meinten, daß die Morgensonne für immer auf uns scheinen würde.

Darum liebten wir die Partei, die rote Fahne, die »Internationale«, liebten den Vorsitzenden Mao, Stalin, Kim Il Sung, Ho Chi-minh, Georghiu Dej, Pieck und die Führer der Kommunistischen und Arbeiterparteien aller Länder; liebten jeden Kommunisten, jeden Führer, jeden Sekretär einer Parteizelle und jeden Leiter einer Parteigruppe. Wie liebten jeden Werktätigen, liebten alles von den Werktätigen Geschaffene. Wir liebten das neu errichtete Warenhaus und das Kino, die fabrikneuen Traktoren und Mähdrescher, die gerade aufgestellten Straßenlaternen und die Lichtleitungen, die gerade gebauten Straßen und Häuser. Wir liebten die roten Pionierhalstücher, die die Kinder trugen, liebten das Lachen und Singen der Jugendlichen, die untergehakt vorbeimarschierten, liebten die zarten Triebe der Weidenzweige im Frühling, liebten im Winter das Knirschen der Schritte im neugefallenen Schnee, liebten das Wasser, liebten den Wind, liebten den Weizen und die Chrysanthemen, liebten die weiten Felder, auf denen reche Ernten heranwuchsen. All das gehörte der Partei, gehörte der Volksregierung, gehörte zum neuen Leben, gehörte uns selbst.

Die Liebe ließ das Licht noch heller erstrahlen, das Licht ließ die Liebe noch tiefer, noch stärker werden.

Deshalb liebten wir einander, von dem Abend an, da wir den Vortrag des Genossen Lao Wei über die Selbsterziehung der Kommunisten gehört hatten. Nachdem die Parteischulung beendet war, stiegen wir nicht in den Bus. Wir wollten eigentlich eine Station laufen und dann einsteigen, doch schließlich liefen wir durch die halbe Stadt. Wir liefen unter den Laternen entlang. Unsere Schatten waren einmal kurz, einmal lang, einmal hinter und einmal vor uns. Auch unsere Erregung wogte auf und nieder. Wir liefen lange, der Nachtwind ließ uns erschaudern, doch in unseren Herzen war es warm. »Kann man nun innerhalb von zehn Jahren ein Bolschewik werden?« – »Zehn Jahre reichen nicht, eher fünfzehn Jahre.« – »Wie kann man noch schneller, noch radikaler den Individualismus ausmerzen?« – »Wenn wir immer auf die Partei hören, werden wir ein gutes Parteimitglied.« – »Warum war ich damals bloß XX gegenüber so voreilig? ›Genosse‹, das ist eine so teure Anrede... Aber ich...« – »Ich werde mir ein Ziel setzen, nämlich Lao Wei. Ich will so einfach, so erfahren und so geduldig wie Lao Wei werden... Wie lange werde ich brauchen, um so zu werden wie er?« – »Du kannst das, du kannst das ganz bestimmt!« – »Sollen wir uns denn etwa noch um andere kümmern, außer um die Aufgabe, ein wahrer, den Anforderungen entsprechender Kommunist zu werden, und darum, die Aufgabe der Partei noch besser zu erfüllen? Für die Partei geben wir gern unser Leben hin. Sollte es uns denn da nicht leichtfallen, unsere eigenen Schwächen zu überwinden?« – »Genau, genau. Ich befürchte nur, daß ich sie selbst nicht erkenne, selbst nicht bemerke. Wenn ich sie erkannt habe, werde ich sie unbedingt korrigieren, werde ich mir gegenüber ganz gewiß keine Nachsicht üben. Wenn man einen Fehler erkannt hat und nicht bereit ist, ihn zu korrigieren, was für ein Kommunist ist man denn da?« – »Auch die eigene ideologische Umerziehung sollte man keineswegs auf die leichte Schulter nehmen, sie erfordert eigene Anstrengungen und die Kontrolle durch die Massen.« – »Zuerst wirst du jetzt mal die Kontrolle durchführen. Sag mir offen deine Meinung...« – »Ich meine...« – »Hm, du hast ganz recht, das hast du ganz richtig bemerkt. Ich nehme deine Kritik an. Jetzt werde ich dir offen meine Meinung sagen...«

Sag mir offen deine Meinung, denn das ist die Liebe. War das lächerlich? Ein Dogma? Aber war die Liebe nicht gerade deshalb so kostbar, weil sie die gewaltige Kraft besaß, die Menschen und das Leben noch schöner, noch zufriedener und erfüllter zu machen? Sie war die aus dem Herzen kommende Kraft, die zum Licht trieb. Warum hatten die Weiden so dichte, sich zärtlich berührende Zweige? Warum waren die Wälder des japanischen Schnurbaums so tief und ruhig? Warum waren die Sterkulien so schlicht und doch so würdevoll? Warum war der Himmel so blau, die Fahne so rot, die Lampe so hell? Warum lag auf unseren Gesichtern ein glückliches und auch würdevolles Lächeln? Weil die Welt nur schöner werden konnte, wenn zuerst die Menschen schöner wurden. Weil man, um selbst lieben zu können und geliebt zu werden, zunächst selbst liebenswert werden mußte. Weil zunächst die eigene Seele ehrlicher werden mußte, wollte man unsere Sache, unseren Kampf und den Sinn unseres

Lebens verstehen. Darum lechzten wir – so begierig wie ein Durstiger nach Wasser – danach, uns gegenseitig die Meinung zu sagen; spornten wir uns gegenseitig an, die eigenen Schwächen zu überwinden. Selbst in unseren Briefen schrieben wir anstatt »Ich küsse Dich«: »Mit bolschewistischem Gruß«. War das kindisch? War das die Kinderkrankheit der »Linken«? Konnten die kommenden Generationen es nicht nachempfinden? Da wir jedoch schon mit der Muttermilch die Lehren der Partei eingesogen hatten, da unsere Gehirne von dem felsenfesten Glauben an die Partei beherrscht wurden, waren wir jederzeit bereit, das heiße Blut, das in unseren Adern floß, für die Partei zu vergießen, waren unsere Augen auf die Partei gerichtet, hörten unsere Ohren aufmerksam auf die Partei, schlugen unsere Herzen für die Partei. Da Genosse Stalin gesagt hatte, Kommunisten sind aus einem besonderen Holz geschnitzt, da wir uns bemühten, Kommunisten aus diesem besonderen Holz zu werden, zu Kommunisten, die diesen Namen verdienten. Da es ohne die Partei dich und mich, unser Leben, Begegnungen in unserem Leben und dieses bedingungslose, gegenseitige Vertrauen nicht gegeben hätte (um diese Begegnungen und das gegenseitige Vertrauen würden uns unsere Vor- und Nachfahren ewig beneiden!), wie hätten wir uns nicht mit dem Gruß der Partei anreden sollen, wie hätten wir da nicht auf diesen besonderen Gruß und diese besondere Sprache stolz sein und sie noch tiefer lieben sollen?

Wir konnten uns oftmals aufgrund der Arbeit und der Parteiaufgaben nicht treffen oder Verabredungen einhalten. Einmal hatte einer von uns vor dem Kino auf den anderen gewartet. Ich nenne die beiden nicht Zhong Yicheng und Ling Xue, weil alle von uns solche Erfahrungen gemacht haben. Damals konnte der eine nicht pünktlich kommen, weil er die Tätigkeit der »Gesellschaft für Beharrlichkeit« unterbinden mußte. Zum Telefonieren war es bereits zu spät. Mit eineinhalb Stunden Verspätung rannte er zum Kino. Dort wartete der andere auf ihn, wartete immer noch treu auf ihn, ohne auch nur im geringsten beunruhigt zu sein. »Entschuldige, entschuldige«, brachte der erste mehrmals aufgeregt hervor. »Aber was gibt es denn da zu entschuldigen? Du bist nicht gekommen, da habe ich gewußt, daß du beschäftigt bist, daß du einen Auftrag hast. Ich habe hier auf dich gewartet, du warst dort beschäftigt. Du brauchst überhaupt nicht nervös zu sein, nur weil ich auf dich gewartet habe, das wäre ja noch schöner!« Der Kinosaal leerte sich. Sie gingen gemeinsam mit den Kinobesuchern nach Hause. Wer sie sah, bemerkte, daß sie zufriedener und glücklicher waren als jene, denen der Film besonders gefallen hatte und die ihn ganz verstanden hatten.

Ein anderes Mal wartete einer sieben Stunden auf den anderen. Er nutzte die sieben Stunden, um Schriften des Vorsitzenden Mao zu lesen. Sieben Stunden, das Licht des Tages wechselte in Dämmerung, dann in Dunkelheit über. Aus dem Nachmittag war bereits Nacht geworden, die Sonne hatte den Sternen Platz gemacht. Bei jedem Türgeräusch meinte er, der andere sei gekommen, in jedem leisen Geräusch glaubte er die näherkommenden Schritte des Geliebten zu hören. Er wurde unruhig. Er nahm das Parteistatut zur Hand und lernte: »Die Kommunistische Partei Chinas ist die Avantgarde der chinesischen Arbeiterklasse ... ist ein organisierter Trupp ... die höchste Form der Klassenorganisation ...« Erst am nächsten Tag erfuhr er, daß man dem anderen in letzter Minute mitgeteilt hatte, daß er an einer Versammlung des Stadtparteikomitees teilnehmen sollte, da der Vorsitzende Mao kommen würde, um eine Inspektion durchzuführen. Den sieben Stunden stillen und sorgenvollen Wartens folgten am nächsten Tag, als er diese Neuigkeit erfahren hatte, Jubel und Freudensprünge.

Wir gingen gemeinsam durch jede Straße der Stadt, wir gingen nach der Befreiung gemeinsam durch jedes Jahr. Wir waren immer wieder verwundert, warum wir so ein unvorstellbar glückliches Leben innerhalb dieser großartigen Partei führten. Wir besaßen die »Empfehlung« der Partei. Wir entdeckten uns sehr schnell gegenseitig. Wir zögerten keinen Augenblick, wir hegten keinerlei Zweifel. Wir verstanden es nicht, die Umstände zu berücksichtigen, verstanden es nicht, anderen irgendwelche Forderungen zu stellen, kannten keinerlei Vorbehalte. Es schien, als sei es schon immer so gewesen. Wir konnten uns unser Leben nicht mehr anders vorstellen.

Die Menschen haben die Sprache erfunden, und sie nutzen die Sprache, um jene wunderbaren Dinge weiterzugeben, sie zu schildern, sie festzuhalten, damit das Schöne noch schöner werde. Es gab jedoch auch Menschen, die mit der Sprache, mit einer rohen, selbstherrlichen, mörderischen Sprache dieses Schöne zu zerstören, ein glückliches Herz zu vernichten suchten. Einige konnten dabei recht gute Erfolge verzeichnen. Doch der Erfolg war keineswegs vollständig. Das tief im Herzen verborgene Licht und die Liebe, von denen das Blut und die Seele durchdrungen waren, konnten sie nicht zerstören. Wir waren eine aufrichtige Generation, unsere Liebe war aufrichtig. Keiner konnte uns das Licht, keiner konnte uns die Liebe in unseren Herzen rauben.

April 1958

Am Vorabend des 1. Mai. Es war in dieser wunderschönen Jahreszeit, in der alles neu erwachte. Die während des langen Winters matt gewordenen Strahlen der Sonne begannen wieder zu leuchten und zu funkeln.

Die biegsamen Zweige und zarten grünen Blätter wurden immer dichter, sie verdeckten schon auf beiden Seiten der Straße der Stadt den Himmel. Dennoch sahen sie so taufrisch aus, kein Stäubchen lag auf ihnen, gerade so, als seien sie erst am Vortag gesprossen. Unter den Bäumen standen überall Mädchen, die Erdbeeren verkauften, hellrote, saftige, süße Erdbeeren mit leicht säuerlichem Geschmack, denen überdies der frische Geruch von grünem Gras anhaftete, Erdbeeren, die gerade so voller Leben und so verlockend waren wie diese Jahreszeit und diese Stadt. Die Menschen zogen andere Kleider an. Die Alten, die nicht mit der Mode mitgingen, hatten ihre klobigen, wattierten Schuhe noch nicht ausgezogen. Die Schwächlichen und Kranken waren nach wie vor in dicke Tücher aus Baumwollstoffen gehüllt. Die Jugend aber begrüßte bereits mit bunten Stricksachen, ja sogar mit leichten, strahlendweißen Kleidern das Leben, begrüßte das neue Blühen. An solch einem heiteren, jungen Frühlingstag heirateten Zhong Yicheng und Ling Xue.

Die Welt war hell, der Kampf großartig, das Leben wunderschön. Zhong Yicheng glaubte noch fester, mit noch mehr Überzeugung daran. Alles, was die Menschen hervorbringen, können sie auch ertragen. Nur das Glück können die Menschen nicht ertragen, aber es gibt kein Leid, das sie nicht erdulden können. Schon von klein auf hatte er diese Worte von Freunden seines Vaters gehört, die in ärmlichen Verhältnissen lebten und die diesen

Spruch gerne anführten, um sich damit gegenseitig Mut und Trost zuzusprechen. Genau so war es, man hatte ihn kritisiert, bekämpft, ihn als »Element« eingestuft, ihn zum »Todfeind« erklärt, seine »abscheuliche Fratze« entlarvt, ihn aus der Partei ausgeschlossen. Nach wie vor hatte er all das durchlebt. Die Schmerzen waren kaum zu ertragen gewesen, aber von Schmerzen allein stirbt der Mensch nicht. Ling Xue hatte recht, es kam auf die eigene Zuversicht an. Wenn man selber nicht zerbrach, konnte keiner einen ganz zerbrechen, auch nicht der Tod.

Vielleicht hatte er wirklich schwere Fehler – oder auch »Verbrechen« – begangen. Vielleicht waren seine Fehler gar nicht so schwerwiegend. Vielleicht war er wirklich schon so sehr »kritisiert worden, daß er umgefallen war und stank«. Vielleicht war er jedoch keineswegs widerwärtig. Er konnte das nicht mehr genau einschätzen. Eines war jedoch sicher. Er wollte immer noch weiterleben, die Revolution durchführen, sich ideologisch umerziehen, wollte ein wahrer kommunistischer Kämpfer werden. Er war dazu in der Lage, weil dieses Verlangen stark in ihm war, stärker als alles andere.

Darum erholte er sich wieder, gewann seine Gesundheit, seinen Enthusiasmus und seinen Optimismus zurück. In dem Monat, in dem sie die Hochzeit vorbereiteten, gingen er und Ling Xue oft fotografieren. Er brauchte jetzt nicht mehr an so vielen Versammlungen teilzunehmen. Er »wartete auf eine amtliche Entscheidung«. Er hatte Zeit für die Liebe. Er brauchte Verabredungen nicht mehr abzusagen. Er wußte, daß er mit Ling Xue, wenn er zur verabredeten Zeit erschien, länger zusammensein konnte. Was für ein Glück war das! Eines der Fotos war folgendermaßen entstanden: Er war auf einen Berg geklettert. Ihm war heiß geworden, und er hatte seine Kaderjacke ausgezogen. Mit einer Hand hielt er die Jacke fest, die er über den Rücken geworfen hatte, die andere Hand hatte er in die Hüfte gestemmt. Die Abendsonne schien ihm ins Gesicht, ein leichter Wind fuhr ihm durchs Haar. Der Hintergrund war von Rainen durchzogen, die am Fuße des Berges lagen. Als Zhong Yicheng das Bild sah, war er überrascht, ja bestürzt. Warum sah er, obwohl er sich in einer schwierigen Lage befand, auf dem Bild so vergnügt, so natürlich, so ungezwungen, so stolz und so freudig aus? Er mußte so sein, so war sein eigentliches Wesen. Er war ein Sturmvogel, der sich dem Unwetter entgegenwarf. Er war ein Adler, der hoch droben am Himmel kreiste. Er war eine heitere, vom Sonnenlicht überflutete Frühlingsblume. Selbst eine kunstvolle Gesichtsplastik konnte seinem Antlitz nicht den erschreckenden, heuchlerischen, kriecherischen und erbärmlichen Ausdruck von »Grundherren, Großbauern, Konterrevolutionären, üblen Elementen und Rechten« verleihen. Es war ihm nicht möglich, ein richtiger Rechter zu werden, selbst wenn er es bedauerte.

Er wagte jedoch nicht, anderen dieses Photo zu zeigen, und er wagte auch nicht, andere wissen zu lassen, daß er jeden Sonntag mit Ling Xue fotografieren ging. Er mußte heimlich ein offener und ehrlicher Mensch werden.

...Am Abend dieses Tages heirateten sie. Sie hatten nur wenige nahe Verwandte eingeladen. Selbst von den nahen Verwandten waren einige unter irgendwelchen Vorwänden nicht erschienen. Am Morgen dieses Tages hatte jedoch ein Leiter von Ling Xues Betrieb (Ling Xue hatte nach Abschluß der unteren Stufe der Mittelschule eine Fachschule absolviert und arbeitete jetzt als Techniker in einem Betrieb) zum letzten Mal versucht, Ling Xue »umzustimmen und zu retten«. Da sie hart geblieben war und keinen klaren Trennungsstrich zwischen sich und Zhong Yicheng gezogen hatte, war es ihr innerhalb der Bewegung nicht möglich gewesen, Zhong Yicheng entschlossen und energisch zu entlarven. Nun, da die Mütze, die man Zhong Yicheng aufgesetzt hatte, noch sehr fest, noch funkelnagelneu war, hatte sie innerhalb eines Monats fünfmal über die geplante Hochzeit mit Zhong Yicheng Bericht erstatten müssen. Ling Xue lehnte auch den letzten Versuch ab, sich umstimmen und retten zu lassen, so daß der Leiter nicht umhin kam, Disziplinarmaßnahmen zu ergreifen. Am Nachmittag dieses Tages wurde eine Mitgliederversammlung der Parteizelle einberufen, die den Ausschluß Ling Xues aus der Partei beschloß.

Ling Xue akzeptierte diese Disziplinarmaßnahme nicht. Als abgestimmt wurde, hob sie nicht die Hand. Als sie eine persönliche Stellungnahme schreiben und unterzeichnen sollte, schrieb sie klar und deutlich »nein«. Daraufhin erhielt sie einen Verweis, in dem von einer »schlechten Haltung« und »noch erschwerend« gesprochen wurde.

Zwei Stunden später zog sie sich eine violette Bluse mit grünen Blumen an, streifte einen gelben Strickpullover über, fuhr in eine graue Hose aus Serge und schwarze Lederschuhe mit halbhohem Absatz, stieg dann in einen Omnibus und fuhr zu ihrer Hochzeit.

Es war eine sehr einsame, ja, man mußte schon sagen, erschreckend einsame Hochzeit. Außer den Müttern der zwei (sie hatten beide keine Väter mehr) und ihren minderjährigen, jüngeren Geschwistern und zwei Nachbarn, die auf der Straße Gelegenheitsarbeiten verrichteten, waren keine Gäste anwesend. Ein Teller mit Melonenkernen, ein Teller mit Fruchtbonbons, ein Teller mit kandierten Früchten, einige Tassen Tee, das war die ganze Bewirtung. Ling Xue erzählte Zhong Yicheng, was sie am Morgen und am Nachmittag erlebt hatte. Sie war durchaus nicht der Ansicht, daß das ein Angriff auf ihre Heirat war. Im Gegenteil, es schien so, als würde das ihre Ehe noch bedeutungsvoller machen. Als der Himmel einstürzte und die Erde versank, legten sie ihre Hände ineinander. Zhong Yichengs Gesicht war mit einem Mal weiß geworden, seine Stirn plötzlich gerunzelt. Obwohl er selber sehr viel durchgemacht hatte, waren die Schläge, die auf Ling Xue niedergingen, schwerer zu ertragen als die, die auf ihn niederprasselten. Auf Ling Xues eigensinnigen Lippen lag jedoch ein Lächeln und keine Trauer. Ihre Augen verrieten nur eine übergroße Zärtlichkeit und keinen Groll, in jeder ihrer Bewegungen schwang Freude mit, lag so viel Glück, waren weder Einsamkeit noch Trostlosigkeit zu finden. Deshalb lachte auch Zhong Yicheng. Sieben Jahre waren sie nun zusammen. Wie schmerzvoll wäre es, nicht mehr beieinander zu sein! Nun würden sie ewig zusammenbleiben. Er dankte dem Schicksal, dankte den wahren Empfindungen Ling Xues, dankte der Sonne, dem Mond, der Erde und jedem Stern.

Es war 21 Uhr. Im Zimmer war es leer geworden, doch aus dem Radio klangen noch mitreißende Lieder. Ling Xue schaltete das Radio aus und sagte: »Laß uns gemeinsam Lieder singen, die Lieder, die wir von klein auf gern gesungen haben, von Anfang bis Ende. Weißt du, ich habe niemals ein Tagebuch geführt. Ich singe Lieder, um mich zu erinnern. Jedes Lied verkörpert einen Zeitabschnitt. Ich brauche nur ein Lied anzustimmen, und gleich erinnere ich mich an alles.« – »Mir geht es auch so, mir geht es auch so«, sagte Zhong Yicheng. »Mit welchem Jahr wollen wir anfangen?« – »46.« – »Was haben wir 46 gesungen?« – »›Katjuscha‹, dieses Lied habe ich 46 gelernt.« – »Gut, wenn wir dieses Lied zu Ende gesungen haben, singen wir: ›Brüder, zur Sonne, zur Freiheit‹.« – »47, und 47?« – »47 habe ich am liebsten dieses Lied gesungen. Das ist das Lied, das ich am liebsten sang, als ich in die Partei eintrat...:

›Wir haben den Weg gebahnt
Wir haben den Baum gepflanzt
Wir haben den Wolkenkratzer eigenhändig erbaut...‹

Damals habe ich das Lied auf allen Straßen und in allen Gassen gesungen. Ich hatte das Gefühl, daß die ganze alte Welt zu meinen Füßen liegt...« – »48, 48 haben wir gesungen: ›Der Tag bricht bald an, das Dunkel weicht, der Weg ist beschwerlich, oft werden wir stürzen...‹« – »Und 49?« – »49 waren es allzu viele Lieder. ›Ohne die Kommunistische Partei kein neues China‹, ›Die große Fahne färbte den Himmel mit einem Mal rot‹, ›Im Wind flattert die rote Fahne mit den fünf Sternen‹, ›Wir müssen mit der Zeit um die Wette eilen‹.« – »51 ›Voller Kampfesmut, furchtlos und kämpferisch‹, ›Zug um Zug über den Changbaishan‹, erinnerst du dich, daß wir damals alle nach Korea gehen wollten...« Sie begannen zu singen. Der helle und laute Gesang war Ersatz für all das, was ihnen genommen worden war. Der helle und laute Gesang war voll ergreifender jugendlicher Offenheit und voll Glück. Mit ihrem Gesang riefen sie sich jene unschuldigen und stürmischen Jahre wieder ins Gedächtnis, frischten sie die Erinnerung an jene Zeit wieder auf, machten sie sich gegenseitig Mut, trösteten sie ihre verwundeten und doch immer noch lichterfüllten, glühenden Herzen.

Sie sangen so fröhlich, daß sie das Klopfen an der Tür

überhörten. Sie hörten und sahen auch nicht, daß die Tür aufgestoßen wurde. Erst als sie die Rufe »Xiao Zhong«, »Xiao Xue« und Schritte vernahmen, drehten sie sich um. Wie vom Himmel gefallen standen Gäste vor ihnen. Drei Menschen. Der Sekretär des Gebietsparteikomitees, Lao Wei, seine kränkelnde Frau und sein Fahrer Xiao Gao.

Im Laufe der Bewegung war auch Lao Wei abgemagert. Seine Lider schienen ein wenig geschwollen, die Falten um seine Mundwinkel traten noch schärfer hervor. Lao Weis Frau, die als Funktionärin für Frauenarbeit tätig war, kam aus einer Bauernfamilie. Sie sah ausgemergelt aus. Während der »Kritik und des Kampfes« gegen Zhong Yicheng hatte sie kein Wort gesagt, ihn jedoch die ganze Zeit mit rätselhaften und mitfühlenden Blicken, die Trost zusprechen, angesehen. Das würde Zhong Yicheng niemals vergessen. Wer hatte in den Tagen der Kritik und des Kampfes Zhong Yicheng ein Glas Wasser eingeschenkt, wer hatte ihm, wenn sie sich trafen, leicht zugenickt und gelächelt, wer hatte ihm ein paar gütige Worte gesagt? All das hatte sich Zhong Yicheng tief ins Herz eingeprägt. Sein Leben lang würde er dafür dankbar sein. Auf den Gesichtern von Lao Wei und seiner Frau lag ein freundschaftliches und gütiges Lächeln. Lediglich der Fahrer, ein junger Bursche, trat von einem Fuß auf den anderen, biß sich auf die Lippen, zeigte seine Ungeduld.

»Guten Tag, Xiao Zhong. Ihr wolltet mir doch nicht etwa die Neuigkeit vorenthalten?« sagte Lao Wei dröhnend. Seine Fürsorge und seine Warmherzigkeit erinnerten Zhong Yicheng an die Begebenheit während der ersten Vollversammlung der Parteimitglieder im Jahr 1949, als Lao Wei ihm den Soldatenmantel geschenkt hatte. Lao Wei winkte, und seine Frau holte die Geschenke hervor, einen mit Stickereien versehenen Kissenbezug, ein Fotoalbum, zwei kunstvolle, gebundene Tagebücher. »Holt Schnaps, laßt uns sein Glas auf euer Glück leeren...«, rief er.

»Aber, aber...«, Zhong Yicheng war verlegen, er wußte nicht aus noch ein. »Wir haben keinen Schnaps«, flüsterte er, seine Stimme zitterte.

»Was, was?« Lao Wei schien nicht verstanden zu haben. »Warum habt ihr keinen Schnaps? Das ist doch eine Hochzeitsfeier, wir sind schließlich gekommen, um einen Hochzeitstrunk zu leeren!«

»Wenn nichts da ist, dann lassen wir es eben. Es ist auch schon spät«, sagte Lao Weis Frau freundlich.

»Ich trinke nicht.« Der Fahrer war kurz angebunden.

»Aber ich will trinken, ich will unbedingt euren Hochzeitsschnaps trinken.« Lao Wei schien ärgerlich zu sein. »Warum habt ihr keinen Schnaps? Warum habt ihr denn keinen Schnaps?« brüllte er. Seine Stimme war voller Trauer, seine Augen tränenfeucht. Zhong Yicheng, Ling Xue, Lao Weis Frau und selbst der Fahrer waren betroffen. »Xiao Gao, du gehst für mich Schnaps kaufen!« Er sah auf die Uhr. Mit einer Entschlossenheit, mit der im Krieg militärische Befehle erteilt werden und die keine Diskussion zulassen, sagte er: »Innerhalb einer halben Stunde ist der Auftrag ausgeführt. Sie bewirten uns nicht, dann werden wir ihnen eben etwas anbieten. Wir werden ihre Soldaten sein!« Er begann zu lachen.

Xiao Gao sah an der Miene des Sekretärs, daß das kein Auftrag war, den man lässig ausführen konnte. Er stürzte hinaus. Gut zwanzig Minuten später kehrte Xiao Gao keuchend wieder. »So ein Mist. Die Läden haben schon längst geschlossen. Der Kiosk in der Nähe des Bahnhofs, der Tag und Nacht aufhat, macht ausgerechnet seine Monatsabrechnung und hat einen Tag geschlossen«, sagte er.

»Haben wir zu Hause nicht noch ein bißchen Schnaps?« fragte Lao Wei eindringlich und unerklärlicherweise zornig seine Frau. »Nein«, sagte seine Frau bedauernd. Es schien, als sei sie daran schuld, daß kein Hochzeitsschnaps getrunken werden konnte. »Du trinkst ohnehin nichts. Der Arzt hat dir auch nicht erlaubt, zu trinken. Richtig, wir haben noch eine Flasche Kochreiswein, er wird zum Braten verwendet.« – »Kann man Kochreiswein trinken? Natürlich, wir werden es uns nicht verbieten lassen, ihn zu trinken«, beantwortete Lao Wei sich seine Frage selbst. Er befahl: »Gib Xiao Gao den Wohnungsschlüssel, damit er die Flasche Kochreiswein holen kann!«

Nachdem Xiao Gao gegangen war, redete er über dieses und jenes, nur nicht über das gerade erst geschehene Leid, das gerade erst seinen Anfang genommen hatte. Für einen Moment vergaß auch Zhong Yicheng diese völlig absurden Dinge. Seit jenem Augenblick, da Lao Wei gekommen war, schien er einen Halt, eine starke Stütze zu haben. Es war wie ein Alptraum. Der Ruf eines Menschen weckte ihn, nur eine Bewegung, die Augen geöffnet und alle Schrecken und Wirren würden sich in der Finsternis verlieren...

Xiao Gao kehrte zurück. Er brachte nicht den Kochreiswein, sondern eine noch ungeöffnete Flasche Maotai mit – Xiao Gao hatte die »Reserven« seiner Familie mitgenommen.

»Auf die Neuvermählten, Genosse Zhong Yicheng und Genossin Ling Xue! Auf ihr Glück, darauf, daß sie bestimmt alle Schwierigkeiten überwinden können, die ihnen auf ihrem Weg begegnen! Auf... jedenfalls... Prost!«

Lao Wei erhob feierlich das Glas, auch Zhong Yicheng und Ling Xue erhoben die Gläser. Sie leerten den Hochzeitstrunk, der durch und durch ging. Die Gläser waren zur Hälfte mit Maotai, zur Hälfte mit heißen Tränen gefüllt.

November 1958

Der Zug raste durch eine unendliche, winterliche Ebene. Der grüne Getreidevorhang war verschwunden. Der Blick konnte ungehindert in die Ferne schweifen. Die Welt schien noch unendlicher. Der Winter hatte gerade begonnen, es lag noch kein Schnee. Die Stoppeln des Herbstgetreides und der vor Kälte zitternde Winterweizen, dessen Grün noch nicht ganz verblaßt war, waren deutlich zu sehen. Der Winterweizen, der »eine reiche Ernte in sich barg«, hatte letztendlich Leid in sich getragen. War das unvorstellbar gewesen? Unvorhersehbar? Vom Schicksal gewollt? Hatte es gerade ihn »getroffen«? Oder war es eine besondere Methode der Partei, mit der sie ihre Kinder erziehen, mit der sie ihre Kinder prüfen wollte? Wie auch immer, als treuer Kämpfer der Partei mußte er alles vom positiven Aspekt her sehen. Lao Wei hatte an seiner Hochzeitsfeier teilgenommen. Viele Genossen behandelten ihn nach wie vor freundschaftlich, normal. »Ein klarer Trennungsstrich« war eigentlich nur zeitweilig unter Druck gezogen worden. Als der Druck ein wenig nachließ, war auch der »Trennungsstrich« nicht mehr so eindeutig. Und Ling Xue kümmerte sich so liebevoll um ihn, hing so an ihm. Mit einem ungleich größeren Maß an Zärtlichkeit und Wärme bemühte sie sich um sein verwundetes Herz.

Die anderen »Rechten« waren schon frühzeitig aufs Land »zur eigenen Umerziehung durch körperliche Arbeit« geschickt worden (Zhong Yicheng sprach nicht gern von »Umerziehung durch Arbeit«, weil andere diese Worte mit Sträfling in Verbindung brachten). Lao Wei teilte Zhong Yicheng jedoch mit, daß er noch »ein wenig warten« müsse. Sein Fall sollte angeblich noch einmal überprüft werden. Das erfüllte ihn mit großer Hoffnung. Er wagte nicht, an solch ein Glück zu denken.

Er träumte davon, wie der Sekretär der Parteizelle seiner Einheit ihn zu einem Gespräch bat. Der Sekretär der Parteizelle teilte ihm mit, daß seine Strafe in eine zweijährige Bewährungszeit in der Partei umgewandelt worden sei, während der er genau beobachtet werden würde. Obgleich das immer noch eine strenge Disziplinarmaßnahme war, brach er voll Dankbarkeit in Tränen aus, wodurch er erwachte. Als er ganz zu sich gekommen war, hatte sein Kopfkissen bereits einen großen feuchten Fleck.

Ein halbes Jahr verging. An jedem Morgen war er voller Hoffnung, jeden Abend hoffte er auf den Morgen. Am nächsten Tag würden sich die schwarzen Wolken aufgelöst haben, alles würde gut werden. Am nächsten Tag würden sich alles Unrecht und alles Leid in ein breites, erleichtertes Lächeln verwandeln. Schließlich wurde ihm jedoch mitgeteilt, daß es »bei dieser Bewegung keinerlei erneute Untersuchung gebe«. Das war wirklich seltsam. Bei allen Bewegungen hatte es nochmalige Untersuchungen gegeben. In den Kampagnen gegen die drei und gegen die fünf Übel hatten so viele »Tiger« sich durch erneute Untersuchungen aus der Affäre ziehen können. Nur bei dieser Bewegung wurden nochmalige Untersuchungen untersagt. »Was geschehen ist, ist vorbei. Ich hoffe, daß du dich künftig sehr anstrengen wirst. Nur wenn man sich selber um seine ideologische Umerziehung bemüht, wird man schließlich eines Tages in die Reihen der Partei zurückkehren.« Kurz bevor er aufs Land geschickt wurde, hatte Lao Wei ihm das im Büro gesagt. In diesen Worten lag für ihn eine grenzenlose Geborgenheit. Nun saß er im Zug. Er sah immer noch das krampfhafte Lächeln Ling Xues, die ihn auf dem Bahnsteig verabschiedete. »Gute Reise«, schrie Ling Xue mit bebender Stimme, nachdem sich der Zug in Bewegung gesetzt hatte. Dieses Zittern in der Stimme machte Zhong Yicheng sehr traurig. »Ling Xue, verzeih mir, verzeih mir!« Ihm war zum Weinen zumute...

Ein langer Sirenenpfiff ertönte, die Räder ratterten, die Lokomotive keuchte und schnaufte, aus dem Schornstein stieg dicker Rauch. Als der Zug über eine Brücke fuhr, erzitterte die Erde heftig. Der Zug durchquerte einen Tunnel, und es wurde stockfinster in den Reisewagen (der Schaffner hatte vergessen, das Licht anzuschalten). Aus den Lautsprechern erschallten heroische Sprüche des Großen Sprungs nach vorn und das vom großartigen Heldentum kündende Lied »England überholen, Amerika einholen«. In jedem Reisewagen wurde gerade ein Wettbewerb um die rote Fahne durchgeführt. Die Zugbegleiter mußten nicht nur ständig die Abteile säubern und die Fahrgäste mit Wasser versorgen, sondern – direkt in den Abteilen oder über Lautsprecher – auch noch Sketche in Form von Sprechgesängen vorführen, Zeitungen vorlesen und politische Propaganda betreiben. Ihre Stimmen wetteiferten mit den Lautsprechern. All das glich einem Trommelstock, der auf Zhong Yichengs Herz schlug, so daß er nach und nach die Sehnsucht nach der Stadt und nach Ling Xue für eine Zeitlang verdrängte. Laß die Vergangenheit für immer ruhen. Das Leben war nach wie vor so stark, so blühend, so faszinierend. Ich bin erst 26 Jahre alt, ich habe noch Zeit, die Zukunft liegt vor mir. Es gibt nur ein Ziel, vorwärts! So sagte er zu sich selbst. In Wirklichkeit hatte er sich das schon mehrmals gesagt, bevor er in den Zug stieg. Doch erst jetzt, bei dem Lärm im Abteil und dem häufigen Wechsel von Licht und Schatten, bei dem Anblick der Felder, Straßen, Teiche und Häuser, die am Fenster einmal vorbeiglitten, ein anderes Mal vorbeirasten und die er begierig betrachtete, spürte er schmerzhaft, erregt und glücklich: »Das Vergangene ist vorbei. Jetzt beginnt ein neues Leben!«

Er war noch jung, hatte Kraft, war gesund. Seine Glieder und sein Verstand arbeiteten gut. Die Revolution und das Leben lagen noch vor ihm. Er war eine Blume, deren Blüte sich gerade erst entfaltet hatte oder deren Knospen eben erst aufgesprungen waren, als plötzlich ein vernichtender Gewittersturm kam. Doch der Duft ist das Wesen der Blume, die Farbenpracht ist ein Kennzeichen der Blume, im Entfalten der Blüte liegt das eigentliche Wesen der Blume. Insbesondere dann, wenn sie sehr gute Wurzeln, sehr gute Staubgefäße hat, wenn Sonne, Erde, Luft und Wasser ihre natürlichen Verwandten und Geliebten sind, kann man mit Feuer, Rauch, Messern, Sägen oder kochendem Wasser gegen sie vorgehen, letztendlich wird ein Stück Wurzel oder ein Samenkorn überleben. Es lebt weiter, nimmt Sonne, Regen und Tau in sich auf, saugt die Nährstoffe der Erde ein, bildet noch einmal Stengel, treibt grüne Blätter. Seht, obwohl sich in seinen Augenwinkeln bereits frühzeitig Krähenfüße gebildet haben, obwohl auch seine Stirn von tiefen Trauerfalten durchzogen ist, obwohl die Linien um seine Mundwinkel den Eindruck von Furcht und Leid vermitteln, was sich noch verstärkte, wenn sein Mund sich zu einem Lachen verzog, leuchtete aus seinen Augen doch nach wie vor Optimismus, reckte sich seine Nase noch immer kühn entschlossen empor, war sein Hirn nach wie vor von

Kampfgeist erfüllt. Der Vormarsch des Zuges und die Schläge des »Trommelstocks« ließen aus seinem Blick noch mehr Funken der Freude und Begeisterung schlagen.

Der Zug war an einer Station angekommen. Er hatte einen Tunnel nach dem anderen durchfahren, hatte Stück für Stück des blauen Himmels hinter sich gelassen. An einem schwer zugänglichen Ort, der von drei Seiten von Bergen umgeben war und von einer Seite von einem Strom begrenzt wurde, hielt der Zug.

Zhong Yicheng, der wie ein einfacher Soldat sein Gepäck auf dem Rücken trug und in der Hand einen Wanderstock hielt, den er gerade erst abgebrochen hatte, stieg den unwegsamen Bergpfad empor. Adler umkreisten seinen Kopf, Kiefern und Walnußbäume standen unbeweglich an den Berghängen. Grüne Steine kauerten tigergleich am Wegrand. Ein reißender Strom schoß im Tal vorbei. Zhong Yicheng wußte nicht, woher diese starke Kraft kam. Er lief wie im Fluge, er lief. Da er auf eine neue Untersuchung gewartet hatte und letztendlich doch ein »Element« geblieben war, begleitete ihn niemand. Doch er fühlte eine starke Kraft, die ihn drängte, ihn vorwärtstrieb. Er konnte nicht stehenbleiben. Auf dem Weg der Umerziehung mußte er seine Schritte beflügeln. Das Land befand sich auf dem Sprung nach vorn. In wenigen Jahren würden die drei großen Unterschiede abgeschafft worden und das Land in den Kommunismus eingetreten sein. China würde bald das erste blühende, wohlhabende und fortgeschrittene Land der Welt sein, in dem das Prinzip »1. groß, 2. gemeinschaftlich« angewendet wurde.

Konnte er da etwa im Sumpf der »Bourgeoisie« verweilen? Wenn sich das ganze Land im Kommunismus befände, würde diese »Bourgeoisie« dann nicht höchst lächerlich sein, völlig fehl am Platz, würde sie nicht einen unschönen Anblick bieten? Er war nicht verzweifelt, er fürchtete sich nicht. Seht, er konnte ohne Pause drei Stunden, fünf Stunden den Bergpfad entlanglaufen. Er war zwar längst in Schweiß gebadet, doch seine Schande konnte auch nur durch Schweiß fortgespült werden. Das Schwitzen war erst der Anfang. Die Jugendjahre waren voll unermeßlichen Reichtums und schöpferischer Kraft. In der Jugend brauchte man sich vor nichts zu fürchten. Selbst wenn er sechsundzwanzig Jahre lang alles falsch gemacht hätte, umsonst gelebt hätte, alles falsch gewesen war, warum sollte er sich aufregen? Hatte er nicht noch fünfzig Jahre Zeit für ein neues Leben, für eine neue Revolution, Zeit, um von neuem ein kommunistischer Kämpfer zu werden? Konnte er innerhalb von fünfzig Jahren etwa nicht viele Dinge vollbringen, die für die Partei und das Volk nützlich waren? Sollten fünfzig Jahre etwa nicht ausreichen, um aus sich einen neuen Menschen zu machen? Wenn er nach seiner Säuberung außerstande sein sollte, Parteiarbeit zu leisten, ja... würde man ihn dann beispielsweise Bauwesen oder Mathematik studieren lassen? Er hatte eigentlich für mathematische Fächer eine große Vorliebe gehabt. Nur weil es notwendig gewesen war, für die Sache der Partei zu arbeiten, war er von seinem Wunsch abgegangen. Aber das ging ja nicht. Er mußte sich zuerst umerziehen. Zuerst mußte er sich als Staatsbürger, als Mensch würdig erweisen. Er war in die Bergregion gekommen. Er mußte der Bergregion auch seine Jugend opfern, in den Bergen seinen Elan einsetzen.

Er war schweißüberströmt, selbst die Augen konnte er kaum offenhalten. Sein Hosensaum war voller Kletten und Blätter dornigen Gestrüpps. Seine Schuhe waren mit rotem, gelbem, schwarzem und weißem Staub bedeckt. Zhong

Yicheng hatte einen bernsteingelben und weißlichen Berg bestiegen, wo gerade Quarz abgebaut wurde. Er erklomm die Berge der Blumen und Früchte, die mit Walnuß-, Dattel-, Pfirsich-, Birnen-, Aprikosen- und Persimonenbäumen sowie Weißdornsträuchern über und über bewachsen waren. An den Zweigspitzen hingen nur noch einige feuerrote Persimonen. Er hatte einen Kohleberg erklommen, der schwarz wie Tinte war. Die Bergleute in dünnen Hosen und mit nacktem Oberkörper, die kleine Loren aus den provisorischen Gruben herausschoben, erweckten in Zhong Yicheng ein Gefühl großer Vertrautheit. Er ging an einem gelblichgrauen Berg aus Kalkstein vorbei und an einem Berg, an dessen Hängen die Fichten immer noch jadegrün standen. Schließlich erklomm er den alles überragenden Punkt – den Wildgansflügelgipfel.

Es wehte ein kühler Wind, heißer Schweiß rann an seinem Körper herab. Er hatte plötzlich einen weiten Blick über das Land. Tausend Berge und hundert Bergketten lagen zu seinen Füßen. Der Strom glich einem silbernen Band, das sich hin und her wand. Er hatte einen guten Überblick. Der weit entfernte Horizont war in Nebel gehüllt, verschwamm im Dunst. Die Bäume und Dörfer zeichneten sich nur schemenhaft ab, tauchten, wie ein Schiff auf dem Meer, hin und wieder aus dem Nebel auf. In seiner Nähe befanden sich Hütten, aus deren Schornsteinen sich der Rauch des Herdfeuers emporwand, von Rainen kreuz und quer durchzogene Felder und Zelte und Baracken einer Straßenbaubrigade. Er wandte sich zurück. Durch das stundenlange Laufen hatte er nicht nur die Stadt, sondern auch das Flachland weit hinter sich gelassen. Er blickte hinab. Gebirge und Flüsse waren deutlich zu sehen. Himmel und Erde dehnten sich weit. Plötzlich begriff er, fühlte er sich frisch und entspannt. Er schaute in alle vier Richtungen, und plötzlich erschrak er. Diese Landschaft, dieses Bodenprofil, diese hohen Berge und strömenden Wasser, die Bäume und Felder, die Dorfhütten und Baustellen, wieso waren sie ihm so vertraut, kamen sie ihm bekannt vor? So als sei er schon einmal hier gewesen und hätte alles bereits gesehen? Tatsächlich war er zum ersten Mal in seinem Leben hier. Er war nicht nur zum ersten Mal auf dem Wildgansflügelgipfel, sondern auch zum ersten Mal aufs Land und in die Berge gegangen. Warum kam ihm dann diese Landschaft so bekannt, so vertraut, so seelenverwandt vor? Hatte er vielleicht in irgendeinem Roman diese Beschreibung gelesen? Hatte er vielleicht in irgendeinem Film dieses Bild gesehen? War er vielleicht im Traum schon einmal hierhergereist? War das vielleicht die weite Welt, nach der er viele Jahre gesucht, auf die er gewartet, nach der es ihn verlangt hatte und in die ihn nun die Partei geschickt hatte?

Ich bin angekommen, bin neu geboren, die Vergangenheit ist für immer vorbei. Von nun an beginnt ein neuer Abschnitt. Er wollte laut singen, jubeln, wollte es herausschreien, doch ihm fiel ein, daß er diesen kleinbürgerlichen Fanatismus überwinden mußte. Übertriebene Gefühlsaufwallungen würden nur Unheil hervorrufen... Er erinnerte sich an die Ermahnungen, die er von Ling Xue vor der Abreise erhalten hatte: »Tu mir den Gefallen, und rege dich nicht so auf. Viele Dinge verstehen wir noch nicht. Wir müssen darüber nachdenken, müssen diese Dinge begreifen lernen. Ein Kommunist muß nicht nur brennende Leidenschaft, sondern auch kühlen Verstand besitzen...« Zhong Yicheng hatte sie zwar ermahnt, der Realität fest ins Auge zu sehen, aber mußte man sie denn etwa ermahnen? Es war schon erstaunlich. Warum war eine Genossin so eigensinnig? Ling Xue fühlte sich immer noch wie ein Parteimitglied. Sie betrachtete die Dinge mit den Augen eines Parteimitglieds, sprach wie ein Parteimitglied, wenn es darum ging, Probleme zu sehen, über sie nachzudenken, über sie zu sprechen... Aber es war bestätigt worden, Ling Xue war aus der Partei ausgeschlossen worden. Auch über einen guten Genossen, der von klein auf gearbeitet hatte, der von klein auf an der Revolution teilgenommen hatte, der eigentlich keinerlei Schwächen hatte, war ein politisches Todesurteil gefällt worden, nur weil er seiner Liebe treu geblieben war, die mit dem bolschewistischen Gruß begann. Mit bolschewistischem Gruß, mit bolschewistischem Gruß, mit bolschewistischem Gruß! Plötzlich stiegen Tränen in seine Augen.

1979

Der graue Schatten sagte: »Du bist wirklich bedauernswert! Warum hattest du jene Zeit immer noch nicht durchschaut? Wie konntest du wie ein Trottel voller Freude und Begeisterung zur Umerziehung mittels körperlicher Arbeit gehen? Begreif das doch, man kann nichts und niemandem trauen...«

Aber mein grauer Freund, wer gibt dir das Recht, von Durchschauen zu sprechen, davon, daß man kein Vertrauen haben kann? Du stehst doch lediglich zögernd am Ufer des Lebens. Hast du dich ins Wasser geworfen? Bist du durch den reißenden Strom des Lebens geschwommen? Hast du Höhen und Tiefen erlebt? Welches Recht haben jene, die nicht im Wasser waren, über das Wasser zu urteilen, das Wasser zu kritisieren, das Wasser abzulehnen? Du bist so klug und schätzt dich selber so sehr. Daher betrachtest du alles ungerührt. Dein eigenes Leben ist nutzlos, du verschwendest es sinnlos. Darum bist du senil, sind deine Haare weiß geworden, deine Zähne ausgefallen, bist du geschwätzig. Ein Kranker, der eine akute Blinddarmentzündung hat, kann nur stöhnen. Dein Leben ist nicht mehr als ein Mißverständnis, eine unzeitgemäße Katastrophe, ein Klagelied. Warum durchschaust du dich selber nicht? Wozu lebst du noch?

1970

Was sagst du? Du liebst die Partei innig? Wenn du die Partei innig liebst, warum hat man dir dann deine Parteimarke genommen? Kannst du die Partei denn, wenn man dir deine Parteimarke genommen hat, überhaupt noch innig lieben?

Was für eine geniale Logik, wirklich umwerfend, unwiderlegbar! Was heißt eigentlich Parteimarke? Sollte unser Land etwa neben Getreidemarken, Fleischmarken, Stoffmarken und Ölmarken auch noch Parteimarken herausgeben? Was kann man gegen Parteimarken eintauschen? Wie hoch ist ihr Preis auf dem schwarzen Markt?

Was sagst du? Du liebst die Partei innig? Warum hat die innig geliebte Partei dir dann eine Mütze aufgesetzt? Du müßtest eben das Urteil revidieren! Müßtest eben die alte Rechnung begleichen! Es ist unbegreiflich, was für einen Nutzen ein Feind mehr für das Land hat. Kann er die Qualität der Stahlproduktion erhöhen? Kann er das Getreidesoll der Bauern steigern? Wenn dem nicht so ist, warum muß man dann mit allen Mitteln ein Feindmodell schaffen?

Die Schuld abgebüßt? Welche Schuld hast du abgebüßt? Du hast die alte Schuld noch nicht abgebüßt, da kommt schon eine neue hinzu. Wir müssen dir die alte und die neue Schuld zusammen in Rechnung stellen. Deine Schuld schreit zum Himmel. Selbst mit der Todesstrafe kann deine Schuld nicht gesühnt werden! Xiang Linsao! Unbegreiflich, warum das Schicksal eines im neuen sozialistischen China lebenden Kommunisten, eines tatendurstigen, aufstrebenden, wirklich aufrichtigen jungen Menschen deinem so ähnlich ist? Die chinesische Nation ist so großartig und zugleich so jämmerlich!

Gut, legen wir dein Problem zunächst einmal beiseite... Was heißt beiseite legen? Was ist Zhong Yicheng denn? Eine Mütze? Eine Jacke? Eine Flasche gefüllt mit Sojasoße? Wir lassen das Problem erst einmal schmoren. Später wird man es dann vor Ort verdauen...

Was sind sie denn? Ein Maisbrötchen? Ein Stück Reiskuchen? Oder eine wohlschmeckende Hafermehlrolle? In was würden sie sich nach der Verdauung verwandeln? In Kot? In einen Rülpser oder einen Furz?

Abschließendes Urteil des Säuberungstrupps: Zhong Yicheng, männlich, 1932 in P. geboren, Familienherkunft: arme Stadtbevölkerung. Zur Person: Schüler... Schon von Kindheit an waren die Gedanken dieses Zhong Yicheng äußerst reaktionär. Mit schmutzigen persönlichen Karriereabsichten schmuggelte er sich 1947 ohne Aufnahmeverfahren in eine Parteiorganisation, die von Liu Shaogi und seinen Agenten kontrolliert wurde... 1957 schrieb er Gedichte, mit denen er die Partei wütend angriff... bis heute weigert er sich, seine Schuld zuzugeben, weigert sich, die himmelschreienden Verbrechen der Scheinpartei zu entlarven, die in großem Stile von den Agenten Liu Shaogis betrieben wurden... er ist ein bürgerliches, rechtes Element, das sich überhaupt nicht geändert hat...

unbestimmte Zeit

Finstere Nacht, tintenschwarzer, zähflüssiger Masse gleichend, klebrig, wabblig, formlos und doch nicht unsichtbar. Weißhaarig, die runden Augen versiegten Brunnen gleich, ging Zhong Yicheng auf einen Stock gestützt durch die zähflüssige, zitternde Gallertmasse. Der Wind heulte. Er kam vom grenzenlosen Himmel, wälzte sich über die unendliche Ebene und verlor sich im unübersehbaren, pechschwarzen Meer. War es ein Blitz? Das Leuchten, das einem Erdbeben vorausgeht? War es ein Irrlicht oder ein Meteor? Es erleuchtete hin und wieder das über Nacht gealterte, runzelige, völlig abgemagerte Gesicht Zhong Yichengs. Er hob den Stock, klopfte gegen einen imaginären alten hölzernen Türflügel. Poch, poch, poch, ein dumpfer Ton erscholl.

Zhong Yicheng, Zhong Yicheng, Zhong Yicheng!

Der Ton, den er aussandte, war kraftvoll und kam doch aus weiter Ferne, er klang intensiv und zugleich dumpf. Wie ein Echo, das man vernahm, wenn man in eine große, ausgetrocknete Tonne aus Ton hineinsprach.

Zhong Yicheng, Zhong Yicheng, Zhong Yicheng!

Die schwarze Nacht drehte sich, schwankte, taumelte, schwebte. Der Sturm jagte dahin, wehklagte, eilte in alle Richtungen, wirbelte empor. Der Mast neigte sich in den großen Wogen. Der Schneehut stürzte vom Berggipfel hinab, Lava quoll aus dem Gestein hervor. Ein Kopf rollte auf der Staße hin und her...

Zhong Yicheng, Zhong Yicheng, was ist mit dir?
Zhong Yicheng, Zhong Yicheng, er ist tot.
Dem Blitz folgt völlige Dunkelheit.
Lautlose Stille, stockfinstere Dunkelheit, bewegungslose Starre.

Wie winzig, hundert Geigen gleich, die in hundert Kilometer Entfernung leise Töne anstimmen. Hundert Kerzen gleich, die in hundert Kilometer Entfernung leuchten. Hundert Ling Xues gleich, die aus hundert Kilometer Entfernung Zhong Yicheng zuwinken...

Mit bolschewistischem Gruß, mit bolschewistischem Gruß, mit bolschewistischem Gruß... Welche Meinung hast du mir zu sagen?

Er mußte nach diesem bolschewistischen Gruß streben, er mußte nach dieser Meinung streben. Er mußte den Kopf, der sich kaum aufrecht tragen ließ, der niedergedrückt wurde, erheben. Er mußte die Augen öffnen, in die Ferne schauen...

Wieder ein Blitz. Er sah Zhong Yicheng. Zhong Yicheng stand neben Ling Xue. Er trug eine Armbinde, hielt eine Fackel in die Höhe. Nein, das war keine Fackel. Es war ein gepeinigtes, loderndes Herz.

September 1978

Tagebuch von Zhong Yicheng:
Heute morgen habe ich ein Berufungsschreiben aufgesetzt. Das erste Mal seit einundzwanzig Jahren habe ich der Partei so viel von meinen innersten Gefühlen und Gedanken erzählt. Wie schade, daß jeder Mensch nur einmal lebt. Da die Menschen auf viele Dinge unvorbereitet sind und es ihnen an Erfahrungen fehlt, handeln sie unüberlegt. Hätten wir die Möglichkeit, alles noch einmal von vorn zu beginnen, würden wir viel weniger Dummheiten machen... Blicke ich jedoch auf diese über zwanzig Jahre zurück, die voller Enttäuschungen waren, dann fühle ich keinerlei Wehmut. Ich bin nicht mit allem un-

zufrieden, fühle auch keine Leere in mir. Ich bin nicht der Ansicht, daß diese Zeit ein unvorstellbarer Alptraum war. Ich habe diese einundzwanzig Jahre Schritt für Schritt zurückgelegt und bin fest davon überzeugt, daß ich keinen Schritt umsonst gegangen bin. Ich habe nur eine Hoffnung, daß die mit Blut, Tränen und unvorstellbaren Leiden bezahlten Lehren sich fest einprägen werden, daß die Wahrheit wieder zu ihrem Recht kommt und in der Geschichte vermerkt wird.

November 1958 bis November 1959

Arbeit, Arbeit, Arbeit! Vor einigen hunderttausend Jahren hat die Arbeit die Affen zu Menschen gemacht. Hunderttausende von Jahren später, im China von heute, konnte die körperliche Arbeit auch eine gewaltige Kraft entfesseln, die die Gedanken reinigt und die Seele zu neuem Leben erweckt.

Zhong Yicheng glaubte fest daran. Seine leidenschaftliche Liebe für die Berge und Flüsse des Heimatlandes und für das Volk, seine Aufopferungsbereitschaft, sein fanatischer Glaube daran, daß es notwendig sei, seine Schuld zu sühnen, seine jugendliche Vitalität und seine Gedichte, die er, gleich, unter welchen Bedingungen auch immer, schreiben mußte und für die er vom Leben ständig neuen Stoff und Anregungen erhielt, all das konzentrierte sich auf die schwere, ja, man mußte wohl sagen noch recht primitive körperliche Arbeit in dem Bergdorf.

Er schleppte auf seinen Schultern einen randvollen Korb mit Schafsmist die Berge hinauf, mit dem die Terrassenfelder gedüngt wurden. Schon nach zwei Minuten strömte ihm der Schweiß aus allen Poren, genau so wie das Wasser aus dem Bohnenkäse, wenn man ihn im letzten Arbeitsgang unter einer Steinplatte auspreßt. Er folgte dem gewundenen, holprigen Bergpfad über Bergkämme und Abhänge. Er beugte sich tief nach vorn und gab sich alle Mühe, es den alten Bauern gleichzutun. Er stemmte die Beine auseinander und krümmte die Hände, um das Gleichgewicht zu halten. Seine Hände hingen frei in der Luft. Manchmal schwang er sie hin und her, und die Unbeschwertheit seiner Arme versetzte ihn in einen Freudentaumel. Manchmal faltete er die Hände vor der Brust. Manchmal legte er beide Hände kreisförmig um seinen Nabel, wandte die Qigong-Atemtechnik an, da man, um einen steilen Hang hinaufzulaufen, die Atmung tief im Zwerchfell ansetzen mußte. Bei jedem Schritt fühlte er, wie seine Beine, sein Rücken kräftiger wurden.

Er blieb im wahrsten Sinne des Wortes standhaft, stand mit beiden Beinen im Leben. Mit seiner Kraft und seinem Enthusiasmus nährte er die Felder unserer Republik, mit dem Dünger, den die landwirtschaftlichen Kulturpflanzen benötigten und der reich an Stickstoff, Phosphor, Kalium und organischen Stoffen war.

Er nahm den Dung heraus. Der Gestank des Dungs weckte in ihm ein Gefühl der Ehre und der Zufriedenheit. Tragjoch um Tragjoch vermischte er den flüssigen Dung mit dem Löß. Er empfand den Geruch aus vollstem Herzen als liebenswert. Er vermischte beides gründlich, ließ es gären, siebte es durch. Der Löß bekam eine glänzende, schwarze Farbe, auch die Tonerde wurde locker. Danach belud er einen Lastkarren, zog ihn bis zum Feld, streute das Gemisch aus. Der Wind trieb ihm Dungbröckchen in den Mund. Er fühlte sich glücklich, denn über zwanzig Jahre hatte ihn Mutter Erde ernährt. Jetzt konnte er zum ersten Mal Mutter Erde ein Geschenk darbringen.

Es war Frühling geworden. Er grub den Boden tief um. Er warf keinen Blick zur Seite, ließ sich durch kein Geräusch ablenken. Seine gesamte Muskelkraft und seine ganze Seele konzentrierte er auf drei Bewegungen: Mit gestrecktem Oberkörper Spaten senkrecht ansetzen, den Spaten in die Erde stoßen, den Boden umgraben und wieder mit gestrecktem Oberkörper Spaten senkrecht ansetzen... Er wurde zu einer Umgrabmaschine. Neben diesen drei Bewegungen gab es in seinem Leben keine anderen mehr. Er arbeitete mit rasender Geschwindigkeit, wie von einem Elektromotor angetrieben. Er führte diese drei Bewegungen aus, als nähme er an einem internationalen Wettkampf teil. Der Rücken schmerzte ihn, er schonte sich nicht, die Beine wurden ihm schwach, er biß die Zähne zusammen. Seine Füße waren völlig kraftlos. Mit letzter Kraft sprang er hoch. Sein ganzes Körpergewicht lag auf dem einen Fuß, der den Spaten in die Erde stach, daher drückte er ihn mit seinem Körpergewicht nieder. Es knirschte, und das Spatenblatt drang senkrecht in das Feld... Ihm schwindelte, doch das ließ ihn den Kreislauf der drei Bewegungen nur noch mechanischer und noch unwillkürlicher beschleunigen. Die selbstlose Arbeit war schwer, und doch stimmte sie ihn fröhlich. Ein Augenblick, eine Stunde ging vorüber. Drei Stunden gingen vorüber, auch zwölf Stunden gingen vorbei. Was für ein großes Stück Erde hatte er umgegraben! Alles schwarzbraune Erdschollen, feuchtglänzend, den Abdruck des Spatens tragend. Möchtest du die Spatenstiche zählen? Wohl mehr als deine Haare...

Der Mensch kann doch eigentlich so viele nützliche Dinge tun. Diese Dinge können nicht an einem Morgen völlig zunichte gemacht werden, in Grund und Boden verdammt werden.

Im Sommer mähte er Weizen. Auf seinen bloßen, gebückten Rücken schienen die Sonnenstrahlen. Die Sichel war so sinnreich konstruiert, so voller Leben, glich geschickten Fingern. Sie konnte nicht nur die Weizenhalme abmähen, sondern sie auch auf einen Haufen werfen, auflesen und weitertragen. Er lernte, mit einer Sichel umzugehen. Er wandte ein paar Kniffe an, ein Sirren und ein Stück Feld war abgemäht, ein Sirren, wieder ein Stück. Was für schöne Augenbrauen. Jeder Mensch hat zwei Augenbrauen. Wie gut, sonst würde der Schweiß die Augen verkleben. Er richtete sich ein wenig auf. Das Feld, eben noch so dicht, daß kein Wind hindurchkam, öffnete sich mit einem Male weit. Er erblickte die an einer anderen Stelle arbeitenden Bauern, die Berge und das Wasser. Ein Windstoß wehte über das Feld. Eine wahrlich angenehme Kühle, ein wahrhaft stolzes Gefühl.

Im Herbst schlug er die weichen Zweige der Vitex ab. Um seine Hüften hatte er ein Seil geschlungen. In den Händen hielt er eine Sichel. Er hatte schon einige Monate keine Sichel mehr berührt. Als er sie wieder in die Hand nahm, erfüllte es ihn mit Freude, so als besuchte ihn ein alter Freund, der lange nicht vorbeigekommen war. Er stieg bis in die gefahrvollen Höhen, lief im weglosen Gelände wie in einer Ebene. Nach einem Jahr ging er gerne in die Berge, war er zu einem Bergbewohner geworden. Wie ein Jäger überblickte er alles von fern. Da, entdeckt. Inmitten von Steinen und Unkraut sah er die in diesem Jahr gewachsenen, weichen Zweige der Vitex. Sie hatten die richtige Länge, waren von gleichmäßiger Stärke, makellos, weder zu jung noch zu alt, sie zogen alle Sinne an. Das Herz lachte einem im Leibe, wenn man sie sah. Er jagte in großen Sätzen dorthin, schnellte in die Höhe. Mit der linken Hand packte er sie fest an, in der rechten hielt er vorsichtig die Sichel. Er stieß einen Schrei aus, er hielt bereits ein paar gut gewachsene Zweige in der Hand, bündelte sie und hing sie an das um seine Hüften geschlungene Seil. Wieder hob er den Kopf, wieder entdeckte er ein Ziel. Er kletterte wieder aufwärts, so flink wie eine Gazelle, so rasch wie ein Hirsch. Er war stark und kräftig, die Augen leuchteten wie Blitze.

Außer der gemeinsamen Arbeit mit den Bauern und den Kadern, die an die Basis geschickt worden waren, übernahmen er und einige »Elemente« aus eigener Initiative, beziehungsweise erhielten, doppelt so viele Aufgaben. Nachts um drei Uhr, wenn es schien, als seien sie gerade erst schlafen gegangen, erhoben sie sich zur »Morgenschlacht«, trugen auf ihren Rücken den Dung zu den Terrassenfeldern hinauf und Walnüsse, Datteln, Batate und Rüben hinunter. Unterm Sternenhimmel liefen sie über die Pfade. Die Sterne schienen gleich neben ihnen zu leuchten, so, als könnten sie sie mit den Händen greifen. Mittags, wenn sie noch am Salzgemüse oder am Maisbrötchen herumkauten, begann die »Mittagsschlacht«. Hatten sie abends zwei große Schüsseln dünnen Reisbrei ausgetrunken, ging es in die »Nachtschlacht«. Die Nachtschlacht dauerte lange. Manchmal verwischten die Grenzen sich auch, konnte man Frühschlacht und Nachtschlacht nicht klar voneinander trennen. Außer der wenig veränderten Stellung der Sternbilder waren kaum Unterschiede festzustellen.

Der Mensch verfügt wirklich über Fähigkeiten. Die Überstunden werden zu irgendwelchen »Schlachten« erklärt, und sofort verstärkt sich die ungewöhnlich revolutionäre Färbung. Sie befanden sich in einer Schlacht, führten einen Krieg, eröffneten das Feuer auf die Bourgeoisie und die Feinde der eigenen Ideologie. Es ging ums

Überleben. Wer konnte da träge sein? Gesagt, getan. Es mußte auch ein Wettbewerb geführt werden, es mußte kritisiert und belobigt werden. Kaum hatten sie Freizeit, mußten Vergleiche durchgeführt und Bewertungen vorgenommen werden. Es mußte die Einteilung in Kategorien entsprechend der geleisteten Arbeit und der Einhaltung der Disziplin erfolgen. Diejenigen, deren Umerziehung verhältnismäßig gut verlief, kamen in die erste Kategorie. Diejenigen, bei denen es mittelmäßig voranging, kamen in die zweite Kategorie, diejenigen, deren Ergebnisse noch recht unbefriedigend waren, in die dritte. Diejenigen, die weiterhin hartnäckig bis zum Tod parteifeindliche und antisozialistische Machenschaften vorbereiteten, kamen in die vierte Kategorie. Dieses Vergleichen und Bewerten stimulierte die Kräfte! Alle Bauern berichteten: »Die ›Elemente‹ arbeiten aus Leibeskräften. Sie rennen wie ein ›Räuber‹, der sich in einer bedrängten Lage befindet. Wenn wir sehen, wie sie schuften, bekommen wir es mit der Angst zu tun. Im Laufschritt rennen sie schwerbepackt die Berge hinauf, bergabwärts springen sie. Ihr Keuchen ist zwei Li weit zu hören. Das ist noch gar nichts. Haben sie einmal frei, müssen sie noch über ihre eigenen Verbrechen nachdenken, darüber, wie sie sich durch diese kräfteraubende Arbeit weiter über ihre abscheuliche Fratze klarwerden können, wie sie weiterhin der Partei für die Rettung danken können.«

Zhong Yicheng stammte aus der armen Stadtbevölkerung. Von Kindheit an waren die finanziellen Verhältnisse seiner Familie schlecht gewesen. In seiner entscheidenden Wachstumsphase von elf bis vierzehn hatte es in seiner Familie nur eine Mahlzeit pro Tag gegeben. Deshalb war er klein und hager. Seine Handgelenke und Fußknöchel waren besonders dünn. Nach der Befreiung, als er mit

Versammlungen und der Arbeit alle Hände voll zu tun hatte, fehlte es ihm auch an den für die Jugend notwendigen Vergnügungen, der sportlichen Betätigung und an ausreichend Erholung. Auch jetzt, in den Bergen, war die Ernährung schlecht. Die Bauern konnten noch in der Versorgungs- und Absetzgenossenschaft einen kleinen Imbiß kaufen. Ihnen verbot jedoch die Disziplin, irgendwelche Lebensmittel zu kaufen. Eine unbekannte, innere, wunderbare Kraft ließ Zhong Yicheng jedoch bei dieser harten, schweren Arbeit nicht zusammenbrechen. Von den zahlreichen an die Basis geschickten Kadern, die wesentlich weniger arbeiteten als sie, mußte einer ins Krankenhaus gebracht werden. Ein anderer bat um Urlaub. Von einigen war – kehrten sie in die Stadt zurück – ein halbes Jahr lang keine Spur mehr zu sehen. Er biß die Zähne zusammen, marschierte mutig vorwärts. Er fand neue Freude, neuen Trost bei der harten Arbeit. Er weinte sogar, daß er früher, da er nicht körperlich gearbeitet, seine eigenen Leistungen aufgebauscht und hoch über den Massen gestanden hatte, seine Jahre hatte nutzlos verstreichen lassen. Nun jedoch wurden seine Gliedmaßen, sein Körper und sein Geist befreit. Alle Einschränkungen und Verbote waren vollständig aufgehoben: nach dem Essen darf man nicht sofort schwer arbeiten, täglich muß man acht Stunden schlafen, wenn man stark schwitzt, darf man nicht ins kalte Wasser gehen.

Eines Tages gab es Nudeln, etwas selten Gutes. Der kleine Zhong Yicheng aß sechs Schüsseln Nudeln, Nudeln aus eineinhalb Pfund Mehl bereitet. Diese ausgezeichnete, harte und stumpfsinnige Fleißarbeit verband ihn und die Bauern gefühlsmäßig miteinander. Ein Bauer sagte: »Als du gerade zu uns gekommen warst, habe ich wirklich befürchtet, daß dich ein starker Windstoß umblasen würde. Wer hätte gedacht, daß du wahrhaft aufopfernd arbeiten würdest.« Der Bauer gab ihm den wohlgemeinten Rat: »Geh die Sache etwas sachte an, verausgabe dich nicht bis zum letzten. Du holst dir fürs ganze Leben einen Knacks.« Ein anderer Bauer lud ihn heimlich ein: »Hör nicht auf ihre Beschränkungen. Komm zu mir und trink zwei Gläser. Ich koch' dir zwei Eier. Guck doch nur, wie abgemagert du bist!« Zhong Yicheng wurde es von der Herzlichkeit der Bauern ganz warm ums Herz. Aber er war doch ein Verbrecher. Welche Verdienste hatte er vorzuweisen, die die Sorge und Fürsorge der alten Bauern rechtfertigten?

Lao Si, ein erst dreizehnjähriger Sohn einer Bauernfamilie, mochte Zhong Yicheng ganz besonders. Einmal schenkte er ihm eine rote Dattel, einmal zeigte er Zhong Yicheng eine Laubheuschrecke, die er gefangen hatte, so als sei Zhong Yicheng ein gleichaltriger Spielgefährte. Hatte er von zu Hause zwei geröstete Kartoffeln erhalten, so brachte er eine der noch heißen Kartoffeln Zhong Yicheng. Er nähte für Zhong Yichengs Kiepe ein baumwollenes Polster, so daß die Kiepe nicht mehr so auf den Rücken drückte. Die umsichtige Hilfe Lao Sis erfüllte Zhong Yicheng mit Dankbarkeit, erschreckte ihn jedoch auch. Er sagte zu Lao Si: »Du bist noch klein und sorgst dich schon um mich.« Lao Si sprach: »Ich sehe doch, daß ihr euch wirklich sehr plagt.« In seinen Augen schwammen Tränen. »Nein, wir plagen uns nicht. Wir haben Schuld auf uns geladen«, erklärte Zhong Yicheng hastig. »Ist eure Umerziehung denn noch nicht beendet. Wenn eure Gedanken nicht gut wären, wie könntet ihr dann so arbeiten, so ehrlich sein?« – »Nein, unsere Umerziehung ist noch nicht abgeschlossen...« Zhong Yicheng zögerte noch immer, er wußte selber nicht, wie er es erklären sollte. Jeden Monat sollte es vier Tage Urlaub geben. Die »Elemente« hatten während der zwei Monate jedoch noch nicht einmal frei gehabt. Die Ankündigung, daß es Urlaub gebe, kam überraschend. Als sie am Morgen ihr Frühstück beendet hatten und gerade die Schippen säuberten, teilte ein Verantwortlicher den »Elementen« mit: »Heute habt ihr frei. Kommt pünktlich zurück. Stellt nichts an...« So eine Mitteilung in letzter Minute sollte angeblich die Umerziehung fördern. Zhong Yicheng wollte die Umerziehung noch gründlicher durchführen. Als der Urlaub bekanntgegeben wurde, biß er die Zähne zusammen und beantragte: »Keinen Urlaub für mich.«

Von Ling Xue kamen viele Briefe. Sie machte ihm keine Vorhaltungen, daß er auf den Urlaub verzichtet hatte, schrieb jedoch: »...Ich weiß, Du bist gesund, arbeitest gut, darüber bin ich sehr froh. Aber warum schreibst Du keine Gedichte? Warum stehen in Deinen Briefen keine Gedichte? Hast Du nicht geschrieben, daß das Leben in den Bergen sehr schön ist? Ich glaube, es ist ganz bestimmt sehr schön. Ich glaube, daß es trotz vieler Bitternisse (natürlich hast Du nichts von Bitternissen geschrieben) angenehm ist. Hast Du nicht geschrieben, daß Du oft an mich denkst? Dann schreib doch ein Gedicht über die Berge, über die Arbeit und schick es mir. Schreib doch einfach ein Gedicht für mich. Vergiß nicht, ich werde immer der erste und treueste Leser Deiner Gedichte sein. Jetzt bin ich vielleicht der einzige, der sie liest. Später wirst Du vielleicht viele, viele Leser haben...« – »Warum fragst Du nicht nach meiner Meinung? Meiner Meinung nach mußt Du – Gedichte schreiben. Du darfst nicht den Mut verlieren, darfst nicht traurig sein, auch wenn alles von vorn beginnt. Ich glaube an Dich...«

Ling Xues Briefe gaben Zhong Yicheng Selbstvertrauen

und Würde. Er würde alles überwinden, alles begreifen. Er schrieb hin und wieder ein kurzes oder längeres Gedicht und schickte es Ling Xue. In den Antwortbriefen schrieb Ling Xue ihre Meinung und gab ihm neue Anregungen.

23. November 1959

Ein Jahr war vergangen. Die allererste Zeit, da er voller Freude und Zufriedenheit gearbeitet hatte, war vorbei. Zhong Yicheng hatte sich bereits an die Arbeit und das Leben auf dem Lande gewöhnt. Er war abgemagert, doch sein Geist war lebendig. Er hatte alles gelernt, was man benötigte, um seinen Lebensunterhalt zu bestreiten – pflügen, Pferdewagen lenken, Vieh züchten, Unkraut jäten, Felder bewässern, Körbe flechten und auf der Tenne Getreide dreschen, das Stroh trocknen und zu Garben binden, Getreide worfeln. Er hatte alles gelernt, was man benötigte, wenn man auf dem Lande lebte – Holz hacken, mit den Händen Fische fangen, Ulmensamen abstreifen, Wildgemüse ausgraben, Salzgemüse und Kohl einlegen, aus dem Mehl der Ulmensamen und des Mais lange dünne Nudeln formen. Obwohl er von klein auf in der Stadt gelebt hatte, obwohl er beim Arbeiten nervös war, obwohl er noch eine Brille trug, die er am liebsten zerschlagen hätte, wurden sein Gang, sein Verhalten dem der Bauern immer ähnlicher. Gleichzeitig wurde auch der Enthusiasmus, den er bei der Arbeit und der Umerziehung an den Tag gelegt hatte, scheinbar immer schwächer. Er hatte seine ganze Kraft eingesetzt, nun war seine Energie manchmal verbraucht. Sie hatten mit allen Kräften an ihrer Umerziehung gearbeitet, aber wer fragte nach ihrer Umerziehung? Auch wenn sie aus eigenem Antrieb über jede ideologische Frage Bericht erstatten wollten, gab es keinen, der ihnen zuhörte. Der Leiter der Kadergruppe, die aufs Land geschickt worden war, paßte lediglich darauf auf, daß sie sich nicht mit raffinierten Methoden vor der Arbeit drückten oder nach der Arbeit heimlich in der Absatz- und Versorgungsgenossenschaft Walnußgebäck kauften, weiter stellte er keine Fragen. Es gab auch keine Möglichkeit, Fragen zu stellen. Woher sollte er auch wissen, daß sie, weil sie irgendwelche ideologischen Fehler begangen hatten, zu »Elementen« herabgesunken waren? Auf ihren Gesichtern war bereits ein goldener Stempel aufgedrückt, der sie als Rechte kennzeichnete. Der Widerspruch zwischen ihnen und dem Volk war ein antagonistischer. Daher konnte man ihnen nur gestatten, sich ordentlich zu benehmen, konnte man ihnen nicht erlauben, unverantwortliche Bemerkungen oder Dinge zu machen. Man mußte sie etwas strenger anfassen. Keiner von ihnen würde seinem Standpunkt untreu werden.

Manchmal konnte Zhong Yicheng es nicht begreifen. Trotz unmenschlicher Anstrengungen und bis zur Erschöpfung reichender Bemühungen war es weder für die »Fünfergruppe«, die »Dreiergruppe«, das »Büro zur Führung der Kampagne«, die die Kampagne leiteten, noch für die Organe und sämtliche Genossen, ja selbst für ihn nicht leicht, sein wahres Wesen festzustellen. Es war wirklich nicht leicht, die äußeren Erscheinungen – Mitglied der Kommunistischen Partei, revolutionärer Kader, von Kindheit an an der Revolution teilgenommen, der Partei immer treu ergeben gewesen – zu durchdringen, sein reaktionäres Wesen herauszuanalysieren und ihn sorgfältig, genau, Stück für Stück, von allen Seiten, tiefgreifend zu kritisieren und logisch und überzeugend eine vernichtende Kritik gegen ihn vorzubringen. Auch für ihn selber war es nicht leicht, insgesamt mehr als zehn Selbstkritiken zu schreiben, über 300000 Schriftzeichen, mehr als in den Kurzberichten, die er während der acht Jahre, die er im Büro arbeitete, verfaßt hatte. Zu guter Letzt hatte er noch eine Selbstkritik geschrieben, von der sogar Genosse Songming gesagt hatte: »Die Haltung ist schon gut, du beginnst dich zu ändern.« In dieser Selbstkritik hatte er jede Einzelheit, die er seit seiner Geburt – selbst im Traum – gesagt, getan oder gedacht hatte, bis ins kleinste analysiert. Hatte er etwa vergebens so viel Zeit, so viel Kraft und so viele Worte investiert (neben den im vollen Ernst und im Glauben an Gerechtigkeit geschriebenen Kritiken hatte es auch noch viele ernsthafte Moralpredigten, aus dem Herzen kommende Ermahnungen und Analysen gegeben), um dann beiseite geschoben und nicht mehr gefragt zu werden? War er etwa nur als zusätzliche Arbeitskraft in das Bergdorf geschickt worden? Sie wurden entsprechend der Arbeit und der Disziplin in Kategorien eingeteilt. Aber diese Einteilung in Kategorien war lediglich dazu da, um sie, die »Elemente«, zu überwachen und anzutreiben. Kein Mensch fragte jedoch nach ihren Gedanken. Sie waren wegen ihrer Ideologie bestraft worden. Nach der Bestrafung wurde die Ideologie ganz von selbst zu einem wildwachsenden Moos. Es war wie bei einer Theateraufführung. Zu Beginn wurden Gongs und Trommeln geschlagen, richtige Schwerter und Lanzen eingesetzt. Scheinwerfer erstrahlten, ein Bühnenbild erschien, es herrschte großes Gewimmel. Alt und jung, Männer und Frauen traten auf. Doch kaum war das Vorspiel beendet, gingen auch die Leute, wurde das Bühnenbild abgeräumt, erlosch das Licht. Was war denn eigentlich los? Warum denn? Hatten sie nicht davon gesprochen, daß man sich umerziehen mußte? Hatten sie nicht gesagt, daß das Vorspiel gerade erst der Beginn der Umerziehung war? Warum ging es nicht weiter?

Doch die Dinge entwickelten sich, nur stimmte diese Entwicklung nicht ganz mit Zhong Yichengs Vorstellungen überein. Zhong Yicheng war eigentlich der Ansicht gewesen, daß so viel Kraft für die Kritik aufgewendet worden war, um Recht und Unrecht zu unterscheiden, um eine starke Medizin zu verabreichen, damit sie Reue empfinden und sich eines Besseren besinnen sollten, damit sie erneut in den Schoß der Partei und die revolutionären Reihen zurückkehrten. Es wurde so streng kritisiert, weil man große Erwartungen in sie gesetzt hatte und sich ärgerte, daß aus ihnen nichts wurde. Hatte die Partei sich ihren eigenen Kindern gegenüber nicht immer so verhalten? Aber ein Jahr war vergangen, und er fühlte immer mehr, daß die Aussicht, in den Schoß der Partei zurückzukehren, sehr ungewiß war. In den Zeitungen und Dokumenten erschien offiziell die Auffassung, daß »die rechten Elemente Vertreter des Imperialismus und von Jiang Jieshi waren«, und es wurde die Reihenfolge festgelegt »Grundherren, Großbauern, Konterrevolutionäre, üble Elemente, Rechte«. Hinzu kam, daß Zhong Yicheng an den Vorabenden des 1. Mai und des 1. Oktober aufgefordert wurde, gemeinsam mit den Gutsbesitzern des Dorfes die Belehrungen des Sicherheitsbeamten anzuhören.

Es war immerhin recht einfach, eine abstrakte Analyse darüber anzustellen, welche -ismen und welche Auffassungen sich im eigenen Kopf befanden und in welcher geistig-seelischen Verfassung man sich befand. Es war einfach zu analysieren, welchen ideologischen Strömungen diese -ismen, Auffassungen und diese geistig-seelische Verfassung zuzuschreiben waren, welche ernsten, bedrohlichen Gefahren sie in sich bargen. Ganz gleich, wie bitter und unangenehm diese Frucht auch schmeckte, wie sehr man an ihr auch würgte, so war sie doch immerhin gut formbar. Obgleich sie zu groß war und es keine Möglichkeit gab, sie im ganzen hinunterzuschlucken, so konnte man doch an ihr ziehen und zerren, sie pressen und stopfen, so daß die Frucht schließlich mit allem Drum und Dran hineingewürgt werden konnte. Beim Hinunterschlucken zeigte sich noch eine andere, beruhigende Wirkung: Zhong Yicheng war fest davon überzeugt, daß die Partei sich keinesfalls selbst vernichten würde, daß sie keinesfalls eines ihrer törichten, aufrichtigen Kinder vernichten würde. Viele Tage waren jedoch vergangen. Die Situation wurde von Tag zu Tag schlimmer. Die reale politische Behandlung war eine andere Angelegenheit. Von welchem Tag an, wie und warum war denn eigentlich er, der von Kindheit an in unversöhnlichem Haß einen Verzweiflungskampf gegen das Guomindang-Regime von Jiang Jieshi geführt hatte, im Auftrag des Imperialismus und Jiang Jieshi tätig geworden? Warum verfügten die Imperialisten und Jiang Jieshi denn über solch große Fähigkeiten? Wie hatten sie, als das chinesische Festland befreit wurde, innerhalb der mutigen, starken Kommunistischen Partei Chinas, vor der alle Reaktionäre erzitterten, so viele große und kleine Vertreter angeworben, angestellt und ernannt? Wenn ihre Vertreter wirklich so zahlreich gewesen wären, warum waren sie dann 1949 so rasch und vollständig zusammengebrochen? Laß gut sein. Auch wenn du darüber nachdenkst, wirst du zu keinem klaren Ergebnis kommen. Er lächelte bitter. Der größte Vorzug der Arbeit bestand darin, daß sie ihm keine Zeit und auch keine Kraft für seine Phantasie ließ. Welcher

Mensch, der mehr als zehn Stunden arbeitete, der während einer Mahlzeit drei große Maisbrötchen, eine halbe Schüssel Salzgemüse aß und einige Schälchen kaltes Wasser trank, hatte noch Lust, solche politischen Schlußfolgerungen und metaphysischen Phantasien anzustellen? Spaten, Sichel, Maisbrötchen, Salzgemüse... Er hatte schon mit diesen Dingen den Kopf voll. Bauern waren nun mal so. Sie waren in der Tat anders als Intellektuelle. Sie verwendeten ihre ganze Kraft zunächst einmal darauf, ihren Lebensunterhalt zu verdienen. Ihre Gedanken kreisten darum: »Wie können wir weiterleben?« – »Wie können wir ein bißchen besser leben?« Waren sie nur ein wenig faul, drohte ihnen gleich Hunger und Not. Die Lage der Intellektuellen war auch nicht gut, doch oftmals besser als die der Bauern. Darum dachten sie über seltsame Fragen nach: »Was soll das Leben?« – »Wie kann ich noch sinnvoller leben?« Die wichtigste Ursache dafür, daß sie sich mit solchen Nichtigkeiten abplagten, lag wohl gerade darin, daß sie zuviel gegessen hatten. Man konnte es einfach mit einem Wort zusammenfassen: überfressen.

So weit war er gekommen, dann dachte er an nichts mehr. Seine Augenlider waren schwer wie Blei. Er konnte seine Gliedmaßen nicht mehr rühren, es schien, als habe man sie ihm abgeschraubt. »Laß gut sein.« Er konnte nur noch einmal bitter lächeln. Bevor das bittere Lächeln wieder von seinem Gesicht verschwinden konnte, war er bereits eingeschlafen.

Resignieren, bitter lächeln, tief und ruhig schlafen. Das war für Zhong Yicheng ein völlig neuer Gemütszustand, eine neue Erfahrung. Vielleicht lag darin eine neue Entwicklungstendenz, ein neuer entscheidender Wendepunkt? Vielleicht war das der Anfang von Mutlosigkeit und Verkommenheit?

Ein starker Wind, ein Sturmwind heulte plötzlich durch die dunkle Nacht des Spätherbstes. Sand und Steine flogen durch die Luft. Zhong Yicheng schreckte aus dem Schlaf empor. Noch ganz benommen stieg er aus dem Bett und schloß das Fenster. Er sah hinaus und gewahrte einen Lichtschein.

Er war bestürzt, starrte hinaus. Einen halben Li von seinem Haus entfernt, in der Richtung, wo die Küche der Straßenbaubrigade lag, tanzten Flammen und Rauch im Wind hin und her. »Verdammt!« Zhong Yicheng schrie. Er wußte, daß sich neben der Küche der Schuppen der Straßenbaubrigade befand, in dem nicht nur Holz gelagert war, sondern auch gerade gelieferter Sprengstoff und Zünder. Wenn das Herdfeuer nicht ausgeblasen wurde, wenn der Sturm das Feuer über den Herd hinaustrieb, wenn die Flammen im Sturmwind tanzten, dann konnte sich das Lager der Straßenbaubrigade innerhalb weniger Minuten in ein Flammenmeer verwandeln. Das Leben der Arbeiter, ihre Habe und das Material, das der Staat für die Ausbesserung der Straßen bereitgestellt hatte, würde dann von den Flammen verschlungen werden. Es würde ein Großbrand im ganzen Dorf entstehen, und bei diesem Sturm war es sehr gut möglich, daß das Feuer auch weiter auf das Nachbardorf und den Gebirgswald übergriff.

Zhong Yicheng schrie noch einmal auf. Er nahm keine Rücksicht darauf, ob die anderen »Elemente«, die mit ihm in der Unterkunft schliefen, erwachten oder nicht. Schwankend und taumelnd rannte er in die Richtung, wo die Flammen loderten. Die Flammen wurden immer größer. Sie schlugen bereits aus der Küche heraus. »Feuer! Feuer! Feuer!« Die lauten Rufe Zhong Yichengs weckten die fest schlafenden Arbeiter der Straßenbaubrigade. Die Menschen schrien. Ein Lärmen und Tosen begann. Es klirrte und klapperte. Der eine läutete die Glocke, der andere schlug auf die Waschschüssel. Die Küchentür war noch fest verschlossen. Rauch quoll aus der Küche hervor, der den Menschen den Atem verschlug. Zhong Yicheng erreichte als erster die Tür. Er hatte unterwegs einen Knüppel aufgehoben. Mit dem Schrei: »Durch« schlug er die Tür ein. Feuer und Rauch schossen ins Freie. Zhong Yicheng fühlte im Gesicht und am ganzen Körper ein Brennen. Er dachte nicht an sich selber. Er schlug und trampelte auf das Feuer ein, wälzte sich über die Flammen und die ausgeglühten Kohlen... Kurz danach trugen die Menschen Wannen voller Wasser und Körbe mit Sand herbei, brachten sie den einzigen Feuerlöscher mit. Ein heftiger Kampf entbrannte. Das Feuer konnte schließlich rasch gelöscht werden.

Erst als das Feuer völlig gelöscht war, fühlte Zhong Yicheng bohrende Schmerzen. Erst jetzt bemerkte er, daß seine Haare mehr als zur Hälfte verbrannt waren, seine Augenlider waren völlig versengt. Auf dem Gesicht, auf dem Rücken, auf den Händen, auf den Beinen – überall waren Brandwunden. Überall hatte er unerträgliche Schmerzen. Nein, selbst stehen konnte er nicht. Auch an seinen Beinen hatte er schwere Verbrennungen. Sein Gesicht war vor Schmerzen verzogen. Noch bevor ein Stöhnen aus ihm hervorbrach, verlor er das Bewußtsein.

Am nächsten Tag

»Warum bist du am Abend jenes Tages zum Lager der Straßenbrigade gelaufen?«

Aufgrund seiner schweren Brandverletzungen war Zhong Yicheng in die Krankenstation der Kommune gebracht worden. Zhong Yicheng lag im Krankenhaus. Er sah, wie sich die Tür des Krankenzimmers öffnete und der stellvertretende Leiter der Kadergruppe, die an die Basis geschickt worden war, ein Sicherheitsbeauftragter der Straßenbaubrigade und ein Sonderbeauftragter der Kommune für öffentliche Sicherheit auf sein Bett zutraten. Er spürte in seinem Herzen ein grenzenloses Gefühl der Vertrautheit und Geborgenheit. Er versuchte, sich mit aller Kraft aufzusetzen. Doch die drei Menschen traten an sein Bett, ihre Gesichter waren aschfahl, kein Muskel regte sich in ihnen, ihre Blicke waren starr, ihre Stimmen kalt. Als sie zu sprechen begannen, kamen keine Grüße für einen Verletzten, kam kein Dank für einen, der ein Feuer gelöscht hatte. Sie begannen zu sprechen, und ihre Fragen glichen einem Verhör.

Zhong Yicheng beantwortete bescheiden die gestellte Frage: »Ich sah einen Feuerschein«, sagte er.

»Wann hast du den Feuerschein gesehen?«

»Ich kann mich nicht mehr erinnern, auf jeden Fall war es bereits nach Mitternacht.«

»Warum hast du mitten in der Nacht noch nicht geschlafen? Wenn du nicht geschlafen hast, was hast du dann gemacht?«

»... Ich schlief, da kam Wind auf...«

»Warum bist denn du von dem Wind aufgewacht und die anderen nicht?«

»...«

»Warum hast du dir keine Anweisungen vom Leiter geholt und bist gleich zum Schuppen der Straßenbaubrigade gerannt? Dort lagern viele strategisch wichtige Materialien. Hast du das nicht gewußt?«

»...«

»Warum hast du die Küchentür eingeschlagen?«

»...«

»In den vierundzwanzig Stunden von gestern abend sechs Uhr bis jetzt, wo bist du gewesen, was hast du gesagt, was hast du gemacht, wer kann das bezeugen, ganz genau? Keine Ausflüchte, keine Ausreden...«

Eine Frage folgte der anderen. Da Zhong Yicheng gewohnt war, Leitern und Genossen zu vertrauen, gewöhnt war, sich ihnen gegenüber loyal und höflich zu verhalten, beantwortete er zu Beginn ein Frage nach der anderen möglichst genau und ausführlich, obwohl sein ganzer Köper schmerzte, er einen Tag nichts mehr gegessen hatte und Körper und Geist geschwächt waren. Aber die Fragen hörten nicht auf. Sie wurden immer seltsamer, immer rätselhafter. Fragen, die er schon ganz klar und deutlich beantwortet hatte, wurden nach einer Weile von einem anderen unter einem anderen Blickwinkel und in anderer Art und Weise noch einmal gestellt. Alle Antworten wurden genau protokolliert, und es wurde mit allen Mitteln versucht, in seinen Antworten Widersprüche zu entdecken, ein Haar in der Suppe zu finden.

Plötzlich – wie schwerfällig, wie dumm er doch war – begriff er, was hinter den Fragen stand, und das war so unvorstellbar wie das Umstürzen des Himmels, das Umwälzen der Erde oder die Änderung der Strömungsrichtung des Gelben Flusses. Ihm wurde schwarz vor Augen. Von Stirn, Nasenspitze und Nacken perlte ihm der Schweiß. Seine Lippen bebten, seine Nasenflügel blähten sich, er fror an Händen und Füßen, aber er schrie endlich: »Warum fragt ihr nach all dem, was ich getan habe? Wie könnt ihr einen Menschen so verdächtigen? Vorsitzender Mao, du Ehrwürdiger, weißt du...«

»Vergiß deinen Status nicht!« Wie aus einem Mund kam diese Warnung von den dreien. Doch Zhong Yicheng hörte die Warnung schon nicht mehr. Himmel und Erde drehten sich. Sein Kopf barst auseinander. Er war nur noch halb bei Bewußtsein. Aus seinem Herzen rann Tropfen für Tropfen das Blut. Er wußte, er würde sterben.

1979

Der graue Schatten: Das geschieht dir recht!

Zhong Yicheng: Du kluger Mensch. Was würdest du denn deiner Meinung nach tun, wenn du siehst, daß ein Feuer ausbricht? Würdest du dich nicht darum kümmern? Würde es dir gleichgültig sein, wenn eine Feuersbrunst Arbeiter, Bauern, Dörfer, Hab und Gut vernichtet? Bah!

August 1975

Zhong Yicheng lebte nun schon wieder fünf Jahre auf dem Lande, wo er ein weiteres Mal hingeschickt worden war, damit sein Problem »vor Ort verdaut« würde. Die Arbeit auf dem Lande und das mit den Bauern gemeinsam eingenommene Essen von Fladen, die im Timel gebacken wurden, bereiteten Zhong Yicheng keinerlei Schwierigkeiten. Sie waren für ihn in diesen unruhigen und wirren Jahren zu einer wichtigen geistigen Stütze geworden, mit deren Hilfe er normal weiterleben konnte. An den vergangenen Ereignissen wurde im großen und ganzen nicht sehr gerüttelt. Geschah es doch einmal, daß einer danach fragte, dann sagte er mit einem matten Lachen: »Das gehört zu meinem vorigen Leben.« In den mehr als zwanzig Jahren voller Enttäuschungen hatten sich seine Statur, sein Gesichtsausdruck und sein Verhalten verändert. Die harte Realität hatte ihm die Augen geöffnet. Er fürchtete sich nicht mehr vor körperlichen Qualen, und auch der Gedanke, Verbrechen auf sich geladen zu haben, war völlig verschwunden. Auf dem Dorfe hatte er sich Kenntnisse über die Landwirtschaft und die Medizin angeeignet und heimlich viele Gedichte geschrieben. Doch gleichgültig, wie sehr er sich auch dagegen sträubte, gleichgültig, wie sehr er sich auch dagegen wehrte, er war wirklich alt geworden, ganz besonders in den vergangenen zehn Jahren, da er wiederholt kritisiert worden war oder, wie manche brutal sagten, »Huiguorou« aus ihm gemacht worden war. Im Herzen hatte er sich zwar seine Würde bewahrt. Kam er jedoch mit anderen Menschen in Berührung, so war es ihm bereits ganz unbewußt zur Gewohnheit geworden, ein höfliches und bescheidenes Lächeln aufzusetzen. Beim Sprechen hatte er sich einen ängstlichen und ehrfurchtsvollen Tonfall angewöhnt. Das Leben war mächtiger als die Wünsche, die Jahre stärker als die Jugend. So war das eben.

Aber er hatte sich auch eine alte Gewohnheit aus der Zeit vor diesen mehr als zwanzig Jahren bewahrt: Er kümmerte sich um die Angelegenheiten des Staates. Las er die Zeitung oder hörte er Radio, dann vergaß er darüber oft das Essen. Er kämpfte sich durch den Nebel von Lügen und schönen Worten und suchte angestrengt nach den wahren Informationen über sein Heimatland und die Welt. Oft erfüllten sie sein Herz mit quälender Sorge, nachts konnte er nicht schlafen...

Seit 1975 hatte er mehrmals Briefe von Lao Weis Frau erhalten. In den Briefen stand, daß Lao Wei in irgendeine »Februarmeuterei« verwickelt gewesen war, nach 1968 sieben Jahre lang in einer anderen Provinz im Gefängnis saß und vor kurzem erst entlassen worden war. »Er leidet an einer unheilbaren Krankheit. Er spricht oft von Dir und möchte Dich sehr gerne sehen...«

Dreimal hatte Zhong Yicheng darum gebeten, ihn zu beurlauben. Es war nicht leicht, die Genehmigung für zehn Tage Urlaub nach der Weizenernte zu bekommen. An einem Nachmittag im August tauchte er schließlich in einem kleinen, nur zwölf Quadratmeter großen Zimmer in der Stadt P. auf.

Lao Weis Gesicht war aschfahl. Er litt an Leukämie. In den vergangenen zwei Tagen hatte er mehrmals das Bewußtsein verloren. Als er Zhong Yicheng sah, erschien auf seinem ausgemergelten Gesicht ein Ausdruck des Trostes. Er sagte:

»Hast du es doch noch geschafft. Auf dieser Welt gibt es etwas, was mir die ganze Zeit am Herzen lag. Dein Fall von 1957...«

»Das ist doch sowieso schon alles vorbei.« Auf Zhong Yichengs Gesicht erschien ein vages, edelmütiges Lächeln.

»Nein, wir dürfen nicht weiter falsch handeln. Ich hoffe, du legst Berufung ein...«

»Bin ich denn lebensmüde? Ich will mir doch keine Scherereien zuziehen.« Zhong Yicheng lachte immer noch.

»Komm mir nicht so!« Lao Wei war wütend geworden. Er schloß für lange Zeit die Augen und sagte nichts mehr.

»Aber wie kann ich das? Das Urteil ist unwiderruflich. Es sind schon fast zwanzig Jahre vergangen. Allein meine Selbstkritik umfaßt 300000 Schriftzeichen...«

»Ja«, sagte Lao Wei mit kraftloser Stimme. »Ich war damals dagegen, dich zu einem Rechten zu machen. Doch Songming holte deine Selbstkritik hervor. Wirklich zu dumm! Doch ungeachtet der Tatsache, daß zwanzig Jahre vergangen sind, daß die Selbstkritik 300000 Schriftzeichen umfaßt, ja selbst der Tatsache, daß das endgültige Urteil aus drei Millionen Schriftzeichen besteht, solange es nicht gerecht ist, solange es nicht der Wirklichkeit entspricht, müssen wir dagegen angehen. Und wenn diese Aufgabe auch drei großen Bergen gleich vor uns steht, dann müssen wir sie mit dem Geiste von Yu Gong abtragen. Das Volk vertraut uns. Und wir, wir bauschen die Aktivitäten des Gegners auf, vergiften unser Leben mit den jedes Maß übersteigenden Verdächtigungen und Mißtrauen, vergiften die Atmosphäre in unserem Land, vergiften die Herzen der Jugend, die uns wahrhaft liebt, uns unterstützt... Das ist wirklich eine große Tragödie! Haßt du die Partei, Xiao Zhong?«

Diese Frage erfüllte Zhong Yicheng mit inbrünstiger Hoffnung. Seit jener Zeit waren viele dunkle Nächte und helle Tage, viele Wochen, viele Monate, viele Jahre vergangen. Mit jedem Tag hatte er die Hoffnung ein klein wenig mehr begraben. Schließlich sah er überhaupt keine Hoffnung mehr. In den vergangenen Jahren hatte er sich einen noch dickeren, härteren Panzer zugelegt. Er gestand lediglich mit gesenktem Kopf seine Schuld, äußerte höchstens, das Vergangene ist vorbei, die Zukunft kann man noch beeinflussen. Er machte deutlich, daß er überhaupt kein Interesse daran hatte, noch einmal darüber zu sprechen. Er war wie eine Mumie, die man nur schwer wieder zum Leben erwecken kann. Er war schon mehr als einmal gestorben. Er wollte und er wagte auch nicht mehr, ernsthaft ein wenig über die alten Geschichten aus den fünfziger Jahren nachzudenken. Noch weniger wollte er die Wunden wieder aufreißen, die mit einer dicken, stählernen Kruste überzogen waren. Mit dieser Ansicht und Haltung betrog er auch sich selbst. Manchmal war er selbst fest davon überzeugt, daß ihn diese Angelegenheit nicht mehr interessierte, daß er keine Einwände mehr hatte. Diese Stimmung ließ ihn sowohl Ruhe finden als auch Furcht empfinden. Heute jedoch, da er am Bett seines alten Vorgesetzten stand, der schon bald sterben würde, und solch aufrichtige, offene und vertrauensvolle Worte vernahm, die er schon seit fast zwanzig Jahren nicht mehr gehört hatte, weinte er. Er sagte:

»Nein, ich hasse nur mich selbst. Wenn ich damals standhaft geblieben wäre, wenn ich die Ideologie ein wenig an der Praxis überprüft hätte, wäre es vielleicht nicht so weit gekommen. Aber ich will ehrlich sein, ich will zu Ihnen ganz aufrichtig sprechen. Wenn ich damals in einer anderen Position gewesen wäre, wenn ich beauftragt worden wäre, Genossen Hongming zu kritisieren, ich hätte bestimmt auch nicht gezögert. Das wäre auch nicht besser gewesen. Damals war es vielleicht wirklich so, daß man auf das, worauf gezeigt wurde, schlug, daß man das, was gesagt wurde, glaubte! Und Sie, ich weiß, daß Sie mich tatsächlich mehrmals schützen wollten... daß Sie mich für eine erneute Aufnahme in die Partei empfehlen wollten. Auch das ging nicht... Was soll das jetzt noch... Letztendlich konnten Sie sogar sich selbst nicht davor schützen...«

»Solche Leute wie wir sind auch erbärmlich.« Lao Wei sprach stockend. »Mit einem Wort, wir haben unser Amt zu sehr geschätzt. Wenn wir damals in euren Fällen gewagt hätten, ein Wort für euch einzulegen, wenn wir einen noch kühleren Kopf bewahrt hätten, noch verantwortungsbewußter gewesen wären, den Tatsachen und nicht nur den Absichten der oberen Ebene noch mehr Beachtung geschenkt hätten, wenn wir uns nur etwas weniger gefürchtet hätten, unseren Posten zu verlieren, wenn wir uns nicht vor Schlägen gefürchtet hätten, wenn wir tapfer gewesen wären, dann hätten wir vielleicht etwas früher die linke Tyrannei besiegen können. Nachdem einer zum Feind erklärt worden war, schien es uns nicht mehr notwendig, Mitgefühl für ihn zu empfinden, sich um ihn zu kümmern, ihm gegenüber einer Verantwortung nachzukommen... Und jetzt, das ist die Strafe. Wir wurden selbst zu Machthabern, die den kapitalistischen Weg gehen, zur schwarzen Clique erklärt. Wir wurden auch zu Agenten der Grundherren, Großbauern, Konterrevolutionäre, üblen Elemente und Rechten. Genau so wie ihr damals zu Agenten Jiang Jieshis geworden seid...«

»Wie können Sie so etwas sagen, was für eine Verantwortung konnten Sie haben...«

Lao Wei schüttelte mühsam den Kopf und gab Zhong Yicheng zu verstehen, daß er mit ihm nicht debattieren sollte. »Als ich die Arbeit im Parteikomitee des Stadtgebiets leitete«, fuhr er fort, »wurden zu Beginn nur drei Rechte entlarvt und kritisiert. Dann gab es jedoch ein Soll. Im Stadtgebiet mußten 31,5 Rechte entlarvt werden. Daher kam es zu einem großen politischen Druck. Schließlich waren selbst wir nicht mehr Herr der Lage. Insgesamt wurden mehr als neunzig zu rechten Elementen gemacht. Die Zahl der indirekt Betroffenen war noch größer. Ein Großteil wurde zu Unrecht beschuldigt. Wenn diese Sache nicht erledigt wird, dann kann ich nicht ruhig sterben. Ich habe schon einen Bericht an die Partei geschrieben... Es wird der Tag kommen, da du ihn zusammen mit deiner Berufung der Partei geben kannst... Ich habe die Verantwortung. Als eine ernstzunehmende Partei, als Teil einer ernstzunehmenden Partei, müssen wir vor dem Volk die Verantwortung tragen...

Aber ich bin darauf auch stolz. Sieh mal, das Volk unterstützt uns so sehr, selbst jene Genossen, denen Unrecht getan wurde. Sie halten immer noch von ganzem Herzen zur Partei. Zu welchen Zeiten und in welchem Land konnte irgendeine andere Partei so viele Herzen gewinnen, so tief in die Herzen der Menschen eindringen? Es ist eine großartige Partei, es ist eine sehr gute Partei. Es ist eine Partei, die für das chinesische Volk das Allerbeste getan hat. Und obgleich auch so eine Partei Fehler machen kann, bin ich doch immer noch der Meinung, daß ich nicht umsonst gelebt habe... Du darfst keinen Groll gegen unsere geliebte Partei hegen...«

Seine Stimme war immer schwächer geworden. Schließlich hörte sein Herz auf zu schlagen. Seine Frau kniete nieder und beugte sich über ihn.

Zhong Yicheng nahm seine Mütze ab. Sein früh ergrautes Haar wurde sichtbar. In schweigender Ehrfurcht senkte er den Kopf – mit bolschewistischem Gruß!

Zhong Yicheng barg den Bericht, den Lao Wei geschrieben hatte, an seiner Brust, und es schien ihm, als trüge er Feuer. Für jemanden, der einen solchen Brief besaß, war es noch schwieriger, in Ruhe und Frieden zu leben, noch schwieriger, ein verachtenswertes Dasein zu fristen. Er durfte nicht wieder die Augen vor diesen Fehlern verschließen, sich dem Schicksal völlig ausliefern. Doch was konnte er noch tun? Wenn er etwas unternahm, dann war das schwierig und unnütz. Wenn er sich selbst dazu zwang, nichts zu tun, wenn er nur dahinvegetierte, wartete, hoffte, dann war das noch qualvoller. Die Zeit verrann, Minute für Minute, Sekunde für Sekunde. Haar und Bart wurden weiß, mehr und mehr. Schon war das Jahr 1957 vorüber, und das Jahr 1958 begann. Von 1957 bis 1958 waren es 365 Tage. Dann kamen die sechziger

Jahre. Jetzt zählte man bereits das Jahr 1975. Wie oft waren schon 365 Tage vorübergegangen, wie oft Jahre mit 366 Tagen.

Er gab den Bericht Lao Weis Ling Xue ohne Kommentar zu lesen und sagte lediglich: »Wir müssen ihn gut verstecken. Unter keinen Umständen dürfen andere etwas davon erfahren.«

Doch Ling Xue hob noch ihre Stimme: »Die Vorfälle jenes Jahres habe ich nie gebilligt. Wer letztendlich ein wahres Mitglied der Kommunistischen Partei ist, wer letztendlich Verbrechen begangen hat, darüber muß die Geschichte noch urteilen!«

»Zumindest organisatorisch sind wir aus der Partei ausgeschlossen. Zumindest du hast schon 18 Jahre lang keinen Parteibeitrag mehr gezahlt.«

»Das glaube ich nicht. Ist der Teil, den sie uns vom Lohn abziehen, etwa nicht unser Parteibeitrag? Unsere Tränen und unser Schweiß, unsere Jugend, sind das nicht unsere Parteibeiträge?«

Was sollte man da machen? Weiblicher Eigensinn...

Ling Xue fuhr fort: »Da das Gesetz von der Unzerstörbarkeit der Materie und der Erhaltung der Energie auf das ganze Weltall, auf die ganze Natur anwendbar ist, frage ich mich oft, welche Bedeutung dieses wichtige Gesetz von der Unzerstörbarkeit und der Erhaltung letztendlich für das gesellschaftliche Leben, für das politische Leben hat? Kann man die Tatsachen etwa vertuschen oder das Gewissen abschaffen? Können die Hoffnungen des Volkes, eine gerechte Überzeugung und die Treue sich etwa auflösen, können sie aufgebraucht werden?«

»Aber dieses Gesetz scheint sich nur langsam durchzusetzen...«, winkte Zhong Yicheng ab.

»Nach dem Winter kommt ganz bestimmt der Frühling. Die Innenwinkel eines Dreiecks ergeben zusammen 180 Grad, nicht größer und nicht kleiner, nicht mehr und nicht weniger. Ich glaube, wenn man zu viele Lügen, schöne Worte, Erpressungen und Verleumdungen auf die Waage der Geschichte legt, dann wird sie sich neigen, dann werden die Dinge sich wenden...«

»Natürlich glaube ich das auch. Deshalb habe ich nicht nur einmal in meinen Briefen an dich geschrieben, sollte ich sterben, dann könnte es sich nur um Mord handeln. Unter keinen Umständen würde ich Selbstmord begehen... Aber wir werden noch ein schönes Leben führen, weil es in unserer Partei viele solcher Menschen wie Lao Wei gibt.«

27. November 1959

Aber er war nicht gestorben, er lebte. Im Dämmerzustand spürte er eine warme Hand, die ihn mit liebevoller Sorgfalt pflegte. Sie fütterte ihn, gab ihm Wasser, drehte ihn im Bett herum, half ihm beim Urinieren. Er konnte nichts erkennen, konnte auch nichts sagen. Doch in seinem Herzen fühlte er es immer deutlicher.

Schließlich, am dritten Tag, nachdem die drei, die ihn verhört hatten, dagewesen waren, öffnete er langsam die Augen. Durch einen dunklen Nebel sah er eine Krankenschwester in weißen Kleidern und weißer Haube. Es schien ihm, als hätte er die Krankenschwester, die ihm den Rücken zuwandte, schon irgendwo gesehen.

»Genossin Krankenschwester!« rief er.

Die Krankenschwester kam heran, das Gesicht der Krankenschwester näherte sich ihm. »Ling Xue!« rief er erschrocken.

Ling Xue legte den Zeigefinger auf die Lippen und bedeutete ihm, nicht zu sprechen. Sie erzählte ihm, daß der Parteisekretär des Stadtgebietes, Lao Wei, ihr mitgeteilt hatte, daß sie zu Zhong Yicheng gehen und ihn pflegen sollte. Sie erzählte ihm, daß Lao Wei die hiesigen Bedingungen kannte und vor zwei Tagen selber hier gewesen war, um nach ihm zu sehen. Da er noch bewußtlos gewesen war, hatte Lao Wei ihn nicht gestört. Viele Bauern und viele Arbeiter der Straßenbaubrigade waren darüber, wie man ihn behandelt hatte, aufgebracht. Sie hatten an Lao Wei die Forderung gestellt, ihn zu belobigen, ihn auszuzeichnen. Lao Wei hatte Ling Xue erzählt, daß er beabsichtigte, nach seiner Rückkehr ins Gebietsparteikomitee auf der Tagung des Ständigen Ausschusses den Vorschlag zu machen, Zhong Yicheng vorzeitig die Mütze abzunehmen und erneut die Frage seiner Aufnahme in die Partei aufzuwerfen.

Lao Si kam mit seinem Großvater, der sich auf ihn stützte. Auf einen Stock gestützt, erschien eine alte Tante einer armen Bauernfamilie. Es kamen auch viele Arbeiter der Straßenbaubrigade. Sie brachten Eier, Obst, Erdnüsse, Kastanien und Honig mit... »Wir wissen alle, daß du ein guter Mensch bist«, sagten sie. Das war für Zhong Yicheng die größte Auszeichnung, die er vom Volk erhalten konnte.

»Es ist doch sehr schwer, ein guter Mensch zu werden«, sagte er. »Bei der Brandbekämpfung sind mir die Augen aufgegangen, ist mir klargeworden, in welch unheilvoller Lage ich mich befinde...«

»Aber hat dieser Vorfall nicht auch Hoffnung in dir geweckt?« fragte Ling Xue. »Eines Tages wird die Partei unsere Treue anerkennen. Sicherlich werden wir noch unzählige Prüfungen zu bestehen haben. Sicherlich werden uns noch viel unerwartete Schläge treffen. Sicherlich wird der Weg bis zu diesem Tag noch sehr, sehr lang sein. Aber dieser Tag wird kommen, früher oder später!«

Januar 1979

Der Tag war endlich gekommen!
Obwohl die Jahre erbarmungslos gewesen waren, obwohl nach diesen Jahren Prüfungen kamen, die noch erbarmungsloser waren, obwohl Zhong Yichengs Haare schon ergraut und auch Ling Xue nicht mehr jung war, obwohl das Ehepaar den schriftlichen Bescheid über ihre Rehabilitierung und die Wiederaufnahme in die Partei ganz gelassen hinnahm, so gelassen wie den Wechsel der vier Jahreszeiten und die Summe der Innenwinkel in einem Dreieck, gingen sie jedoch, nachdem sie das Parteibüro der Stadt P. verlassen hatten, in stiller Übereinkunft Hand in Hand auf den Trommelturm. Von oben konnte man die ganze Stadt überblicken, konnte man die am Rande der Stadt liegenden Berge, Gewässer und Felder sehen. Besonders gut konnten sie die Fahrt des Expreßzuges nach Peking verfolgen, der den Bahnhof verließ und durch die Landschaft sauste.

Wie auf Verabredung richteten sie ihre Blicke auf den dahinrasenden Zug. Auf der wiederum von weißem Schnee bedeckten Erde sah der Zug wie ein qualmender, schwarzer Drachen aus. Ihre Herzen fuhren mit dem Zug nach Peking. Sie standen eine Ewigkeit dort oben, sahen sehr lange auf die Landschaft hinab und sprachen kein Wort. Aber ihre Herzen schlugen im gleichen Takt, die Stimmen ihrer Herzen waren zu hören. Unter heißen Tränen sprachen sie:

»Was für ein gutes Land, was für eine gute Partei! Selbst wenn die Lügen und die Verleumdungen zu einem Berg anwachsen würden, könnten die Yu Gongsin unserer Partei diesen Berg Schaufel um Schaufel abtragen. Selbst wenn das schmutzige Wasser und das Unrecht zu einem Meer werden würden, würden die Jing Weis unserer Partei das Meer Stein für Stein auffüllen. Wenn auch die Worte ›mit bolschewistischem Gruß‹ bereits allmählich aus unserem schriftlichen und mündlichen Sprachgebrauch verschwinden, wenn wir auch diese Abkürzung, die ein Wort einer fremden Sprache enthält, im allgemeinen nicht mehr gebrauchen, sie bereits vergessen haben, sei uns doch gestattet, sie noch einmal anzuwenden: Wir grüßen den Genossen Hua Guofeng, den Genossen Ye Jianying, den Genossen Deng Xiaoping mit bolschewistischem Gruß! Den Genossen des Zentralkomitees unseren bolschewistischen Gruß! Den Mitgliedern der Kommunistischen Partei des ganzen Landes unseren bolschewistischen Gruß! Den wahren Kommunisten in der ganzen Welt – unseren bolschewistischen Gruß!«

»Diese mehr als zwanzig Jahre sind nicht nutzlos vorübergegangen, das Lehrgeld dieser zwanzig Jahre war nicht umsonst gezahlt. Als wir den Kämpfern der Partei wiederum mit gutem Gewissen den bolschewistischen Kampfesgruß entboten, waren wir keine Kinder mehr. Wir waren viel reifer, viel erfahrener geworden. Wir hatten Leid, Not und Entbehrungen kennengelernt. Wir hatten begriffen, welche Freuden ein entbehrungsreicher, mit Leid und Not erkämpfter Sieg mit sich bringt, welchen Wert er besitzt. Aber auch unser Land, unsere große, ruhmvolle und korrekte Partei war viel reifer, viel erfahrener geworden, war unermeßlich reifer, klüger geworden. Wer vor den Dornen und Disteln auf dem Weg der Revolution zurückschreckt, ist ein Feigling. Verschließt man die Augen vor diesen Dornen und Disteln, verbietet man gar anderen, diese Dornen und Disteln zu sehen, so betrügt man sich selbst und andere oder hegt andere Absichten. Nichts kann uns daran hindern, vorwärts zu schreiten, auf dem Weg, auf dem wir das wahre Antlitz der unzerstörbaren Tatsachen wiederherstellen und auf dem uns unsere unwandelbare Überzeugung voranleuchtet.«

»Auf zum letzten Gefecht! Die Internationale erkämpft das Menschenrecht!«

Der Traum von der See

Beim Aussteigen ging gerade der letzte Guß eines heftigen Gewitterregens nieder. Im Abteil war es schrecklich heiß, chaotisch laut und gestopft voll gewesen. Hier auf dem Bahnsteig dagegen war es angenehm kühl, ruhig und leer. Die feuchte Luft war erfüllt vom Duft dunkelgrüner Nadelbäume. Mit diesem Duft in der Nase fühlte man sich augenblicklich sauberer und edler. Aus dem Schlafwagen waren einige Ausländer ausgestiegen, sie sprachen und lachten laut und gackernd, immer die Silben »ou«, »ou« langziehend. »Hallo«, sie winkten Miao Keyan zu, Miao Keyan nickte grüßend zurück. Eine Ausländerin lächelte besonders freundlich, sie war durchaus nicht hübsch, aber sie hatte eine sehr gute Figur und einen dynamischen Gang. Sonst gab es weit und breit niemanden, der aus- oder eingestiegen wäre. Dabei war der Bahnsteig riesengroß, kein Stäubchen lag herum, es herrschte eine geradezu erschütternde Sauberkeit mit fein säuberlich aufgereihten, schnurgeraden Häuschen, wie er sie aus den Illustrationen zu Grimms Märchen kannte, die roten Ziegeldächer leuchteten blank. Der Bahnhof dieses bekannten, ausgezeichnet gelegenen Seebades hatte schon ein eigenes, besonders vornehmes Aussehen.

Eigentlich war es eine Schande. Der zweiundfünfzigjährige Miao Keyan, Übersetzer und Spezialist für ausländische Literatur, der sich das halbe Leben mit der Erforschung und Vorstellung ausländischer Literatur beschäftigt hatte, war noch nie im Ausland, ja noch nicht einmal am Meer gewesen. Es zog ihn ans Meer. Als er jung war, hatte er ein Lied besonders gern gesungen:

Früher, ich war noch ein Kind,
wär' ich für mein Leben gern zur See gefahren,
aber ich fürchtete den Wind
und die Wellen, die da ständig sind...

War es ein österreichisches Lied gewesen? Und noch ein anderes, ein sowjetisches:

Mein Lied fliegt über die Meere,
Ich fürchte nicht Sturm noch Orkan
denn unser mutiger junger Kapitän
führt unser Schiff sicher voran...

Diese beiden Lieder waren die Säulen seiner Jugend gewesen, seiner ersten Liebe, die voller Süße und Kummer war. Die Liebe, die See und das Fliegen, das waren die Sehnsüchte, die seine durstige Seele aufgewühlt hatten. Von hier aus hatte alles seinen Anfang genommen, die Beschäftigung mit den Fremdsprachen und später auch die Diffamierung als »besonders verdächtig«. Eine Woge folgte der anderen. Nun war er zweiundfünfzig und hatte weder die Liebe gefunden noch das Meer gesehen, ganz zu schweigen vom Fliegen... aber von den Wogen der Zeit war er fast verschlungen worden. Wo warst du geblieben, tapferer junger Kapitän?

Das Auto rollte über die regennasse Asphaltstraße. Beiderseits der Straße standen dichtbelaubte, hohe Schnurbäume. Die Schnurbäume hier wirkten so aristokratisch stolz. Die dunklen Wolken über ihren Wipfeln zerteilten sich gerade. »Gleich sieht man das Meer«, sagte der Kraftfahrer aus dem Sanatorium erklärend, er kannte sich aus in der Psyche der Gäste, die zum ersten Mal hierherkamen.

Das Meer, die See! War es das Meer Gorkis vor dem großen Sturm? War es das immer in anderen Farben leuchtende, geheimnisvoll schillernde Meer Andersens? Oder war es die See aus den Beschreibungen von Jack London oder Hemingway, die er im Schweiße seines Angesichts und mit seinem Herzblut übersetzt hatte? Vielleicht war es auch das uralte Meer der Araber aus Rimski-Korsakows »Scheherazade«?

Nein, es war keines davon. Es tauchte still und ruhig auf, es wirkte faul und träge. Es war wie ein großes graues Seidentuch, das sich mit dem verschwommenen Grau des Himmels zu einem großen Ganzen verband, nur war es ein tieferes, leuchtenderes, reineres Grau. Es war wie eine hoch über dem Horizont hängende Schicht milchigweißen dickflüssigen Kleisters, in der sich das Dunklere unten abgesetzt hatte. Unklar und verschwommen erkannte er langsam das Fließen der Seide und das Zittern des Kleisters, sah er auf der pinselglatten Horizontlinie gekrümmte Linien, die verschwanden und wiederauftauchten, sich ineinander verschlangen und wieder trennten, sah er die schneeweiße Gischt, die wie herabhängende Blüten hin und her schwankte, die einmal in voller Pracht zu sehen waren und dann wieder verdeckt wurden. Was war das für ein Geräusch? Konnte das wahr sein? Im Brummen des Motors und im Knirschen der Räder glaubte er von Zeit zu Zeit das Klatschen der aufspritzenden Wellen zu hören. Die dunklen Wolken blieben bald hinter dem schnell dahinjagenden Auto zurück. Die Nachmittagssonne blendete die Augen, und eine Wolke nach der anderen ging von Grau in Weiß über. Oh, Himmel! Auch das Meer hatte sich verändert, es war blaue Jade mit goldgelben Wellen und schwarzen Wolkenschatten. Möwen kreisten über der Meeresoberfläche. Man konnte ihre weißen Bäuche sehen. Dort, wo Himmel und Meer zusammenstießen, tauchte zuerst ein kleiner schwarzer Punkt auf, dann ein weißer – ein weißes Segel auf einem Boot und ein Boot mit weißem Segel. »Endlich sehe ich dich, oh Meer! Endlich bin ich zu dir gekommen, nach einem halben Jahrhundert Sehnsucht, nach so vielen Qualen hab' ich es endlich geschafft, aber inzwischen sind wir beide ergraut – Haare und Gischt!«

Zu spät, es war zu spät. Die schönste Zeit des Lebens war vorüber. Als er damals wegen »Sonderverdacht« und »heimtückischer Angriffe« in den Bau geworfen worden war, als sich das schwere eiserne Tor für immer krachend hinter ihm geschlossen hatte, als er nur alle sechs Tage – wenn er mit dem Leeren der Abortkübel an der Reihe war – den Himmel, das Sonnenlicht erblickte und den Hauch des Windes verspürte, der ihm bitterkalt durch die Knochen blies oder glühendheiß das Gesicht versengte, konnte keine Rede mehr sein von Sehnsucht nach dem Meer oder so etwas. Jetzt aber, als er im warmen Meer auf dem Rücken schwamm und zum Himmel sah, die Augen zusammenkniff und sich von den seidigglänzenden Wellen leise hin und her schaukeln ließ, da fühlte er sich glücklich, fühlte sich locker, spürte er, wie die Spannung einer schweren körperlichen und geistigen Strapaze langsam wich und Ruhe über ihn kam, empfand er eine schwer zu fassende Zufriedenheit. Vielleicht wäre er gern für immer so auf den Azurwellen des Meeres liegengeblieben? Wo aber blieb die leidenschaftliche Ergriffenheit? Wo war die Jugend geblieben? Wo war die ungestüm nach vorn drängende Energie? Wo waren die heißen Tränen der Freude und des Schmerzes?

Er schämte sich der Fürsorge seines Verbandes, der Genossen und Freunde, nach seiner Rehabilitierung – ob die Chinesen später einmal im Wörterbuch für Altchinesisch nach diesem schwerverständlichen Wort suchen würden? Und nach Ausdrücken wie »Sonderverdacht«, »heimtückische Angriffe«, nach solchen spröden Verkürzungen wie »Konterungen« oder anderen unverständlichen Neuschöpfungen. Aber gerade dank ihrer seltsamen Verknappung waren diese chaotischen Verdrehungen wenigstens etwas nebulös, hatte man sich in der Leitung und unter seinen Kollegen vor allem um zwei Dinge gesorgt – ihn einmal zu einer richtigen Kur zu schicken, wo er sich ausgiebig erholen und völlig auskurieren sollte, zum anderen sollte er schnellstens eine Familie gründen.

Das erste hatte Miao Keyan schließlich akzeptiert. Dem letzteren stand er unsicher, ratlos, skeptisch gegenüber. »Als du jung warst, hast du das Problem mystifiziert, später lag es an den politischen Kampagnen, aber jetzt wird es doch wohl Zeit, daß du ›gefestigt und vereint‹ deine Tage verbringst?« sagten ihm die Kollegen.

Aber es war schon so, Pfirsichblüten und Dattelblüten haben ihre festen Jahreszeiten. Auch Rüben und Kohl müssen zur rechten Zeit ausgesät werden. Wenn der Zeitpunkt verpaßt wird, verkehrt sich eine Sache in ihr Gegenteil. Der in der Flasche eingesperrte Geist aus »Tausendundeiner Nacht« wollte viele Jahre lang den, der ihn freiließe, mit allen Gütern der Welt belohnen, aber nachdem er verzweifelt gewartet hatte, beschloß er, seinen verspäteten Befreier zu verschlingen. Natürlich wäre das Ergebnis unweigerlich, daß er von neuem in die Flasche eingesperrt würde.

Als die besorgten Kollegen ihm wieder und wieder »Partnerinnen vorstellten«, mußte er unwillkürlich an diese Geschichte denken. Selbstverständlich hatte er nicht vor, irgend jemanden aufzufressen, wollte nicht Gutes mit Schlechtem vergelten. Er wurde dabei nur daran erinnert, daß es für ihn ein bißchen zu spät war, daß er nicht noch einmal jung sein konnte. Es kam ihm in den Sinn, daß auch ein noch so guter Wein, ist er übergoren, sauer wird. Jugend, Liebe, Traum von der See, alles aus und vorbei!

Daher machte er sich, sobald er das Wort »Partnerin« hörte, unverzüglich aus dem Staube, zugleich aber verabscheute er sich für dieses Davonlaufen. Ihm fiel Andersens Märchen vom alten Junggesellen ein, und er dachte an Oscar Wildes Märchen »Der eigensüchtige Riese«, an den Garten, aus dem die Kinder vertrieben worden waren und den die Frühlingssonne seitdem mied. So war es auch bei ihm, in seinem Herzen türmten sich noch Eis und Schnee der Wintertage.

Aber wenigstens die See mied ihn nicht. Die See erschien ihm wie ein vertrauter Freund, den man schon lange kennt, aber jetzt erst trifft und neu gewinnt. Sie war ihm immer treu geblieben, sie war nie müde geworden, sie war nie zurückgewichen, sie kam ihm immer entgegen, sie umarmte ihn, küßte ihn, streichelte, schlug ihn, stürzte sich auf ihn, überspülte ihn, drückte ihn nieder. Sie war einmal blau, dann wieder grüngelb, dann wieder silbergrau. Wenn ein scharfer Wind sie wütend peitschte, wurden die Wellen rotbraun, wie gerade mit brodelndheißem Wasser übergossenes Kakaomalz, zähflüssig, dicke Blasen schlagend, jede Welle wie ein Berg, der klatschend niedersauste und sich in nichts auflöste, ohne jede Spur verschwand, so in der Härte Weiches bergend, in der Gefühllosigkeit doch Gefühl zeigend.

Die hohen Wellen reizten ihn. Er gewöhnte sich schnell an sie, immer wenn eine große Welle über ihn herfiel, hielt er den Atem an und tauchte unter ihr hinweg, öffnete die Augen und tauchte, sobald er das Donnern der vorwärtsstürmenden Wellen hörte, wieder auf, holte Luft, ruderte kräftig mit beiden Armen und sah der majestätisch auf ihn zustürzenden nächsten Welle entgegen, senkte den Kopf und warf sich vorwärts. Die Wogen konnten ihm nichts anhaben, sie erhöhten nur das Vergnügen beim Schwimmen. So schwamm er auf einem Ritt in dem hohen Wellengang über tausend Meter weit und hatte das Haifisch-Schutznetz längst hinter sich gelassen. »Mich frißt kein Haifisch, ich bin viel zu dünn, bestenfalls drittklassiges Fleisch«, sagte er sich. Aber gerade als er sich freudetrunken schon für den Bezwinger des Meeres halten wollte, als er regelrecht im Wellenreiten schwelgte, stellte sich in der linken Wade ein Krampf ein. Er besann sich, daß er während des »Verhörs« über den »heimtückischen Angriff« einen Fußtritt in die Wade bekommen hatte, eine Aufforderung zum Knien. Er blickte sich um, rundherum gab es nur haushohe Wellen, das Ufer war nicht zu sehen. »Sollte es vielleicht hier passieren?« Durch die plötzliche Verkrampfung schluckte er bittersalziges Seewasser. Da geriet er in Wut. Er dachte nicht daran, hier zu sterben, das hätte er als eine große Ungerechtigkeit empfunden. Und so riß er sich zusammen und begann zu kämpfen. Schließlich war er in seiner Jugend ein ausgezeichneter Schwimmer gewesen. Wenn er die Kunst des Schwimmens auch in einem winzig kleinen Schwimmbecken erlernt hatte, konnte er sie durchaus im Wellengetöse der unendlich weiten See gebrauchen. Er bewegte seine Fußsohle mit der Hand hin und her, trat kräftig Wasser und gelangte schließlich irgendwie heil ans Ufer. Miao Keyan, den die Jiang Qing nicht hatte fressen können, war auch nicht vom Seeungeheuer verschlungen worden.

»Wie es auch sei, ich bin alt geworden, dagegen kann ich mich nicht länger sträuben.« Das empfand Miao Keyan diesmal ganz tief. Dieses Gerede von wegen je älter, um so aktiver, die Jugend noch einmal von vorn beginnen oder so ein Geschwätz von immer jünger werden, zweiundfünfzig wie fünfundzwanzig betrachten. Alle diese gutgemeinten Reden und großen Worte konnten den eisernen Gesetzmäßigkeiten der Materie nichts anhaben: dem Altern der Zellen, der zunehmenden Verkalkung, der verringerten Muskelelastizität, dem Verschleiß des Herzens, der Abnutzung der Zähne, dem Zunehmen der Falten, dem Nachlassen des Gedächtnisses...

Außerdem war ihm aufgefallen, daß die Leute im Sanatorium ungefähr alle in seinem Alter waren beziehungsweise noch älter. Alle so um die Fünfzig herum, mit graumelierten Bärten, den Rücken gebeugt, manche schon mit Buckel, gebrechlich und hinfällig, manche gingen schon am Stock oder trugen Hörgeräte. Sie führten ständig Glyzerolnitrat-Tabletten gegen Herzmuskelschwäche bei sich. Anderen folgte auf Schritt und Tritt ein Arzt, und wo sie schliefen, erkundigten sie sich erst nach einem Sauerstoffgerät. Die wenigen Frauen, die es hier gab, waren auch nicht mehr jung, die meisten hatten schon einen ziemlichen Bauch. Selbst die Angestellten im Warenhaus und in den Lebensmittelgeschäften, in den beiden Restaurants für europäisches und für chinesisches Essen waren größtenteils schon in den Vierzigern. Sie waren versierte Kräfte, die ihre Kunden sehr aufmerksam bedienten, ruhig und geduldig, selbst gegenüber führenden Persönlichkeiten oder ausländischen Gästen gab es nicht die kleinste Unterlassung.

So konnte er auch keinen Partner zum Schwimmen finden. Sobald es stürmisch und trüb wurde, ging man nicht an den Strand. Ja selbst bei Windstille und ruhigem Wellengang, bei herrlichstem Wetter mit blauem Himmel und weißen Wolken, selbst wenn das Meer so klar war, daß man jeden Fisch und jedes Algenknäuel sehen konnte, selbst wenn sich die Wellen so sanft kräuselten, als bliese eine Mutter ihrem gestolperten Kind den Schmerz weg, selbst dann bewegten sich die meisten nicht weiter als zwanzig Meter vom Ufer weg und vergnügten sich nur mit den Füßen bis zu den Knöcheln, höchstens bis zu den Knien im Wasser. Ein paar Leute mehr lockte es noch morgens und abends zur Ebbe- und Flutzeit zu einem Strandspaziergang zum Muschelsammeln. Gemächlich schritten sie einher in ihren ernsthaften und gemessenen Bewegungen und glichen dem unerschütterlichen Abendrot am Himmel.

Ohne Partner wagte er sich nicht noch einmal so weit hinaus. Miao Keyan beschränkte seinen Bewegungsradius auf den Bereich innerhalb des Haifisch-Schutznetzes. Er schwamm jedesmal eine halbe Stunde, höchstens vierzig Minuten, danach legte er sich ans Ufer in den Sand und sonnte sich. Wenn er die Augen schloß, tanzten in ihnen unzählige dunkelrote Gebilde, die sich dauernd veränderten, miteinander verschmolzen. Sie sahen aus wie auf einem Computer erscheinende Zeichen. Er hatte ein schlechtes Gewissen gegenüber der See. Sie war so gewaltig, sie kam ihm mit so frei entblößter Brust, so treu und herzlich entgegen. Komm doch, komm doch, rief jede Welle, die sich auf den Sand wälzte. Spiel mit, spiel mit, rief sie beim Zurückfallen.

Ach See, ich liebe dich! hätte Miao Keyan manches Mal gern in den salzigen, nach Fisch riechenden, weiten und freien Seewind gerufen. Aber er rief es nicht. Um ihn waren lauter hochanständige und höfliche, wohlgesittete und ernsthafte Leute. Sein »kleinbürgerliches« Geschrei wäre nur als Anzeichen für eine beginnende Nervenkrankheit betrachtet worden.

Die meiste Zeit spazierte er jedoch nur an der Uferpromenade auf und ab. Vom Westberg zum Ostberg (das waren zwei ganz kleine Halbinseln, ganz kleine Meeresbuchten) dauerte es anderthalb Stunden bei langsamem Tempo. Die Tamarisken, die sich vom jahrelangen Seewind nach einer Seite geneigt hatten, berührten ihn sehr. Die Sträucher, die gewöhnlich in den Öden der Gobi im Nordwesten zu Haus waren, wuchsen also auch häufig am Meer. Das Leben war eben überall unterschiedlich und doch ähnlich. Das Ufer wölbte sich wie zu einem Berghang auf, auf den Höhen reihte sich Häuschen an Häuschen. Der Blick von dort oben aufs Meer hinunter war bestimmt sehr schön. Von hier, vom Ufer aus dagegen schien der Blick nicht weit zu reichen, und die unendliche Weite des Meeres, nach der er sich so gesehnt hatte, die hatte er immer noch nicht gesehen.

Eine Linie am Wasserhorizont – hätte man nicht ebensogut auch Erdhorizont sagen können? – begrenzte seinen Blick, richtig wie der Rand eines Rahmens. Also auch das Meer steckte in einem Rahmen. Natürlich war das ein optischer Trugschluß. Blickte er nicht geradeaus aufs Meer hinaus, sondern folgte der Uferlinie und reckte sich weit nach Osten oder Westen vor und ließ seinen Blick in die Ferne schweifen, hatte er das Gefühl, in eine sehr weite Ferne sehen zu können. Blickte er aber geradeaus aufs Meer, verliefen der Horizont und die Uferlinie direkt quer vor seinen Augen, und außerdem gab es nah wie fern nur gleichfarbige Wellen, da konnte man nichts vergleichen, nichts beurteilen. Blickte man dagegen seitlich auf das Ganze, verliefen beide Linien vertikal, und die Landschaft am Ufer wirkte weiter entfernt. Daraus ergab sich ein völlig anderes Sehgefühl. Auch wenn du dir immer wieder klarmachst, daß du auch dann, wenn dein Blick durch nichts behindert wird, infolge der Rundung des Erdballs nicht weiter als acht Kilometer sehen kannst. Geradeaus siehst du nicht weniger, und seitlich siehst du auch nicht weiter. Aber diese wissenschaftliche Klarstellung kann den tatsächlichen Eindruck des unwissenschaftlichen Auges nicht korrigieren.

Wirklich weit und groß ist nicht das Meer, sondern der Himmel, und man muß ans Meer gehen, um den Himmel zu betrachten, wie er in der großen Weite seine Flügel recken möchte. Im Flugzeug sitzend, kann man selbst in einer Höhe von 10000, 20000 Metern wohl kaum das Glücksgefühl einer Schwalbe nachempfinden. Die Schwalbe schafft es mit ihren eigenen Flügeln, mit ihrem eigenen Körper, ihren eigenen Federn und ihrer eigenen Kraft. Die Schwalbe ist eins mit dem Himmel, sie ist durch nichts von ihm getrennt, eine Boeing 707 dagegen muß ihren Maschinenkörper hermetisch abschließen. Nur wer auf der Erde steht, meint, daß die, die im Flugzeug sitzen, so hoch aufsteigen.

Betrachte man doch bloß einmal vom Meeresufer aus die sich über den ganzen Himmel verbreitenden und bis zum Meer reichenden Wolken. Großflächiges, fächerförmiges Abendrot verwandelt sich aus einem Haufen von Baumwollbällchen in goldfarbige Ananas. Danach taucht ein Streifen Rosenrot, ein Streifen Dunkelviolett auf, als ob da in der Ferne ein Blumengarten sei, schneeweiße, grauschwarze, kastanienbraune und blaßgelbe Farben tauchen auf und verschwinden wieder, verschmelzen ineinander. Mit den Farben des Abendrots hat sich der ganze Himmel, hat sich auch das Meer langsam verdunkelt, und sobald die Wolkenberge aufleuchten, ist die untergehende Sonne schließlich aus der Umarmung der Wolken aufs Meer gefallen, wie ein ausgespucktes großes Enteneigelb. Sie geht von einem rotgelben Gelb in ein rotgelbes Rot, dann in ein Hellrot über. Das große Rund wird zu einem Oval, bis es schließlich von den tosenden Wellen verschlungen wird.

Miao Keyan wandte seine Blicke häufig zum Himmel. Der Meereshimmel blendete die Augen nicht, so wie die Meeressonne den Menschen auch nicht die Haut verbrennt. Der Wasserdampf saugt den Überschuß an Hitze und Licht auf. Beim Anblick dieses Himmels fühlte er ein kleines unbestimmtes Beklemmen. Der gewaltige, ewige Himmel und das winzig kleine, begrenzte Leben. Wieder war ein Tag vorüber, und was vorüber war, war unwiederbringlich.

In solchen Augenblicken spürte er eine heftige Erregung, er zog sich aus und stürzte sich in die Fluten, er kümmerte sich nicht um Wind und Wellen, Wassertemperatur, Haie oder Quallen und darum, ob es halb dunkel würde, denn nach der Dämmerung würde die Nacht ohnehin noch viele Stunden dauern. Ihn zog es dahin, wo sich Himmel und Erde verbanden, er schwamm immer in die Richtung auf die Spitze des Abendrots zu, das nun nicht mehr breitgefächert, sondern hammerförmig war. Dort mußte die wahre See sein, der wahre Himmel, die wahre Endlosigkeit. Erst dort kannst du die See so finden, wie du sie in deinen Kinderträumen ersehnt hast, kannst du deinen Traum vom Meer, dem du dein halbes Leben mit leeren Händen hinterhergerannt bist, finden. Die Sterne, die Sonne, die Wolken, der freie Wind, der Drachenkönig, Nixen, weiße Wale und die Blauwellen-Fee, alle sind sie dort, alle!

»Ach du Meer meiner Träume, – Träume, die meine durstige Seele ganz erfüllten, Träume voller erregender Begeisterung, absurder Phantasie, naiver Sehnsucht, – wo bist du, mein Traummeer?«

Aber er schaffte es nicht, bis dahin zu schwimmen, die verfluchte linke Wade! Die verronnenen zweiundfünfzig Jahre, die nicht mehr in fünfundzwanzig umzukehren waren!

Vielleicht war es überhaupt besser, nicht dorthin zu schwimmen? Ein skandinavischer Schriftsteller hat einmal eine geheimnisvolle kleine Insel beschrieben, die von unglaublicher Schönheit war und einige junge Burschen faszinierte. Als der Winter hereinbrach, machten sie sich eines Tages auf Schiern auf den Weg, um sie zu erreichen. Nachdem sie einen ganzen Tag unterwegs gewesen waren und nach großen Anstrengungen schließlich die Insel erreicht hatten, mußten sie feststellen, daß es auf der Insel nichts als trockene, vergilbte Steine gab. Was für ein Schmerz, wenn ein Traum, weil er in Erfüllung geht, verschwindet. Außerdem war Miao Keyan ja längst aus dem Alter heraus, wo man träumt!

Deshalb wollte er abreisen. Den Traum hatte er fünfzig Jahre lang geträumt, hier blieb er nur fünf Tage. Obwohl es hier wie im Paradies war. Ein Paradies war es nicht nur im Vergleich mit dem feuchtdunklen, abscheulich stinkenden, hoffnungslosen Gefängnis, sondern auch mit seinem hektischen, einfachen, armseligen Alltagsleben. Überall gab es schnurgerade Baumreihen, eine Reihe französischer Phönixbäume, da ging nichts durcheinander. Sogar die weiße Uniform der Verkehrspolizisten fiel besonders ins Auge. Selbst ein kräftiger Sturm hätte kein Stäubchen aufwirbeln können, weil es hier kein Stäubchen gab. Der Boden hier war von einem rotbraunen feinen Sand, einem Sand, der mehrfach in einer in Krankenhäusern üblichen Salzwasserlösung gereinigt worden zu sein schien. Er haftete nicht, war völlig ohne jeden Schmutz. Dazu wurden die Straßen mehrmals täglich gesprengt und gesäubert. Zog man hier ein frisches Hemd an, konnte man es mehrere Tage tragen, ohne daß Manschetten und Kragen schmutzig wurden.

Im Gelände des Sanatoriums, in dem er wohnte, gab es viele Blumen. Spazierte man mit gesenktem Kopf, konnte man sich an den Blumen erfreuen, hob man den Kopf, erblickte man das Meer. Von dem vorderen Wandelgang aus konnte man die vorüberfahrenden Segelschiffe zählen. Nachts, wenn alle schliefen, konnte er das Rauschen der See so deutlich hören, wie er als Kind das Atmen der schlafenden Mutter vernommen hatte. Solange es das Meer gab, würde es auch dieses Atmen geben. So beherrscht wie das Meer, so beherrscht war auch das Auf und Ab dieses Wellengangs. Wenn dagegen ein Sturm die See peitschte, konnte er das Tosen, das Brüllen, das Rufen der See hören, das ihm wie der wilde Todeskampf einer riesigen Armee erschien.

Außerdem gab es hier sehr gutes Essen. Im Leben trifft man es nicht immer so gut mit dem Essen. Damals im »Knast« drückte einen die Einsamkeit, daß man verrückt zu werden glaubte. Irgend jemand hatte von wer weiß woher ein zerfleddertes Sprichwörterbuch besorgt. Damit unterhielten sich die »Sträflinge« im Wahrsagen. Ohne aufs Buch zu sehen, mußte jemand je eine Zahl für Seite und Absatz nennen, danach wurde das Buch aufgeschlagen, und je nachdem, auf was für ein Sprichwort die Zahl fiel, mußte derjenige damit sein Schicksal erklären.

Stieß man dabei auf »schuldig für ein Verbrechen, das den tausendfachen Tod verdient« oder »die Schande wird zehntausend Jahre überdauern« oder »einen töten, um hundert abzuschrecken«, dann herrschte natürlich gedrückte Stimmung. Handelte es sich aber um »eine Zukunft wie Samt und Seide«, »auf Bitteres folgt Süßes« oder »glaubst du dich schon im Gebirge total verirrt, taucht hinter Weiden und Blumen plötzlich ein Dorf auf«, dann gab es fröhliches Gelächter. Das einzige Sprichwort, das Miao Keyan ausgesucht hatte, war »feinste Delikatessen des Meeres, auserlesene Leckerbissen der Berge«, wieviel Hoffnung und Freude hatten ihm diese Worte bereitet! Es war ein herrlicher geistiger Schmaus! Jeder beschrieb in leuchtendsten Farben das Beste, was er je gegessen hatte! Hier gab es zwar keine Leckerbissen aus den Bergen, aber die feinsten Delikatessen des Meeres unter Garantie. Fisch, Garnelen, Krebse, Quallen, japanischer Blattang, Seekohl... Die Fettration betrug ein Kilo pro Person und Monat, das war das Mehrfache eines normalen Städters. Miao Keyan brauchte pro Tag nur 0,60 Yuan für die Verpflegung zu zahlen, wurde aber nach der Norm von 1,80 Yuan verpflegt. Der Farbfernseher des Sanatoriums hatte eine Zwanzig-Zoll-Röhre. Es gab Tischtennis, Kartenspiele, Billard, chinesisches und internationales Schach. In umliegenden Sanatorien wurden häufig ausländische Filme gezeigt.

Was also fehlte ihm eigentlich? Woran mangelte es hier? Die Seelen seiner Kampfgefährten, die eines unnatürlichen Todes gestorben waren, konnte er nicht mehr zurückrufen, die eigenen hochfliegenden Pläne konnte er auch nie mehr zurückrufen. Die Ankündigung seiner Abreise beunruhigte den Sanatoriumsdirektor auf das äußerste. Welche Mängel gibt es in unserer Arbeit? Ist die

Einstellung unserer Angestellten nicht in Ordnung? Schmeckt das Essen nicht? Ist das Moskitonetz nicht dicht? Gibt es Probleme in den Beziehungen zu irgendwelchen anderen Sanatoriumsinsassen? Der Direktor gab sich alle Mühe, ihn zurückzuhalten. In seinem Empfehlungsbrief war ursprünglich ein Aufenthalt von einem Monat vorgesehen.

Aber ihm schien wirklich einiges nicht zu passen. Der Himmel war zu hoch. Das Meer war zu gewaltig. Er selbst zu alt. Die Schwimmlage und -bewegung zu eintönig. Mut und Kraft zu gering. Der Zungenbelag zu dick. Die Worte zu simpel. Sein Cholesterinspiegel zu hoch. Die Träume zu lang. Das Bett zu weich. Die Luft zu feucht. Die innere Unzufriedenheit zu mächtig. Die Bücher zu dick.

Deshalb ließ er sich nicht abbringen. Nachdem er sich zur Abreise entschlossen hatte, hob sich seine Stimmung etwas. Er nahm am Abend eine Schale Bohnen-Reisbrei mehr. Er aß zwei Happen von den mit Öl angemachten eingelegten Kohlrabistreifchen mehr. Nach dem Essen ging er wie üblich mit den anderen am Ufer spazieren, genoß wie üblich Himmel, Wolken, Meer, Gischt, Fischerboote. Leb wohl, verzeih mir! sagte er zum Meer. Er bat wie ein Kind, das, nun großgeworden, nicht mehr bei der Mutter bleiben wollte, diese um Verzeihung. Ich gehe, sagte er.

Vor dem Schlafengehen ging er noch einmal hinaus, er erleichterte sich kurz im Obstgarten, dann ging er auf den Wandelgang zurück, reckte den Hals und blickte aufs Meer. Alles war überflutet von einem dezenten Silberlicht, wie er es noch nie gesehen hatte. Wie kugelrund und klar der Mond heute war! »Über dem Meer steigt der klare Mond hoch auf, von nah und fern blickt man zur gleichen Stunde hinauf«, kam ihm ein Gedicht über den Mond zum Mittherbstfest in den Sinn. Um zu erkunden, wie das Meer bei Vollmond aussah, konnte sich der ungehorsame Sohn ja noch einmal von der Mutter verabschieden. Also holte er sich eine Jacke, zog die Stoffschuhe an und machte sich unauffällig auf den Weg.

Er war zutiefst erschüttert. Was für eine Zauberkraft doch die Nacht und der Mond hatten! Sie waren überall, hatten alles verändert, alles in sich eingetaucht und neu erschaffen! Alles war völlig anders als am Tage. Die Tamarisken, Koniferen, Phönixbäume, Robinien; die Pavillons, die kleinen Häuser, die Umkleide- und die Duschkabinen, das Ufer, der Strand, die Felsen, die gewundene Uferpromenade, dazu die See und der Himmel und der Kai, alles war verschwommen, alles war weich, näher zusammengerückt, harmonisiert, alles ging ineinander über. Alle Unterschiede – wie hohe Häuser und ebene Erde, Land und Meer – waren verschwunden, alle Entfernungen verkürzt, alle Streitigkeiten versiegt, alle heftigen Bewegungen waren zur Ruhe gekommen, selbst die Wellen schwappten ruhig ans Ufer, tastend, kultiviert, tunlichst vermeidend, irgend jemanden oder irgend etwas zu verletzen.

Und alles wurde überstrahlt, beherrscht, betont von einem unglaublichen Silberlicht. Über dem blendenden, strahlenden, lebhaft springenden und sehr weit weggerückten Meer spannte sich ein blauschwarz leuchtender Himmel, der hoch oben einen winzig kleinen, milchigweißen runden Mond trug. Jenseits der Silberstrahlen herrschte rosenfarbene, undurchdringliche, endlose Finsternis. Miao Keyan schlenderte gemächlich, während sich auch die »Silberlichtzone« vorwärts bewegte. Diese »Silberlichtzone«, die Himmel und Meer verband und sich langsam vorwärts bewegte, wirkte derart ergreifend auf Miao Keyan, daß er den Tränen nahe war. Das alles war vorbereitet: Die See hatte sich am Vorabend seiner Abreise geschmückt, sie schmiegte sich an ihn, sie strahlte ihn an, sie lächelte ihm zu, sie flüsterte leise mit ihm.

Oh See, ich liebe dich! rief er endlich, doch nicht sehr laut. Er verfügte nicht mehr über die gute Stimme seiner Jugend. Aber es reichte, ein junges Paar aufzuschrecken. Er hatte nicht bemerkt, daß sich auf den Felsen dicht zu seinen Füßen ein Liebespaar eng aneinanderschmiegte. Er war überhaupt nicht auf die Idee gekommen, daß er hier junge Leute stören könnte. Denn hier war es anders als in den Parks oder Schwimmbädern der Stadt, hier gab es überhaupt keine jungen Leute. Aber er hatte zwei aufgeschreckt, das junge Mädchen hatte sich bereits aus der Umarmung des Mannes befreit und war aufgestanden. Er sah kurz das helle Haarband des Mädchens. Es war ihm sehr peinlich. Hastig stolpernd verließ er diesen Ort. Es tat ihm sehr leid, aber er war auch sehr froh, richtig zufrieden. Junge Leute saßen in Mondnächten umschlungen am Meer, das war schön. Meer und Mond brauchten Jugend. Und Jugend braucht Meer und Mond.

Aber wer war das? Unter den Sanatoriumsinsassen gab es keine so jungen Leute, auch unter den Angestellten nicht. Nach und nach besann er sich, daß er ein paar Wortfetzen im hiesigen Dialekt gehört hatte. Das hieß, es waren Bauern! Bestimmt waren es Bauern! Bestimmt Kommunemitglieder! Oder nach dem Schulabschluß in ihr Dorf zurückgekehrte gebildete Jugendliche? Oder Funktionäre der Kommune? Oder vielleicht ganz einfache Bauern? Jedenfalls waren es junge Leute. Also liebten Bauern auch die See, den Mond, diese »Silberlichtzone«.

Um so besser. Himmel und Erde, die See und die Menschen sahen gleich noch mal so schön aus.

Was war das für ein Geräusch? Klatsch – klatsch –, das waren keine Wellen, das war nicht die Flut, das konnte nur das Geräusch im Wasser rudernder Arme sein. Er blickte suchend in die Richtung, aus der das Geräusch kam, ihm schien, als bewegten sich dort unterhalb des Felsens, den er gerade verlassen hatte, zwei Menschen im Meer. Sollten die beiden jungen Leute ins Meer schwimmen gegangen sein? War es ihnen nicht zu kühl? War es ihnen nicht zu dunkel? Wo hatten sie ihre Kleider gelassen? Die beiden schwammen bereits weit draußen. Sie schwammen dahin, wohin es ihn immer gezogen hatte, wohin er sich nie gewagt hatte – dorthin, wo sich glitzernd Wasser und Himmel miteinander verbanden.

Miao Keyan verschwamm es vor den Augen. Dieses flimmernde, schwankende wie in tausend Stücke zersprungene, dann wieder aneinanderklebende Silberlicht konnte einen ja wirklich verrückt machen, daß einem alles durcheinanderging. Vielleicht hatte er sich geirrt? Waren dort wirklich zwei Menschen? Konnten die so schnell schwimmen? Vielleicht waren es Fische? Robben? Nixen?

Nein, er hatte sich nicht geirrt, es waren Menschen, eben die beiden jungen Leute, die er aus der Umarmung geschreckt hatte. Warum sollte Miao Keyan daran zweifeln? Wäre er vor dreißig Jahren mit einem heißgeliebten Mädchen zusammengewesen, hätte er sich da vor der Dunkelheit gefürchtet? Wäre es ihm da zu kalt gewesen? Wäre er diesen silberstrahlenden Wellen ausgewichen? Nein, er wäre mit ihr ohne Zögern achttausend Meter hinausgeschwommen. Genau achttausend Meter, genau so weit, wie das Auge reichte. Die Wellen der Liebe, der

Jugend, der Freiheit wogten von Generation zu Generation. Sie werden niemals alt, niemals glatt und hören erst recht niemals auf. Sie gehören für immer zum Meer, zum Mond, zum Wind und zum Himmel.

Er begann ein Lied zu singen. In einer unerklärlichen Hochstimmung kehrte er zum Sanatorium zurück. Vor dem Einschlafen fielen ihm mit einem Mal eine Menge Gedichte ein, von Puschkin, Lermontow, Byron, Shelley, Whitman und auch von ihm selbst. Mit einem Lächeln auf den Lippen schlief er ein.

»Na, wie ist es? Hier am Meer ist wohl auch nichts Besonderes los, nicht wahr?« fragte der Chauffeur, der ihn zurückfuhr. Dieser Chauffeur war ein rechter Psychologe, der sich in den Menschen ausgezeichnet auskannte. Zudem hatte er bereits erfahren, daß Miao Keyan ein konservativer, unverbesserlicher alter Junggeselle war. Aber diesmal hatte er sich geirrt. Miao Keyan antwortete, jedes Wort betonend: »Nein, hier ist es wunderschön, wirklich wunderschön.«

Großer Bruder Kulturminister
Begegnungen mit Wang Meng

Die erste Begegnung mit dem 1934 bei Peking geborenen Wang Meng fand unerwartet und unverhofft im Juni 1980 statt. Er war mit einer kleinen Schriftstellerdelegation zum Besuch der Bundesrepublik Deutschland und in diesem Zusammenhang auch nach Berlin gekommen. Sein Name war mir lange Kunde, als wir uns an einem Sonntagmittag (oder war es Fronleichnam?) in einem Hotel in der Nähe des Nollendorfplatzes trafen. In den Händen hielt ich eine Ausgabe neuerer chinesischer Erzählungen, die ich gerade unter dem Titel »Hundert Blumen« ediert hatte, darunter auch seine Erzählung »Der Neuling in der Organisationsabteilung« von 1956, für die er sich zwanzig Jahre Berufsverbot als Schriftsteller und fast fünfzehn Jahre Verbannung in die an die Sowjetunion angrenzende Provinz Xinjiang eingehandelt hatte. Diese antibürokratische Studie jugendlicher Befindlichkeit in der Mitte der fünfziger Jahre mit ihrem berühmten Zitat »Man sagt, Appetitlosigkeit sei eine Berufskrankheit von Köchen. Sie kochen das Essen und haben den ganzen Tag mit Essen zu tun. Wir Parteiarbeiter haben ein neues Leben geschaffen, aber letztlich kann uns dieses Leben nicht in Begeisterung versetzen...« hat auf mich bis heute nicht an Reiz eingebüßt. Doch fünf Jahre später sollte ich Wang Meng nicht dazu bewegen können, aus dieser Erzählung im Rahmen des Kulturfestivals »Horizonte« in der Staatsbibliothek von Berlin vorzulesen. Zu tief war vielleicht die Erinnerung an die seinerzeitige Abstempelung als sogenanntes Rechtselement.

Wie selbstverständlich hatte ich vermutet, Wang Meng hätte in den zwanzig Jahren seiner Verbannung für die Schublade geschrieben, doch verneinte er solches. Wir standen damals an der U-Bahn-Haltestelle der Linie 7 am Bayerischen Platz. Wang Meng trug einen jener dunkelblauen Mao-Anzüge, die jeder Chinese für Dienstreisen ins Ausland vom Staat gestellt zu bekommen pflegt. Diese Aufmachung war es wohl, die später Carola Stern anläßlich ihres China-Besuches zu der Charakterisierung »wie aus dem Ei gepellter Dorfschullehrer« veranlaßt hat. Tatsächlich ist Wang Meng im Herbst 1962 an Pekings Pädagogischer Hochschule für den kurzen Moment einer Rehabilitierung Lehrer gewesen, dennoch ist das nicht der Grund, warum jüngere Schriftsteller ihn »Lehrer Wang« nennen. »Lehrer« ist im Chinesischen auch Ausdruck der Verehrung.

Zwei Jahre später sollte aus dem »Dorfschullehrer« ein Herr in eleganter Erscheinung werden. Es war in New York, wohin Jeff Kinkley, Professor für Sinologie an der St. John's University zu einer Konferenz über neuere chinesische Literatur auch Schriftsteller aus der VR China eingeladen hatte. Nicht nur der jugendlich wirkende westliche Anzug und die obligatorische Krawatte sind mir, dem Freund ›chinesischer‹ Kleidung, lebhaft in Erinnerung geblieben, sondern auch sein im Gegensatz zu Berlin gelöstes Verhalten, das ihm auch gegenüber den aus Taiwan angereisten und herumgiftenden Literaturwissenschaftlern nie verlorenging. Es war auch hier das erste Mal, daß ich mit seiner »heiligen« Stimme in Berührung kam. Zum Schluß seines Vortrages, den er frei hielt, las er aus der Erzählung »Der Traum vom Meer« vor, die aufgrund ihres Pathos nur schwer ins Deutsche zu übersetzen ist. Als hätte seine Stimme den Belag, den ich sonst nur von meinen katholischen Gymnasiallehrern aus Rheine kannte, fühlte ich mich ebenso ergriffen wie vor bald zwanzig Jahren, wann immer auf dem Gymnasium Dionysianum »das Leben« zur Sprache stand. Das sollte der Schlüssel für alle späteren Begegnungen und auch meinen Zwiespalt sein. Denn wenn jemand wie er, der zwanzig Jahre Drangsalen ausgesetzt war, kaum rehabilitiert (1979) in den Jubelruf »Wie ist das Leben doch schön« einstimmen kann, dann muß hier eine höhere Macht, und sei es auch nur die von Marx, am Werke sein. Ihm, dem nach wie vor überzeugten Kommunisten, der an die Partei wie an eine Mutter glaubt, die ihre Kinder zwar schlage, aber keinen Haß verdiene, ist der orthodoxe Glaube nie abhanden gekommen.

Wir sollen uns schon bald wiedersehen, denn Peking wird für mich die nächste Jahre der Ort aller kommenden Herbste. So treffen wir uns am 27. September 1982 im Pekinger Schriftstellerverband an der Chang'andajie. Um 14 Uhr empfängt mich am Tor eine Sekretärin, die mich hinaufführt. Wang Meng steckt wieder in einem Mao-Anzug und ist merkwürdig steif in einem Raum, der mit seinen deckchenüberzogenen Sesseln nicht chinesischer und mit seiner für nur zwei Personen viel zu ausholenden Weite nicht verlorener sein kann. Wir reden über zwei seiner 1980 erschienen Erzählungen, »Frühlingsstimmen« und »Die Drachenschnur«, die inzwischen auch auf Deutsch vorliegen. Ich halte die »Frühlingsstimmen«, die voller Bezug zu Deutschland sind, für das Ergebnis seines Besuches in der Bundesrepublik, doch Wang Meng winkt ab. Die Erzählung sei vorher entstanden, all die deutschen

Städte habe er Reisebeschreibungen chinesischer Kollegen entnommen. Ein imaginatives Deutschland also? Doch nicht zufällig ist Deutschland Teil seiner Vorstellungswelt. 1939 hat er, so erinnert er sich, auf den Schultern des späteren Hamburger Professors für Sinologie Wolfgang Franke gesessen, der mit seinem Vater eng befreundet war. Dieses Erlebnis des damals 5- bis 6jährigen muß so nachhaltig sein, daß der Roman »Mutationen« nicht zufällig am 17. Juni 1980 in der Hafenstadt Hamburg mit dem Besuch eben dieses Sinologen, hier Shi Fugang geheißen, beginnt. Die hier einsetzende Geschichte ist die meines Wissens erste autobiographische Abrechnung eines Sohnes mit seinem Vater in China, wo bis in die Gegenwart hinein die Pietät gegenüber den Eltern eines der höchsten Güter darstellt. Die Fremdheit des Chinesen in der Welt ist ein seltenes Thema, und hier bekommt der »gläubige« Wang Meng einen anderen Zug. Er wirkt in manchem, was er schreibt, recht unorthodox und vor allen Dingen komplizierter. Die Fremdheit in der Welt ist auch Thema der schönen Erzählung »Die Drachenschnur«, aber diese bleibt nicht bei der Fremdheit stehen, die beiden Liebenden, um deren Rechte der Erzähler gegen eine der Liebe feindliche Gesellschaft oft schalkhaft kämpft, bauen sich ihr Reich aus den Idealen der Menschheitsgeschichte. Dies ist ihr Dialog:

»Was ist Adamu?«

»Das ist das erste arabische Wort, das ich Ihnen beibringen will. Adamu – der Mensch. Das ist eines der schönsten Wörter. Der Adam im Garten Eden ist eine andere Schreibart für Adamu. Und Eva, ausgesprochen Hawa, das ist der Himmel. Der Mensch braucht den Himmel, der Himmel braucht den Menschen.«

»Deshalb lassen wir von klein auf Drachen steigen.«

»Sehen Sie, Sie sind eine talentierte Schülerin.«

Der darauffolgende Herbst 1983 war weder eine Zeit fürs Drachensteigen noch eine Zeit für talentierte Schülerinnen. Die Rechte visierte ihre Wende an und startete im Oktober die Kampagne gegen geistige Verschmutzung, das hieß konkret gegen die Ende der siebziger Jahre aufgekommene neue Frauenliteratur, die sich aufgrund ihrer kritischen Hinterfragung der Geschlechterbeziehung in der VR China den Vorwurf der Unmoral gefallen lassen mußte, und allgemein gegen jegliche Erneuerungsversuche der chinesischen Literatur, die in Bausch und Bogen als modernistisch, nihilistisch, existentialistisch abgetan wurden. Es gab Stimmen, die meinten, diese Kampagne – sie sollte mich, das war ihre einzige gute Seite, von der Güte des hochprozentigen chinesischen Schnapses überzeugen – ziele vor allen Dingen gegen Wang Meng, der bereits Ende der siebziger Jahre mit seiner an der westlichen Moderne orientierten Erzählkunst die Literaturkritiker und Leser herausgefordert hatte. »Sie haben ihn im Netz«, meinte damals die chinesisch-amerikanische Schriftstellerin Liu Nianling zu mir, »sie wollen ihn zum Kulturminister machen.« Ob er, der Kulturpolitik liberal betrieb, damals den Rechten ungeeignet schien, oder ob er selber nicht wollte, entzieht sich meinem Wissen.

Am 7. November war ich bei ihm daheim zum Mittagessen eingeladen. Eine Angestellte, wohl eine der Zehntausenden von Bäuerinnen aus Anhui, die sich in die Haushalte von Intellektuellen nach Peking verdingt haben, stellte uns das Essen in der Diele auf den Tisch. Wir sprachen über die Kampagne, er wollte wissen, wie ich die Dinge sähe. Also konnte ich gut meinem Unmut Luft verleihen: Das Vokabular, mit dem man nun Chinas Eintritt in die Moderne zu verhindern suche, erinnere mich an das der Nazis, die mit nahezu denselben Worten die deutsche Kultur zerstört hätten. Auch schiene mir der Verweis auf die vorbildliche klassische und rein »chinesische« Literatur und Kunst äußerst zweifelhaft. Die Literatur der Tang-Zeit (618–906) z. B. war kosmopolitisch, und der Roman »Der Traum der Roten Kammer« weise genügend Stellen auf, die heute die Zensur der Moralhüter nicht mehr passieren könnten, alles Äußerungen, die, wie später ein enger chinesischer Freund mutmaßte, mir künftige Einreisen in die VR China unmöglich machen würden. Doch, wenn auch Wang Meng sich in der Tageszeitung »Guangming ribao« in diesen Tagen im Sinne der Kampagne äußern sollte, so hielt ich das lediglich für einen Schachzug, schützte er doch gleichzeitig all die Literaten, die am heftigsten attackiert wurden, allen voran den Lyriker Bei Dao und den Dramatiker Gao Xingjian.

Nach dieser Kampagne, die mit dem Frühjahr 1984 ausklang, schien der Schutz der Schriftsteller, der Ende des Jahres auf dem 4. Schriftstellerkongreß gefordert wurde, eine ebenso bittere Notwendigkeit wie der bereits seit Jahren betriebene Schutz der Pandabären. Im März 1985 sollte als eine Vorbereitung auf die Horizonte-Veranstaltung ein Treffen von deutschen und chinesischen Autoren in Peking stattfinden. Wie verwandelt erschienen die bald Totgesagten, leutselig und von allen Ängsten befreit. Äußerlich verwandelt war auch Wang Meng, der zu jedem Treffen im Wagen vorfuhr – hatte er nicht beim letzten Mal gesagt, er führe mit dem Fahrrad durch Peking? –, um sich anschließend sofort allen und allem dank Chauffeur zu entziehen. So war keine Zeit für ein Gespräch, ja nicht einmal für einen kurzen Austausch.

Wenige Monate weiter, Berlin im Spätfrühling: Das

waren zwar viele kurze, aber Gottseidank typische Momente. Wang Meng kam an einem Samstagabend mit denen, die mir am Herzen lagen: Bei Dao, Kong Jiesheng, Zhang Kangkang u. a., zum Abendessen nach Kreuzberg in die Wartenburgstraße. Ich hatte gar nicht erst den Versuch unternommen, mich ihrem Geschmack anzupassen, denn gerade einen Tag zuvor angekommen, dürfte ihr Gaumen noch die Offenheit für westliche Küche haben, und tischte zwei Gerichte auf, die gleichsam Wegzeichen meines Lebens sind: Szegediner Gulasch und Grünkohl mit Pinkel. Das Gulasch erinnerte Wang Meng, der den Abend fast ausschließlich auf Uighurisch im Gespräch mit der türkischen Freundin meiner Tochter verbrachte, an das Sauerkraut (suancai) in Xinjiang – hier hatte er auch Uighurisch gelernt –, und der Pinkel im Grünkohl an Pekinger Trockenwurst. Doch, wie sich später herausstellen sollte, sind ihm nicht diese Dinge in Erinnerung geblieben, sondern das, was meine damals achtjährige Tochter ihm auf seinen Wunsch nach neuer Musik vorzustellen beliebte: Nena. So wird Wang Meng mit zwei Nenakassetten Berlin verlassen und mich ein gutes Jahr später im November als Kulturminister auf der Shanghaier Konferenz über chinesische Gegenwartsliteratur mit dem Hinweis auf die »99 Luftballons« begrüßen.

Die nur dreitägige Konferenz steht ganz im Zeichen einer Annäherung zwischen China und der Sowjetunion, so ist vieles auf den Minister der einen Seite, Wang Meng, dessen literarisches Werk sich erst jüngst mit dem Roman »Mutationen« vom sowjetischen Einfluß vollends gelöst hat, und den Minister der anderen Seite, Federenko, Starsinologe der UdSSR, zugeschnitten. Da war nur Gelegenheit, die unglaubliche Jugend von Wang Mengs beiden westlich gekleideten Sekretären zu bewundern. Beim Abschiedsbankett im Park-Hotel setzt sich der ferne Freund für einen Maotai an meinen Tisch. Die Shanghaier Schriftstellerin Dai Houying, die sich trotz oder vielleicht wegen des Ausschlusses von der Konferenz völlig aufgedreht gibt, stößt mit uns an und kehrt der Sitte gemäß ihr Glas um, kein Tropfen fällt auf den Teller von Wang Meng, der indigniert wirkt. »Wir sind Brüder«, nimmt er mich beim Abschied an der Tür in den Arm. So habe ich denn endlich einen älteren Bruder und einen zweiten chinesischen Minister in der Familie!

Brüder sollten einander zwanglos besuchen, doch ich scheue Ende des Jahres, wieder zurück in Peking, Wang Meng aufzusuchen. Bei Dao sucht meine Bedenken zu zerstreuen, er hat seine Privatnummer und muß ihn ohnehin wegen seiner bevorstehenden Reise nach England um Hilfe bitten. Zögernd verabrede ich mich mit Wang Meng auf eine Stunde. Er wohne immer noch gegenüber dem Quianmen-Hotel, ich kenne ja den Weg. An dem ersten Samstagnachmittag dieses Jahres warte ich im Schneematsch an besagtem Hotel auf meine Frau, die zu Einkäufen vor mir in die Stadt gefahren ist.

Natürlich bin ich unruhig. Es ist eine Situation fast wie drei Jahre zuvor. Der Leitartikel der »Volkszeitung« hatte fast in der Sprache der Kampagne gegen geistige Verschmutzung eine Attacke gegen »feindliche Elemente« unter den Intellektuellen eingeleitet. Wir gehen über die Straße auf die dem Hotel gegenüberliegende Seite und kehren in den kleinen Hof des ›Schriftstellerhauses‹. An der fünften Tür geht es hinauf in den sechsten Stock. Es scheint der übliche Aufstieg in eines der neuerbauten chinesischen Hochhäuser zu sein: Chinakohl lagert vor den Türen, hie und da steht ein Fahrrad im Flur. Was nimmt es Wunder, daß vor der Tür des Kulturministers drei verschrumpelte Köpfe Chinakohl lagern. Beim Abschied wird Wang Meng meinen Blick bestätigen, ja, es sind die unseren.

Wir sitzen in seinem Arbeitszimmer. Der Blick über seinen Schreibtisch, auf dem ein Globus steht, nach draußen wird durch zweierlei gehemmt: Der Balkon hängt voller Wäsche, und das Fenster schmücken Girlanden, die Wang Meng, wie er gesteht, eigenhändig aus den eintrudelnden Neujahrskarten gebildet hat. Während mein Auge auf die Nähmaschine geheftet ist, stelle ich, wie Wang Meng es mag, alle fünf Fragen auf einmal. Es ist keine politische darunter, die Antworten auf einen ob der Wiederkehr des schon Bekannten viel zu langweiligen Gegenstand wären vorhersehbar.

Ich beginne mit der Frage, die mich seit langem bewegt. »Woher kommt Ihr Optimismus? Sie sind fast zwanzig Jahre zu Umerziehung durch körperliche Arbeit verurteilt gewesen. Ein westlicher Intellektueller wäre da längst gebrochen. Viel Verständnis, fürchte ich, wird er für Ihre Hoffnung und Ihr Vertrauen in China und die Zukunft nicht aufbringen können.« – »Mein Optimismus rührt aus meiner Kindheit und Jugend. Damals befand sich China in einer schwierigen Lage, und ich war mir sicher, eines Tages wird alles anders werden, denn die Revolution ist unausweichlich. Aus meinem Roman ›Mutationen‹ läßt sich ablesen, unter was für politischen, gesellschaftlichen und familiären Verhältnissen meine Kindheit und Jugend verlaufen ist. Weil ich die schlimmste Zeit vor 1949 und während der Kulturrevolution durchgemacht habe, deswegen bin ich, was auch immer passieren mag, gegen Pessimismus gefeit. Als Teilnehmer und nicht bloß Außenstehender der chinesischen Revolution war es mir unmöglich, eine pessimistische Haltung zu entwickeln. Außerdem hat jeder chinesische Intellektuelle für schwierige Situationen eine Überlebensstrategie parat: Wenn etwas nicht nach Wunsch verläuft, lese ich Gedichte von Li Bai (701–762) und Su Dongpo (1037–1101) oder den taoistischen Philosophen Zhuangzi (ca. 369–286). Während der Kulturrevolution haben mir uighurische Freunde das Schnapstrinken beigebracht, ich habe Hühner gezogen und Joghurt selber hergestellt. In meinem Leben hat es bisher zwei Phasen höchsten Optimismus gegeben: das war die Befreiung 1949 und die Rehabilitierung 1978/79«.

»Ich würde gern am Beispiel Ihres Romans ›Mutationen‹, wo Sie gleichsam den häßlichen Chinesen zum Thema gemacht haben, etwas über Ihre Sicht der dunklen Seite im Menschen erfahren.« – »Mein Roman ist eine Auseinandersetzung mit dem Bösen im Menschen. Ich meine, das Furchtbarste ist, im Namen der Liebe an anderen Verdrehungen vorzunehmen. Dabei werden Menschen sich gegenseitig zu Mühlsteinen. In ›Mutationen‹ hat der Protagonist, Ni Wucheng, keine Möglichkeit, sich selbst eine Frau zu suchen, die Mutter übernimmt dies und sieht in der ganz nach ihren Vorstellungen arrangierten Ehe ihres Sohnes den Ausdruck höchster Mutterliebe. Umgekehrt ist auch für Ni Wucheng die Liebe der Ausgangspunkt für seinen Versuch, den Lebensstil seiner Frau und seines Kindes ändern zu können, tatsächlich erweisen sich jedoch seine investierten Hoffnungen für die beiden als geistig-seelische Quälerei. Aber auch seine Frau sucht, ihn ganz aus ihrer Liebe nach eigenen Vorstellungen zu prägen. Jeder liebt nach seinen eigenen Maßstäben, denkt aber gleichzeitig, seine nicht mehr überbietbare Liebe sei der Garant für die Richtigkeit des eigenen

Tuns. Für mich ist die Erkenntnis, daß im Namen der Liebe Unterdrückung geschieht, der größte Schmerz. Gegenüber solchen Menschen empfinde ich Mitleid. Zwar verstehen sie weder einander noch verzeihen sie einander, sie quälen sich vielmehr alle gegenseitig, doch, wenn ich sie deshalb auch spöttisch hinterfrage, so hasse ich sie trotzdem nicht. Ich kann ihnen verzeihen, denn ich habe nicht das Gefühl, daß ich besser bin als sie. Ich will nicht, daß andere nach meinen Vorstellungen leben, das wichtigste für mich ist gegenseitiges Verständnis. Die Erkenntnis der Schwäche des Menschen und der unsicheren Basis seines Optimismus ist der Grund dafür, daß mein eigener Optimismus alles andere als ein romantischer ist.«

»Sie sind einer der wenigen Schriftsteller, die bewußt die chinesische Sprache mit ihrem Schaffen voranzutreiben suchen. Wie sind da Ihre Auffassungen und Erfahrungen?« – »Ich achte bewußt auf die Musikalität der Sprache. Von klein auf habe ich mich mit Reimen, alten Gedichten und Parallelversen beschäftigt, und da meine frühe Lektüre auch der klassischen Lyrik und der parallel strukturierten Prosa gewidmet gewesen ist, schenke ich beim Schreiben den Tönen besondere Aufmerksamkeit. Brauche ich z. B. ein Wort für Traurigkeit, so überlege ich sehr wohl, ob ich ›beiai‹ benutze, was für mich den weiblichen Ton hat, oder ob ich ›beiliang‹ mit seinem männlichen Ton vorziehe. Bei mir entscheidet der Klang über die Wortwahl, ansonsten habe ich keine besonderen Erwartungen an die Sprache. Im Gegensatz zu Wang Anyi etwa, die bewußt kurze Sätze verwendet, gibt es bei mir sowohl lange Sätze, die bis 200 Zeichen umfassen können, als auch kurze Sätze aus nur ein oder zwei Zeichen. Auch die Satzstrukturen gehen bei mir durcheinander, manche Sätze haben klassischen, manche westlichen Charakter. Ich liebe es jedoch, die herkömmlichen Schreibweisen zu unterhöhlen: Nach der Grammatik basieren Parallelsätze auf Sinngleichheit, ich drehe aber gern den Sinn um, schreibe also: er ist glücklich, er ist traurig. Von Mao Zedong habe ich die Eigenart übernommen, viergliedrige Redewendungen auf ein oder zwei Zeichen zu verkürzen, dadurch lassen sich oftmals humorvolle Effekte erzielen. Beim Schreiben überlege ich mir nicht, welche Sprachform am geeignetsten ist. Die Erzählungen ›Das Auge der Nacht‹, ›Anekdoten vom Abteilungsleiter Maimaiti‹ oder ›Ein Haus voller Bittsteller‹ haben alle eine andere Sprache. Für mich ergibt sich der Sprachduktus von selbst, er kommt vom Sprechen her.«

Meine Fragen nach seiner Einstellung zur »Literatur auf der Suche nach den Wurzeln« und zur derzeit vieldiskutierten und -kritisierten traditionellen Kultur Chinas interessieren Wang Meng nicht besonders. Er sei kein Freund von Schulbezeichnungen, große Werke übersprängen kategorische Festlegungen, deswegen gehe ihn die Literatur, die Chinas Wurzeln nachzugehen sucht, eigentlich nichts an. Auch mit der radikalen Kritik an Chinas feudaler Kultur könne er sich nicht identifizieren. Die chinesische Kultur, so lautet seine erstaunliche These, habe der Welt zu wenig gegeben. Aber einer generellen Ablehnung stimme er nicht zu. Lin Yutang habe recht, wer in China ganz dem Westen wie Hu Shi oder ganz der Sowjetunion wie Wang Ming folgen wolle, habe verloren. Seiner Meinung nach müsse man das Fortschrittliche des Auslands mit Chinas Wesen verbinden, eine These, die älter ist als dieses Jahrhundert.

»Bist du einsam?«, will meine Frau, Zhang Suizi, beim Abschied von ihm wissen. »Ich habe doch Freunde«, lautet die seltsame Antwort. »Na, entweder wirst du ein ganz erfolgreicher oder ein sehr unglücklicher Kulturminister werden.«

Kommt es unerwartet, daß er sich in diesen Tagen im Sinne der gegenwärtigen Kampagne gegen bürgerliche Liberalisierung aussprechen wird? Während der Berliner Horizonte-Veranstaltungen hatte er sich lachend nach all den Vorträgen über ihn als einen Schmetterling bezeichnet, den man vergeblich zu fangen versucht habe. Er sei längst allen Netzen entschlüpft.

»Schau dir mal diese Erzählung in der neuesten Nummer der Zeitschrift ›Literatur aus Peking‹ an«, sagt Zhang Suizi heute morgen zu mir. Sie ist von Wang Meng und fängt so an: »Sie können den Helden unserer Erzählung Xiang Ming nennen oder Xiang Ming, Xiang Ming wäre ebenso möglich oder gar Xiang Ming, oder einfach Xiang Ming, wenn Sie wollen Xiang Ming, Xiang Ming stimmte ich auch zu, jedenfalls sollte er Xiang Ming heißen oder Xiang Ming, eher Xiang Ming... jedenfalls so ähnlich. Vor drei Tagen oder auch vor fünf Tagen, vor einem Jahr oder zwei Monate später, da hat ersiees sich eine Nackenschwäche geholt oder auch eine Rückenschwäche, Zahnausfall oder Dünnschiß oder Vitiligo oder Brustkrebs, vielleicht aber auch erfreut ersiees sich bester Gesundheit, wird steinalt und hat überhaupt gar keine Krankheit.«

Ist diese Person, von der »alle sagen, sie sei Reformer, sei Bahnbrecher, sei Unternehmer, sei Wirtschaftskrimineller, sei Wohltäter, sei Prahlhans, habe den Segen von oben, sei berufen«, nicht ein Bild des ständig wechselnden China, wo alle Benennungen ganz willkürlich und über die Zeit hinfällig sind? Wer heute groß ist, ist morgen klein, und wer heute klein ist, ist morgen groß. So könnte denn auch ein Wang Meng wie Zhuangzi, der träumt, er sei ein Schmetterling, oder wie ein Schmetterling, der träumt, er sei Zhuangzi, zwei Personen sein: die eine stimmt in den Chor gegen bürgerliche Liberalisierung ein, und die andere schreibt Erzählungen, welche die Kampagne ad absurdum führt.

Wolfgang Kubin

Worterklärungen

S. 154
Jiang Jieshi – Tschiang Kai-shek

S. 242
Huiguorou – zweimal gekochtes Fleisch

S. 257
Sonderverdacht, heimtückischer Angriff – in der Kulturrevolution gängige Sprachregelungen für die (meist nicht zutreffende) Entschuldigung, »gegen Partei, gegen Volk, gegen Sozialismus« aufgetreten zu sein

S. 258
Konterungen – Abkürzung für »konterrevolutionäre Losungen«

S. 258
gefestigt und vereint – gängige Losung, die »Stabilität und Zusammenschluß« der gesamten Bevölkerung bei der Verwirklichung des Modernisierungskurses fordert

S. 261
Jiang Qing – Frau Mao Zedongs, die als Kopf der sogenannten Viererbande die heftigsten Angriffe und Repressalien gegen viele aufrechte Mitglieder der Kommunistischen Partei Chinas richtete, die sich der Politik des »Großen Sprungs«, der »Generallinie« und der Volkskommune sowie generell der Kulturrevolution nicht widerspruchslos beugten